Классическая проза

Классическая проза

Джейн Остен

НОРТЕНГЕРСКОЕ АББАТСТВО

Роман

ИЗДАТЕЛЬСТВО

Москва

2001

ББК 84.4 ВЕЛ
О-76

Текст печатается по изданию:
Остен Дж. Собрание сочинений: В 3-х т.
Т. 2. — М.: Худож. лит., 1988.

Перевод с английского И. Маршака

Комментарии Н. Демуровой и Н. Михальской

Серийное оформление и компьютерный дизайн Е. Волченко

Оригинал-макет подготовлен издательством «Фолио»

Остен Дж.

О-76   Нортенгерское аббатство: Роман / Пер. с англ. И. Маршака;
Коммент. Н. Демуровой и Н. Михальской. — М.: ООО «Издательство АСТ», 2001. — 352 с. — (Классическая проза).

ISBN 5-17-004806-8

...Мода на «готические романы». Мода на культуру ужасов и тайн,
призраков, вампиров и скелетов, вылезающих из каждого закоулка каждого
приличного замка!

...Мода — это, конечно, прелестно! Только как же, простите, быть юной
девушке, которая искренне уверена, что жизнь обычно повторяет искусство? И
тогда веселый старинный особняк превращается в зловещее гнездо преступления, очаровательный молодой аристократ — в демонического, загадочного
злодея, а из невиннейшего шкафа того и гляди появится... появится... или НЕ
ПОЯВИТСЯ?!

...Это — «Нортенгерское аббатство». Самая ироничная, самая искрометно-
смешная, самая озорная книга Джейн Остен. Вы полагаете, что знаете об
английском юморе все? Ошибаетесь!

ПРЕДУВЕДОМЛЕНИЕ АВТОРА К «НОРТЕНГЕРСКОМУ АББАТСТВУ»

Эта небольшая работа была закончена в 1803 году в предположении, что она будет сразу опубликована. Ее принял издатель, о ее предстоящем выходе из печати было даже объявлено, и почему дело не пошло дальше, — автор так и не понял. Обстоятельства, в которых издатель находит выгодным приобрести рукопись и невыгодным — ее напечатать, выглядят из ряда вон выходящими. Впрочем, автору и читающей публике не было бы сейчас до этого дела, если бы какие-то части книги за минувшие тринадцать лет несколько не устарели. Читателей просят иметь в виду, что прошло тринадцать лет после завершения этой работы, много больше — с тех пор, как она была задумана, и что за истекшие годы географические понятия, человеческие характеры и взгляды, а также литература претерпели существенные изменения.

Глава I

Едва ли кто-нибудь, кто знал Кэтрин Морланд в детстве, мог подумать, что из нее вырастет героиня романа. Общественное положение и характеры ее родителей, собственные качества и наклонности — все у нее было для этого совершенно неподходящим. Отец ее был священником, не бедным и забитым, а, напротив, весьма преуспевающим, — правда, он носил заурядное имя Ричард и никогда не был хорош собой. Не считая двух неплохих церковных приходов, он имел независимое состояние, и ему не было нужды держать своих дочек в черном теле. Мать ее отличалась рассудительностью и добрым нравом, и, как ни странно, — превосходным здоровьем. Еще до Кэтрин она успела родить трех сыновей, а произведя на свет дочку, отнюдь не умерла, но продолжала жить на земле, прижила еще шестерых детей и растила весь выводок в полном благополучии. Семейство, насчитывающее десятерых детей, обычно считается прекрасным семейством с вполне достаточным числом рук, ног и голов. Увы, Морланды не могли претендовать на этот эпитет во всех его смыслах, ибо отнюдь не отличались внешней привлекательностью. На протяжении многих лет Кэтрин оставалась такой же дурнушкой, как и все ее родичи. Тощая, несуразная фигура, вялый цвет лица, темные прямые волосы — вот как она выглядела со стороны. Ничуть не больше годился для героини романа ее характер. Ей всегда нравились мальчишеские игры — крикет она предпочитала не только куклам, но даже таким возвышенным развлечениям поры детства, как воспитание мышки, кормление канарейки или поливка цветочной клумбы. Работа в саду была ей не по вкусу, а если иногда она собирала букеты, то делала это как будто назло — так, по крайней мере, можно было заключить, судя по тому, что она обрывала именно те цветы, которые ей запрещалось трогать. Таковы были ее наклонности. И столь же мало сулили в будущем ее способности. Ей никогда не удавалось что-то понять или выучить прежде, чем ей это объяснят, — а иной раз и после того, ибо частенько она бывала невнимательной, а порою даже туповатой. Целых три месяца потребовалось ее матери, чтобы вдолбить ей в голову «Жалобу нищего». И все же младшая сестра Салли декламировала это стихотворение гораздо выразительнее. Не то чтобы Кэтрин была безнадежной тупицей — вовсе нет. Басню про «Зайца и его дружков» она вызубрила так же легко, как и любая английская девчонка. Матери хотелось научить ее музыке. И Кэтрин полагала, что заниматься музыкой необыкновенно приятно — она ведь так любила барабанить по клавишам разбитых клавикордов. Занятия начались, когда девочке исполнилось восемь лет. Она проучилась год, и ей стало невмоготу. Миссис Морланд, считая неразумным принуждать детей к делу, к которому у них не было способностей или не лежала душа, оставила дочку в покое. День, в который Кэтрин рассталась с учителем музыки, был счастливейшим в ее жизни. Ее способности к рисованию раскрылись в той же степени, хотя, если ей удавалось раздобыть у матери обертку письма или какой-нибудь другой клочок бумаги, она использовала их самым основательным образом, изображая мало отличающиеся друг от друга домики, кустики и петушков или курочек. Писать и считать учил ее отец, а говорить по-французски — мать. Успехи ее были далеко не блестящими, и она отлынивала от занятий как только могла. Но что это был за странный, необъяснимый характер! При всех признаках испорченности, к десяти годам от роду она все же оставалась доброй и отзывчивой, редко упрямилась, почти никогда ни с кем не ссорилась и была хороша с малышами, если не считать редких вспышек тиранства. Она была шумной и озорной девочкой, терпеть не могла чистоту и порядок и больше всего на свете любила скатываться по зеленому склону холма позади дома.

Такой была Кэтрин Морланд в десять лет. К пятнадцати годам впечатление, которое она производила на окружающих, стало понемногу исправляться. Она начала завивать волосы и подумывать о балах. Ее внешность улучшилась, лицо округлилось и посвежело, глаза стали более выразительными, а фигура — соразмерной. Она перестала быть грязнулей и научилась следить за собой, превратившись в опрятную и миловидную девушку. И ей было приятно, что в разговорах между родителями зазвучали одобрительные отзывы об ее изменившейся наружности. «Кэтрин начинает выглядеть совсем недурно — она становится почти хорошенькой!» — слышала она время от времени. И что это было за удовольствие! Казаться почти хорошенькой для девушки, которая первые пятнадцать лет своей жизни слыла дурнушкой, — радость, гораздо более ощутимая, чем все радости, которые достаются красавице с колыбели.

Миссис Морланд была добрейшей женщиной и хотела, чтобы ее дети получили в жизни все, что только им причиталось. Но она была слишком занята тем, что рожала и воспитывала малышей, и старшие дочери оказывались поневоле предоставленными самим себе. Ничего поэтому не было удивительного, что Кэтрин, от природы лишенная всего истинно героического, в четырнадцать лет предпочитала бейсбол, крикет, верховую езду и прогулки — чтению, по крайней мере — серьезному чтению.

Ибо она ничего не имела против книг, в которых не было поучительных сведений, а содержались одни только забавные происшествия. Но между пятнадцатью и семнадцатью годами она стала готовить себя в героини. Она прочла все, что должны прочитать героини романов, которым необходимо запастись цитатами, столь полезными и ободряющими в их полной превратностей жизни.

От Поупа она научилась осуждать тех, кто

> В притворном горе ускользнуть не прочь...

От Грея узнала,

> Как часто лилия цветет уединенно,
> В пустынном воздухе теряя запах свой...

Томсон открыл ей,

> Как славно молодежь
> Воспитывать уроками стрельбы!

А Шекспир снабдил ее огромным запасом сведений, и среди них, что

> Ревнивца убеждает всякий вздор,
> Как доводы Священного писанья, —

что

> Ничтожный жук, раздавленный ногой,
> Такое же страданье ощущает,
> Как с жизнью расстающийся гигант...

и что к выражению лица влюбленной молодой женщины вполне подходят слова:

> Как статуя Терпения застыв,
> Она своим страданьям улыбалась...

В этом отношении ее успехи были удовлетворительными, так же как и во многих других. Ибо, хоть она и не умела писать сонеты, она приучила себя их читать. И хотя у нее не было надежды вызвать восторг публики исполнением на фортепьяно прелюдии собственного сочинения, она была способна, не испытывая усталости, слушать игру других музыкантов. Самым слабым ее местом было рисование, в котором она не смыслила ровно ничего — настолько мало, что, попытайся она запечатлеть на бумаге профиль возлюбленного, ее и тогда никому не удалось бы изобличить. По этой части она не могла соревноваться ни с одной героиней романа. Однако, до сих пор данный недостаток не открывался даже ей самой, так как у нее не было возлюбленного и ей некого было рисовать. К семнадцати годам она еще ни разу не встретила на своем пути достойного молодого человека, который был способен воспламенить ее чувства, и ни разу не возбудила в ком-нибудь не только любовной склонности, но даже восхищения, большего, чем самое поверхностное и мимолетное. Это в самом деле было очень странно! Но многие странные вещи удается объяснить, если по-настоящему вдуматься в их причины. В окрестностях не было ни одного лорда, даже баронета. Среди знакомых Морландов не было ни одной семьи, которая вырастила бы найденного на пороге мальчика неизвестного происхождения. У ее отца не было воспитанника, а местный сквайр вообще не имел детей.

Однако если молодой леди суждено стать героиней, она ею станет, даже несмотря на то, что так оплошали сорок живущих по соседству семейств. Что-нибудь случится, и герой окажется на ее пути.

Мистеру Аллену, владельцу почти всех земель вокруг Фуллертона — деревушки, в которой жили Морланды, — было предписано отправиться в Бат для лечения подагры. И его супруга, добродушная женщина, которой очень полюбилась мисс Морланд и которая, возможно, догадывалась, что если с молодой леди не происходит никаких приключений в родной местности, то ей следует поискать их на стороне, пригласила Кэтрин поехать в Бат вместе с ними. Мистер и миссис Морланд отнеслись к этому предложению вполне благосклонно, а Кэтрин пришла от него в неподдельный восторг.

Глава II

Вдобавок к уже упомянутым достоинствам внешности и характера Кэтрин Морланд на том рубеже ее жизни, на котором ей предстояло испытать тяготы и превратности полуторамесячного пребывания в Бате, читателю может быть сообщено — на случай, если позднейшие страницы не дадут ему достаточного представления о ее облике, — что у нее было мягкое сердце, открытый, веселый и лишенный всякого притворства или жеманства нрав, естественные, только что освободившиеся от детской застенчивости и неуклюжести манеры, правильные, в благоприятные минуты даже почти красивые черты лица и, как свойственно особам женского пола в семнадцать лет, весьма невежественный и непросвещенный ум.

По мере приближения минуты отъезда материнская озабоченность миссис Морланд, естественно, должна была крайне усилиться. Тысячи опасностей, подстерегавших ее любимую Кэтрин во время жестокой разлуки, не могли не тревожить ее сердце дурными предчувствиями и в последние два-три дня пребывания дочери под отеческим кровом не исторгать у нее то и дело потоки слез. Разумеется, во время прощальной беседы в материнской спальне с ее мудрых уст должен был слететь самый важный практический совет — из ее сердца не могло не вырваться предостережение, касающееся бесчувственных лордов и баронетов, которые тешат себе душу, соблазняя молодых леди и увозя их в свои отдаленные поместья. Да и кто бы об этом не подумал? Однако миссис Морланд так слабо представляла себе лордов и баронетов, что даже не имела понятия об их всеобщей испорченности и не подозревала об ущербе, который они могли нанести ее дочери своими гнусными происками. Ее заботы ограничились только следующими пунктами:

— Пожалуйста, Кэтрин, получше закутывай шею, выходя с бала. И мне бы хотелось, чтобы ты записывала свои расходы — я тебе дам для этого особую тетрадку.

Салли, или, точнее, Сара (ибо какая же молодая леди из круга небогатых дворян сохраняет первоначальное имя, достигнув шестнадцатилетнего возраста?), должна была, судя по ситуации, стать к этому времени самой близкой подругой Кэтрин, пользующейся ее неограниченным доверием. Однако, как ни странно, она вовсе не умоляла сестру посылать письма с каждой почтой и не взяла с нее обещания рассказывать во всех подробностях про каждого нового знакомого и про каждый поворот интересного разговора. Решительно во всем, что касалось этой важной поездки, Морланды обнаружили спокойствие и умеренность, вполне свойственные обычному поведению обычных людей, но не совместимые с теми изысканными чувствами и возвышенными переживаниями, которые всегда характеризует первую разлуку героини романа с родным кровом. И отец, вместо того чтобы вручить дочери банковский ордер на неограниченную сумму или хотя бы чек на сто фунтов стерлингов, дал ей всего десять гиней, обещав прислать еще в случае надобности.

Разлука состоялась при таких малообещающих предзнаменованиях, и поездка началась. Она проходила в приятном спокойствии и без всяких опасных приключений. Путешественникам не угрожали разбойники или буря, а их карета так и не перевернулась, давая повод появлению на сцене героя. В пути им не пришлось испытать никаких тревог, кроме опасения миссис Аллен, что она оставила в придорожной гостинице пару деревянных башмаков — опасения, к счастью, неподтвердившегося.

Они въехали в Бат. Обращая внимание то на одну, то на другую особенность любопытных окрестностей и улиц этого города, по которым они проследовали до гостиницы, Кэтрин пребывала в полном восторге. Она сюда ехала с тем, чтобы радоваться, и была теперь счастлива.

Их устроили в удобных комнатах на Палтни-стрит.

Сейчас следует как-то охарактеризовать миссис Аллен, с тем чтобы читатель мог оценить, в какой степени последующие поступки этой особы, объясняемые ее бесцеремонностью, вульгарностью или подозрительностью, будут способствовать развитию главной жизненной драмы героини (то бишь каким именно образом — перехватив ли письма своей подопечной, возведя ли на нее напраслину или выгнав из дома — миссис Аллен сумеет к последнему тому романа довести бедную Кэтрин до свойственной героине степени неблагополучия).

Миссис Аллен принадлежала к тем многочисленным особам женского пола, общество которых не вызывает у окружающих никаких эмоций, кроме удивления, что в мире нашлись мужчины, способные так ими увлечься, чтобы на них жениться. Она не отличалась ни красотой, ни талантами, ни образованием, ни изысканным воспитанием. Барственные замашки, вялое и бездеятельное добронравие и беззаботность — вот качества, которыми она прельстила столь разумного и образованного человека, каким был мистер Аллен. В одном отношении она особенно подходила для того, чтобы ввести в общество юную леди — она не меньше, чем молодая девица, стремилась всюду побывать и на все посмотреть. Больше всего ее интересовали новые моды. Ею владела безобидная страсть изысканно одеваться. Поэтому вступление нашей героини на светское поприще задержалось на три-четыре дня, в течение которых прежде всего было выяснено — что сейчас главным образом носят, а вслед за тем для миссис Аллен было сшито самое модное платье. Кэтрин также сделала некоторые приобретения, и, когда со всеми делами было покончено, наступил наконец знаменательный вечер ее первого появления в Верхних залах. Волосы ее были подстрижены и уложены лучшим парикмахером, ее одели со всем вниманием и, по мнению миссис Аллен и горничной, она выглядела как нельзя лучше. Ободренная этим отзывом, Кэтрин надеялась проскользнуть в толпе, не дав своей наружностью повода для чьих-либо замечаний. Конечно, было бы приятно вызвать восхищение, но об этом она и не мечтала.

Миссис Аллен одевалась так долго, что они вошли в бальный зал довольно поздно. Сезон был в разгаре, народу было множество, и две леди протискивались вперед без чьей-либо помощи, ибо мистер Аллен прямо направился в карточную комнату, предоставив дамам наслаждаться толчеей самостоятельно. Миссис Аллен миновала сборище мужчин около входа с той скоростью, с какой это было возможно, уделяя больше внимания своему новому платью, чем своей молодой спутнице. Кэтрин, однако, все время оставалась около нее, держа покровительницу под руку настолько крепко, что их не могла разъединить всеобщая давка. К своему крайнему изумлению, она обнаружила, что продвижение в глубь зала вовсе не помогает им выбраться на свободное пространство. Напротив, толпа даже становилась еще плотнее. Она надеялась, что, достаточно отойдя от дверей, они легко отыщут себе место и смогут с удобством наблюдать за танцующими. Но получилось совсем по-другому, и, хотя благодаря неутомимой энергии миссис Аллен они добрались до самой отдаленной от входа точки, положение их не улучшилось. Танцующие по-прежнему были заслонены от них толпой, и им были видны только кончики перьев на головах некоторых дам. Они продолжали продвигаться в поисках места получше. И, прибегая то и дело к силе и ловкости, в конце концов оказались в проходе позади самой верхней скамьи. Здесь народу было меньше, чем внизу, и отсюда мисс Морланд могла наконец обозреть все расположенное под ними сборище и все преграды, которые им только что удалось преодолеть. Вид был великолепный, и впервые в этот вечер она почувствовала себя на балу. Ей очень хотелось танцевать, но она ни с кем не была знакома. А все, что при этих обстоятельствах могла для нее сделать миссис Аллен, ограничивалось повторяющимися время от времени бесстрастными высказываниями наподобие следующих:

— Так было бы приятно, моя дорогая, если бы вам удалось принять участие в танцах! Если бы только для вас нашелся партнер!

В течение некоторого времени ее юная спутница испытывала к ней благодарность за сочувствие. Но подобные фразы миссис Аллен повторяла так часто и проку от них было так немного, что в конце концов они стали лишь раздражать бедную Кэтрин, которой надоело на них отзываться.

Наши дамы, однако, недолго наслаждались дорого доставшимся им удобным местом на возвышении. Вскоре все устремились в чайную комнату, и им пришлось протискиваться туда вместе с остальной публикой. Кэтрин ощущала уже некоторое разочарование — она устала оттого, что ее толкали со всех сторон люди с малопривлекательными лицами, среди которых она чувствовала себя настолько чужой, что даже не могла отвлечься от неудобства давки, обмениваясь с окружающими односложными замечаниями. Когда в конце концов они добрались до чайной комнаты, невозможность присоединиться к каким-нибудь знакомым, с кем-то поздороваться или ждать помощи от какого-нибудь джентльмена почувствовалась особенно остро. Мистера Аллена не было видно. И, не найдя ничего лучшего, они были вынуждены присесть за краешком стола, вокруг которого собралась уже какая-то большая компания, не зная, что предпринять, и разговаривая только между собой.

Как только они уселись, миссис Аллен поздравила себя с тем, что ей удалось уберечь свое новое платье.

— Было бы просто ужасно, — сказала она, — если бы его порвали, не правда ли? Такой тонкий муслин! Признаюсь, я не видела другого подобного туалета во всем зале!

— Как досадно, что у нас здесь нет ни одного знакомого человека! — прошептала Кэтрин.

— Разумеется, дорогая моя, — бесстрастно отозвалась миссис Аллен, — это в самом деле очень досадно.

— Но что же нам делать? Господа за этим столом поглядывают на нас так, словно удивляются, видя нас здесь. Мы как бы навязываемся им в компанию.

— Это в самом деле ужасно. Было бы лучше, если бы у нас нашлось здесь много знакомых.

— Да хоть бы немного! Мы хоть к кому-то могли бы тогда подойти.

— Вот именно, дорогая! Если бы мы здесь кого-то знали, мы подошли бы к нему тотчас же. В прошлом году здесь были Скиннеры. Вот было бы приятно сейчас их увидеть!

— Но не следует ли нам в таком случае уйти? Видите, нам даже не предлагают чаю.

— В самом деле не предлагают. Возмутительно! Но лучше посидим здесь. В толпе просто невозможно дышать. Как выглядит моя прическа, дорогая? Кто-то толкнул меня так сильно, что я испугалась, как бы она не рассыпалась.

— О нет, она в полном порядке. Но, милая миссис Аллен, вы убеждены, что среди всей этой массы народа вы не знаете ни одного человека? Должны же вы быть хоть с кем-то знакомы!

— Честное слово — ни с кем! Я была бы рада сама. Так было бы приятно, если бы у нас появилось много знакомых и я смогла бы найти вам партнера для танцев. Я бы очень хотела, чтобы вам удалось потанцевать. Но взгляните на эту странную даму. Что за платье! Таких не носят уже Бог знает с каких пор. Только посмотрите на ее спину!

Через некоторое время кто-то из соседей по столу предложил им чаю. Они приняли его

20

с благодарностью. Если не считать возникшего при этом обмена любезностями, то за весь вечер до прихода, уже после окончания танцев, мистера Аллена с ними никто больше не разговаривал.

— Надеюсь, мисс Морланд, — спросил мистер Аллен, появляясь, — бал доставил вам удовольствие?

— О да, очень большое, — ответила Кэтрин, тщетно скрывая зевок.

— Я все время ждала, что ее кто-нибудь пригласит танцевать, — сказала его жена. — Так хотелось найти для нее партнера! Я уже говорила ей, как жалко, что Скиннеры, вместо того чтобы приехать нынче, побывали здесь в прошлом году. И Пэрри тоже не приехали — они ведь сюда собирались. Кэтрин могла бы танцевать с Джорджем Пэрри. Какая жалость, что у нее не нашлось партнера!

— Ну, не беда, — утешил их мистер Аллен. — В другой раз, надеюсь, нам повезет больше.

После танцев толпа начала понемногу редеть — настолько, что у оставшихся гостей появилась возможность прогуливаться с некоторыми удобствами. И вот для героини, сыгравшей до сих пор не слишком заметную роль, наступило время, когда она могла бы привлечь внимание и вызвать восхищение. С каждой минутой народу становилось все меньше и красота Кэтрин становилась виднее. Она могла броситься в глаза многим молодым людям, которые раньше к ним не приближались. Однако ни один из них открыто не проявил восторга, никто не назвал Кэтрин богиней и по залу не пронесся недоуменный ропот по поводу появления никому не ведомой красавицы. Тем не менее Кэтрин выглядела премило, и если бы присутствующие могли сравнить ее внешность с тем, как она выглядела три года назад, они нашли бы ее очаровательной.

И все же кто-то посмотрел на нее благосклонно — она сама слышала, как два джентльмена назвали ее хорошенькой. Слова эти произвели свое действие. Бал сразу представился ей гораздо более приятным, чем казался прежде. Ее непритязательное тщеславие было удовлетворено. Мимолетный комплимент в устах двух молодых людей был ей милее, чем подлинной героине — пятнадцать сонетов, написанных во славу ее очарования. И на протяжении остального вечера она испытывала благодарность ко всем присутствующим и была вполне удовлетворена вниманием, проявленным к ее особе.

Глава III

Каждое утро посвящалось теперь какому-нибудь очередному занятию: беготне по магазинам, осмотру новой части города или посещению Галереи-бювета, по которой они фланировали около часа, разглядывая встречных, но не имея возможности ни с кем вступить в разговор. Миссис Аллен по-прежнему горела желанием располагать в Бате обширным. знакомством и говорила об этом ежедневно, всякий раз, как какое-нибудь обстоятельство напоминало ей, что она не знает здесь решительно никого.

Они побывали в Нижних залах, и там судьба обошлась с нашей героиней более благосклонно. Распорядитель представил ей в качестве партнера по танцам молодого человека, которого почти с полным правом можно было назвать красавцем. Он был двадцати четырех-двадцати пяти лет от роду, высокого роста и благородной осанки, с приятными чертами лица и острым, живым взглядом. Фамилия его была Тилни. Кэтрин сразу почувствовала к нему симпатию. Во время танца они почти не могли разговаривать. Но за чайным столом она убедилась, что первое благоприятное впечатление ее не обмануло. Он говорил оживленно и остроумно, и в его поведении ощущались добродушная ирония и лукавство, которые доставляли ей удовольствие, хотя она и не вполне могла их раскусить. Поболтав некоторое время о том, что их непосредственно окружало, он неожиданно сказал:

— Простите, сударыня, мою нерадивость в качестве партнера по танцам. Я до сих пор не осведомился у вас — давно ли вы сюда приехали, приходилось ли вам бывать в Бате прежде, посетили ли вы Верхние залы, театр и концерты и какое этот город произвел на вас общее впечатление. Я недопустимо пренебрег своими обязанностями. Но не найдете ли вы возможным дать мне соответствующие разъяснения, хотя бы с опозданием? Если не возражаете, я примусь за дело тотчас же.

— Вам незачем, сэр, по этому поводу беспокоиться.

— Помилуйте, сударыня, мне это не причинит ни малейшего беспокойства. — И, изобразив на лице жеманную улыбку, он спросил более высоким голосом: — Давно ли, сударыня, вы прибыли в Бат?

— Около недели тому назад, сэр, — ответила Кэтрин, стараясь удержаться от смеха.

— В самом деле?! — воскликнул он с нарочитым удивлением.

— Почему, сэр, вы этому удивляетесь?

— Вы, разумеется, правы, — произнес он обычным тоном. — Но ведь нужно же было выразить по поводу вашего приезда какие-то эмоции. А при подобных обстоятельствах удивление кажется вполне уместным и ничуть не уступает любому другому чувству. Итак, продолжим. Приходилось ли вам бывать здесь раньше?

— Никогда, сэр.

— Вот как! А удостоили ли вы своим посещением Верхние залы?

— Да, сэр, я была там в прошлый понедельник.

— И уже побывали в театре?

— Да, сэр, я смотрела спектакль во вторник.

— И на концерте?

— Да, сэр, в среду.

24

— А какое у вас общее впечатление от Бата?

— Благодарю вас, самое лучшее.

— Теперь мне остается только глупо ухмыльнуться, после чего мы сможем снова вести себя разумно.

Кэтрин отвернулась, не зная, вправе ли она позволить себе рассмеяться.

— Догадываюсь, что вы обо мне думаете, — сказал он печально. — Завтра вы отзоветесь обо мне в вашем дневнике не слишком лестно.

— В моем дневнике?

— Да, я знаю отлично, что там будет написано: «Пятница. Посещение Нижних залов. Надела узорчатое муслиновое платье с синей отделкой, простые черные туфли, выглядела эффектно. Была фраппирована странным полоумным субъектом, который со мной танцевал и досаждал мне своими глупостями».

— Уверяю вас, у меня в мыслях не было ничего подобного!

— Хотите, я скажу, что у вас должно быть в мыслях?

— Если вам угодно.

— «Танцевала с очень милым молодым человеком, представленным мне мистером Кингом. Была увлекательная беседа — он показался мне необыкновенно одаренным — надеюсь познакомиться с ним поближе». Мне бы хотелось, сударыня, чтобы вы написали именно так.

— Но, быть может, я вовсе не веду дневника?

— Быть может, вы не сидите в этой комнате, а я не сижу подле вас. Эти два предположения кажутся мне столь же обоснованными. Не ведете дневника! Но как же без него представят себе вашу жизнь в Бате отсутствующие кузины? Как вам удастся рассказать должным образом обо всех услышанных вами любезностях и комплиментах, если вы не будете по вечерам записывать их в дневник? Как сможете вы запомнить со всеми подробностями ваши разнообразные туалеты, ваше самочувствие, ваши прически? Дорогая сударыня, я не настолько несведущ в образе жизни молодых леди, как вам хотелось бы думать. Только благодаря похвальной привычке вести дневник дамы способны так превосходно писать и славятся своим стилем. Общепризнанно, что писание писем — талант главным образом женский. Конечно, некоторое значение имеет и природа, но я убежден, ей немало способствует ведение дневников.

— Я иногда задумывалась, — с сомнением сказала Кэтрин, — верно ли, что женщины пишут письма лучше мужчин. Говоря по правде, я не уверена, что в этой области превосходство всегда принадлежит моему полу.

— Насколько я способен судить, женщины пишут письма, как правило, безукоризненно... Если только не принимать во внимание трех мелких недостатков.

— Каких же именно?

— Бессодержательности, полного невнимания к пунктуации и частых грамматических ошибок.

— Ах, вот как? Вашу похвалу, оказывается, вовсе не нужно оспаривать. Вы не придерживаетесь о нас в этом вопросе слишком высокого мнения.

— Отныне я не буду считать неопровержимым, что женские письма лучше мужских, так же как и то, что женщины лучше поют в дуэтах или лучше рисуют пейзажи. В любом деле, определяемом вкусом, превосходство делится между обоими полами равномерно.

Их разговор был прерван вмешательством миссис Аллен:

— Кэтрин, дорогая, пожалуйста, вытащите булавку из моего рукава. Боюсь, она уже прорвала дыру. Я бы немало огорчилась — это мое любимое платье, хотя материя стоила всего по девяти шиллингов ярд.

— Именно так я и подумал, сударыня, — сказал Тилни, рассматривая материю.

— Вы разбираетесь, сэр, в муслине?

— Превосходно. Я всегда сам покупаю себе шарфы и считаюсь в этом деле знатоком. Моя сестра часто поручает мне выбрать ей платье. Как-то раз я ей купил одно, и все видевшие его дамы единодушно признали, что я совершил прекрасную покупку. Я заплатил всего по пяти шиллингов за ярд, а это был настоящий индийский муслин.

Миссис Аллен была восхищена его способностями.

— Мужчины обычно так плохо разбираются в этих вещах! Я никогда не научу мистера Аллена отличать одно мое платье от другого. Ваша сестра, сэр, должно быть, очень вами дорожит.

— Надеюсь, что так, сударыня.

— А скажите, сэр, что вы думаете о платье мисс Морланд?

— Оно очень красиво, сударыня, — сказал Тилни, серьезно его рассматривая. — Но, мне кажется, на него плохо подействует стирка. Боюсь, оно сильно сядет.

— Как вы можете, — со смехом сказала Кэтрин, — так... — Она чуть было не произнесла: «притворяться».

— Вполне с вами согласна, сэр, — ответила миссис Аллен. — Я говорила ей то же самое, когда она его покупала.

— Вы знаете, сударыня, муслин всегда может на что-нибудь пригодиться. Мисс Морланд сможет сделать себе из него платки, чепчик или накидку. Он никогда даром не пропадает. Моя сестра говорила мне это не раз, покупая материи больше, чем требовалось, или неудачно разрезая ее на куски.

— Бат, сэр, — очаровательное место! Здесь столько прекрасных магазинов. К сожалению, мы живем в самой глуши. Конечно, у нас есть неплохие магазины и в Солсбери, но туда так тяжело добираться. Восемь миль — это не шутка.

Мистер Аллен утверждает, будто бы даже девять, — так, мол, измерено. Но я убеждена, там не больше восьми. И все же это страшно утомительно — я оттуда возвращаюсь без сил. А здесь — выйдешь из двери, и через пять минут все, что вам нужно, в ваших руках.

Мистер Тилни был достаточно любезен, чтобы выразить интерес к ее словам. И она обсуждала с ним тему о муслине вплоть до возобновления танцев. Слушая их разговор, Кэтрин подумала, что ее кавалер, пожалуй, чересчур снисходителен к слабостям ближних.

— О чем это вы так серьезно задумались? — спросил Тилни по пути в танцевальный зал. — Надеюсь, мысли у вас не заняты вашим партнером, — судя по выражению лица, они вас не радуют.

Кэтрин покраснела.

— Я вообще ни о чем не думала.

— С вашей стороны это очень любезно. Но вы вполне могли бы сказать, что просто не хотите ответить на мой вопрос.

— Что ж, не хочу!

— Благодарю вас. Мы скоро хорошо друг друга узнаем — я получаю право вас дразнить. Ничто так не способствует близкому знакомству.

Они протанцевали еще один танец и, когда вечер кончился, расстались с желанием, — по крайней мере, со стороны леди, — встретиться снова. Произвел ли он на нее столь сильное впечатление, чтобы она думала о нем, когда пила теплое вино с водой и готовилась ко сну, — трудно сказать. Надеюсь все же, что мысль о нем пришла ей в голову, лишь когда она засыпала или в утренней дреме. Ибо, согласно мнению выдающегося писателя[1], в той же мере, в какой молодой леди не подобает влюбляться до объяснения в любви со стороны джентльмена, ей не следует и думать о нем прежде, чем станет известно, что он думает о ней.

Мистеру Аллену не было дела до того, станет ли мистер Тилни думать о Кэтрин и собирается ли он в нее влюбиться. Но у него не было возражений против нового знакомства. Еще в самом начале вечера он не поленился навести справки и получил о молодом человеке вполне благоприятные сведения, согласно которым мистер Тилни избрал духовную карьеру и принадлежал к весьма уважаемому семейству в Глостершире.

Глава IV

На следующий день Кэтрин поспешила в Галерею с особенным нетерпением, надеясь еще утром увидеть там мистера Тилни и готовясь встретить его приветливой улыбкой. Увы, ей не пришлось улыбаться — мистер Тилни не появился. В разное время дня, в те часы, когда

---

[1] Смотри письмо мистера Ричардсона № 97, т. II, «Бродяга». *(Примеч. автора.)*

в Галерее собиралось больше всего народа, там можно было заметить кого угодно, кроме него. Множество людей то и дело поднималось и спускалось по ступенькам, входило и выходило. Людей, до которых никому не было дела и которых никто не хотел видеть. И только он отсутствовал.

— Какое прелестное место Бат, — сказала миссис Аллен, когда они уселись возле огромных часов после утомительного расхаживания по залу. — И как было бы приятно, если бы мы здесь встретили кого-нибудь из знакомых!

Это пожелание высказывалось ею всуе достаточно часто, и миссис Аллен не могла особенно надеяться, что судьба на сей раз откликнется на него более благоприятно. Но, как нас учили: «Надежды не теряй и к цели следуй», поскольку: «Упорный труд венчается победой». И упорному труду ежедневных повторений одного и того же пожелания суждено было в конце концов увенчаться справедливой наградой, ибо они не просидели и десяти минут, как находившаяся неподалеку и внимательно всматривавшаяся в миссис Аллен дама примерно ее возраста вдруг самым любезным образом обратилась к ней со следующими словами:

— Мне думается, сударыня, я не могла ошибиться. С тех пор как я имела удовольствие вас видеть, прошло достаточно времени, но, не правда ли, ваша фамилия Аллен?

Когда на этот вопрос с готовностью ответили, дама сообщила, что ее фамилия Торп.

31

И миссис Аллен тотчас же узнала черты своей любимой школьной подруги, с которой, после того как они повыходили замуж, виделась всего один раз, да и то много лет назад. Радость обеих дам по поводу этой встречи была, как и следовало ожидать, необыкновенной, — принимая во внимание, что на протяжении последних пятнадцати лет их вполне устраивало полное отсутствие сведений друг о друге. Были произнесены комплименты по поводу того, что каждая из них удивительно хорошо выглядит. И, упомянув о том, как много времени утекло с их последней встречи, насколько неожиданно для них это свидание в Бате и как приятно найти старых друзей, они стали расспрашивать и рассказывать о своих семьях, сестрах и кузинах, говоря одновременно, почти не слушая друг друга и делясь сведениями с гораздо большей охотой, чем их приобретая. В этой беседе миссис Торп располагала перед миссис Аллен неоспоримым преимуществом — она могла рассказывать о своих детях. И, рассуждая о талантах сыновей и красоте дочерей, сообщая об их занятиях и видах на будущее — что Джон учится в Оксфорде, Эдвард служит в портновской фирме, а Уильям плавает в море, и что всех троих знакомые ценят и уважают больше, чем кого-либо в целом мире, — она заставляла миссис Аллен, лишенную подобных радостей, как и возможностей делиться ими с недоверчивой и равнодушной приятельницей, сидеть молча, делая вид, как будто она к этим материнским излияниям прислушивается, и утешаясь открывшимся ее проницательному взору наблюдением, что кружево на ротонде миссис Торп, по крайней мере, вдвое дешевле того, которое носит она сама.

— А вот мои дорогие девочки! — воскликнула миссис Торп, указывая на трех прелестных особ женского пола, которые шли в ее сторону, держась за руки. — Дорогая миссис Аллен, я жажду вам их представить. Они будут счастливы с вами познакомиться. Самая высокая — Изабелла, моя старшая. Не правда ли, очаровательное создание? Других тоже находят хорошенькими, но Изабелла, по-моему, превзошла всех.

Девицы Торп были представлены. И мисс Морланд, о которой на некоторое время забыли, была, в свою очередь, представлена дамам Торп. Ее фамилия поразила всех. И после нескольких любезных замечаний старшая из сестер громко сказала младшим:

— Как похожа мисс Морланд на своего брата!

— Она его вылитый портрет! — воскликнула мать, после чего каждая повторила по нескольку раз:

— Я бы сразу догадалась, что это его сестра, где бы ее ни встретила!

В первые минуты Кэтрин испытывала недоумение. Но едва только миссис Торп и ее дочки принялись описывать обстоятельства, при которых состоялось их знакомство с мистером

Джеймсом Морландом, она вспомнила, что ее старший брат недавно подружился с учившимся с ним в колледже молодым человеком по фамилии Торп и провел в его доме неподалеку от Лондона последнюю неделю рождественских каникул.

Как только все разъяснилось, девицы Торп выразили самое горячее желание поближе с ней познакомиться, ибо дружба между их братьями уже сделала их подругами, и так далее, и тому подобное. Кэтрин отнеслась к этому весьма благосклонно, ответив со всей любезностью, на какую была способна. И в качестве первого доказательства дружбы ей вскоре была предложена рука мисс Торп-старшей, пригласившей ее пройтись по залу. Кэтрин была в восторге от приобретения нового батского знакомства и, болтая с мисс Торп, почти совсем забыла о мистере Тилни, — дружба, несомненно, является целительным бальзамом для ран от разочарований в любви.

Беседа их обратилась к темам, свободное обсуждение которых обычно немало способствует внезапному возникновению доверительной дружбы между молодыми девицами — таким, как наряды, балы, флирт и человеческие причуды. Будучи на четыре года старше и располагая, следовательно, более долгим опытом, мисс Торп при обсуждении этих тем имела существенные преимущества. Она могла сравнить балы в Бате с балами в Танбридже, а также здешние наряды — с лондонскими, объяснить новой подруге, что такое со вкусом подобранные украшения, уловить флирт между джентльменом и леди, которые всего лишь улыбнулись друг другу, и в густой толпе заметить какого-нибудь чудака. Подобные способности привели совершенно несведущую во всем этом Кэтрин в полный восторг. И у нее составилось о подруге такое высокое мнение, которое могло бы помешать близости между ними, если бы простота обращения и живость мисс Торп, а также ее многократные заверения в том, как она счастлива их знакомству, не рассеяли в Кэтрин чувства благоговения перед ней, сохранив в ее душе лишь горячую симпатию. Растущая взаимная привязанность не позволила новым подругам ограничиться только полудюжиной пройденных по Галерее кругов и вынудила мисс Торп, когда вся компания покинула это заведение, проводить мисс Морланд до самых дверей дома мистера Аллена. Они расстались после нежного и долгого рукопожатия, обнаружив, к взаимной радости, что им предстоит встретиться вечером в театре, а наутро молиться в одной и той же церкви. Кэтрин тотчас же взбежала по лестнице и стала наблюдать из окна гостиной, как мисс Торп удалялась по улице, восхищаясь грациозностью ее походки и элегантностью ее фигуры и платья и благодаря судьбу за то, что она послала ей такую подругу.

Миссис Торп была вдовой, не слишком богатой. Она была благодушной, доброжелательной женщиной и снисходительной матерью. Ее старшая дочь была красавицей, а младшие, воображая, что они столь же хороши, как их сестра, подражая ее манерам и одеваясь в том же стиле, вполне довольствовались своей судьбой.

Эта краткая характеристика семьи потребовалась для того, чтобы уберечь читателя от долгого и подробного повествования самой миссис Торп о ее злоключениях и невзгодах, которое заняло бы три или четыре следующие главы, разоблачая пороки домовладельцев и стряпчих и воскрешая разговоры двадцатилетней давности.

Глава V

Вечером в театре Кэтрин была не настолько занята обменом любезностями и улыбками с мисс Торп (поглощавшими, впрочем, немалую долю ее внимания), чтобы не поискать взглядом во всех даже самых отдаленных ложах мистера Тилни. Увы, она вглядывалась напрасно. Пьеса так же мало интересовала мистера Тилни, как и Галерея. Она решила, что следующий день окажется более удачным. И когда, словно в угоду ее желанию, назавтра выдалось великолепное утро, она уже почти в этом не сомневалась. Ибо хороший воскресный день в Бате выгоняет из дому всех его обитателей, заставляя их отправиться на прогулку, чтобы выразить знакомым свое восхищение чудесной погодой.

После богослужения компании Торпов и Алленов сразу же объединились. И, проведя в Галерее ровно столько времени, сколько требовалось, чтобы прийти к выводу о невыносимости тамошней толчеи и невозможности встретить в ней хотя бы одно приятное лицо, — вывод, делаемый всеми каждое воскресенье в продолжение всего сезона, — они поспешили к Крессенту, чтобы подышать свежим воздухом в более достойном окружении. Здесь Кэтрин и Изабелла, гуляя рука об руку, могли вновь насладиться задушевной беседой. Они разговаривали долго и с большим чувством. Но надежда Кэтрин встретить своего партнера по танцам оказалась опять несостоятельной. Его не было нигде. Все попытки его найти оканчивались ничем. Он не показывался ни на утренних сборищах, ни на вечерних ассамблеях, ни в Верхних, ни в Нижних залах, ни на костюмированных балах, ни на обычных. Он не появлялся днем на прогулках, не катался верхом, не разъезжал в экипаже. Имени его не было в книге посетителей Галереи, и его больше просто негде было искать. Следовало думать, что он уехал из Бата. И тем не менее он даже не упомянул, что будет здесь так недолго. Подобная всегда благоприятствующая герою романа таинственность создала в воображении Кэтрин вокруг его облика и поведения новый ореол и усилила ее стремление хоть что-то о нем узнать. От Торпов, однако, она не могла получить о нем никаких сведений, так как они прибыли в Бат лишь за два дня до встречи с миссис Аллен. И все же мистер Тилни занял значительное место в разговорах Кэтрин с ее прелестной подругой, которая всячески поощряла ее к беседе о нем и тем самым не давала изгладиться впечатлению, оставленному им в ее памяти. Изабелла не сомневалась, что он должен быть обаятельнейшим молодым человеком. И в равной степени она была убеждена, что он не может не восторгаться ее дорогой Кэтрин и, следовательно, скоро вернется в Бат. Особенно нравилось ей то, что он избрал карьеру священника, ибо она «считала своим долгом признаться в особой склонности к этому призванию». Слова эти были произнесены с чемто вроде вздоха. Кэтрин, возможно, допустила ошибку, не выведав у подруги причины столь тонкого выражения чувств. Но проявления любви и дружеские обязанности были ей знакомы еще недостаточно, чтобы она могла догадаться, когда следует добродушно пошутить, а когда — добиваться волнующей откровенности.

Миссис Аллен была теперь вполне счастлива и совершенно довольна Батом. Она разыскала знакомых, они, по счастью, оказались семьей ее самой дорогой давней подруги и в довершение всего были одеты значительно беднее, чем она сама. Вместо ежедневно повторяемой фразы: «Как бы мне хотелось встретить здесь кого-нибудь из знакомых!», она стала теперь говорить: «Как я рада, что мы встретились с миссис Торп!» И постоянное общение двух семей сделалось для нее не менее желанным, чем для ее юной воспитанницы и Изабеллы. Ни один день не казался ей проведенным с толком, если большую его часть она не проводила бок о бок с миссис Торп, поглощенная тем, что они называли беседой, в которой, впрочем, не хватало не только обмена мнениями, но часто даже общей темы, поскольку миссис Торп главным образом говорила о детях, а миссис Аллен — о туалетах.

Дружба между Кэтрин и Изабеллой развивалась столь же стремительно, сколь внезапным было ее начало, и они так быстро прошли все ступени растущей взаимной симпатии, что вскоре не осталось ни одного возможного свидетельства этого чувства, которого бы они не явили друг другу и окружающим. Они называли друг друга по именам, гуляли только под руку, закалывали друг другу шлейфы перед танцами и были неразлучны в любом обществе. И если дождливое утро лишало их других развлечений, они, невзирая на сырость и грязь, непременно встречались и, закрывшись в комнате, читали роман. Да, да, роман, ибо я вовсе не собираюсь следовать неблагородному и неразумному обычаю, распространенному среди пишущих в этом жанре, — презрительно осуждать сочинения, ими же приумножаемые, — присоединяясь к злейшим врагам и хулителям этих сочинений и не разрешая их читать собственной героине, которая, случайно раскрыв роман, с неизменным отвращением перелистывает его бездарные страницы. Увы! Если героиня одного романа не может рассчитывать на покровительство героини другого, откуда же ей ждать сочувствия и защиты? Я не могу относиться к этому с одобрением. Предоставим обозревателям бранить на досуге эти плоды творческого воображения и отзываться о каждом новом романе избитыми фразами, заполнившими современную прессу. Не будем предавать друг друга. Мы — члены ущемленного клана. Несмотря на то, что наши творения принесли людям больше глубокой и подлинной радости, чем созданные любой другой литературной корпорацией в мире, ни один литературный жанр не подвергался таким нападкам. Чванство, невежество и мода делают число наших врагов почти равным числу читателей. Дарования девятисотого автора краткой истории Англии или составителя и издателя тома, содержащего несколько дюжин строк из Мильтона, Поупа и Прайора, статью из «Зрителя» и главу из Стерна, восхваляются тысячами перьев, меж тем как существует чуть ли не всеобщее стремление преуменьшить способности и опорочить труд романиста, принизив творения, в пользу которых говорят только талант, остроумие и вкус. «Я не любитель романов!», «Я редко открываю романы!», «Не воображайте, что я часто читаю романы!», «Это слишком хорошо для романа!» — вот общая погудка. «Что вы читаете, мисс?» — «Ах, это всего лишь роман!» — отвечает молодая девица, откладывая книгу в сторону с подчеркнутым пренебрежением или мгновенно смутившись. Это всего лишь «Цецилия», или «Камилла», или «Белинда», — или, коротко говоря, всего лишь произведение, в котором выражены сильнейшие стороны человеческого ума, в котором проникновеннейшее знание человеческой природы, удачнейшая зарисовка ее образцов и живейшие проявления веселости и остроумия преподнесены миру наиболее отточенным языком. Но будь та же самая юная леди занята вместо романа томом «Зрителя», с какой гордостью она покажет вам книгу и назовет ее заглавие! А между тем весьма маловероятно, чтобы ее в самом деле заинтересовала какая-нибудь часть этого объемистого тома, содержание и стиль которого не могут не оттолкнуть девушку со вкусом, — настолько часто его статьи посвящены надуманным обстоятельствам, неестественным характерам и беседам на темы, давно уже переставшие интересовать кого-нибудь из живущих на свете, к тому же изложенным на языке столь вульгарном, что едва ли он может оставить благоприятное впечатление о веке, который его переносил.

Глава VI

Беседа между двумя подругами, состоявшаяся в Галерее однажды утром на восьмой или девятый день их знакомства, приводится здесь, чтобы дать читателю представление о силе их взаимной привязанности, а также тонкости, глубине и своеобразии их мыслей и литературных вкусов, на которых эта привязанность основывалась.

Их встреча была заранее условлена, и так как Изабелла явилась в Галерею пятью минутами раньше своей подруги, первыми ее словами, естественно, были:

— Дорогая моя, что это вас так задержало? Я жду вас целую вечность!

— Неужели я вас заставила ждать? Извините меня. Мне казалось, я не опаздываю. Только что пробил час. Надеюсь, вы здесь недавно?

— Тысячу лет, не меньше. Во всяком случае, уже битых полчаса. Ну, а теперь давайте доставим себе маленькое удовольствие и посидим тихонько вон там, в глубине зала. Мне надо поделиться с вами сотней разных вещей. Прежде всего, я так боялась дождя, когда утром собиралась из дому! Казалось, он вот-вот хлынет, — это бы разбило мне сердце. Вы знаете, проходя по Мильсом-стрит, я заметила на витрине самую миленькую шляпку, какую только можно себе представить, — вроде вашей, но не с зелеными лентам, а с пунцовыми. Мне смертельно захотелось ее купить! Но, Кэтрин, дорогая,

42

как прошло ваше утро? Читали ли вы дальше «Удольфо»?

— Я принялась за него, как только открыла глаза. И уже добралась до черного покрывала.

— Что вы говорите? Какая прелесть! Но я ни в коем случае не скажу, что под ним спрятано. Хоть вы, наверно, умираете от любопытства?

— Еще бы! Что бы это могло оказаться? Нет, нет, не говорите, ради Бога, ни слова! Наверно, там спрятан скелет, — я убеждена, что это будет скелет Лорентины. О, я в восторге от этой книги! Я бы ее с удовольствием читала всю жизнь. Уверяю вас, если бы не наша встреча, я бы ни за что на свете от нее не оторвалась.

— Милочка моя, я так вам признательна! Но когда вы кончите «Удольфо», мы с вами примемся за «Итальянца». И я уже приготовила для вас список еще десяти — двенадцати романов в том же роде.

— Правда? Мне даже не верится. Но что это за романы?

— Сейчас я их вам перечислю, все до одного — они у меня здесь, в записной книжке. «Замок Вольфенбах», «Клермонт», «Таинственное предостережение», «Чародей Черного леса», «Полуночный колокол», «Рейнская сирота» и еще «Страшные тайны». Этого пока достаточно.

— О да, конечно. Но все они с ужасами? Вы уверены, что все они с ужасами?

— Абсолютно. Моя ближайшая подруга, мисс Эндрюс, — милейшая особа, самое чудное существо на земле, — перечитала их все. Если бы вы знали мисс Эндрюс, вы бы ее обожали. Вы даже представить не можете, какое она себе вяжет прелестное платье. По-моему, она просто ангел. Почему-то мужчины ею не восхищаются. Это выводит меня из себя, и я их отчитываю как могу.

— Отчитываете? Вы отчитываете мужчин за то, что она им не нравится?

— Само собой разумеется. Чего только я не сделаю ради настоящих друзей. Я не способна на половинчатое чувство — мне это не свойственно. Привязанности мои необыкновенно сильны. Этой зимой на одной из наших ассамблей я заявила капитану Ханту, что, сколько бы он ко мне ни приставал, я не стану с ним танцевать, пока он не подтвердит, что мисс Эндрюс красива как ангел. Вы знаете, мужчины считают, что мы не созданы для подлинной дружбы, но я докажу им, что они заблуждаются. Пусть только я услышу, что кто-то неуважительно отзовется о вас, — увидите, какой он получит отпор. Впрочем, это едва ли случится — вы ведь относитесь к женщинам, которые у мужчин пользуются успехом.

— Что вы! Как вы могли это сказать? — покраснев, ответила Кэтрин.

— Уверяю вас. Вам свойственна живость, которой так не хватает мисс Эндрюс. Должна признаться, в ней есть что-то пресное... Ах да, могу вас обрадовать! Вчера, когда мы расстались, я заметила молодого человека, смотревшего на вас очень внимательно. Готова поручиться — он в вас влюблен!

Кэтрин опять покраснела и запротестовала еще энергичнее, но Изабелла продолжала со смехом:

— Клянусь вам, это чистая правда! Но я догадываюсь, в чем дело: вы не дорожите ничьей благосклонностью, кроме благосклонности джентльмена, имени которого можно не называть. Что ж, если говорить серьезно, эти чувства естественны. Не смею вас за них упрекать. Если сердце занято, — мне это так знакомо! — внимание посторонних его не радует. Все, что не связано с его избранником, кажется таким заурядным и скучным! Ваши чувства вполне понятны.

— Вам незачем убеждать меня, что я много думаю о мистере Тилни, которого, быть может, никогда не увижу.

— Никогда не увидите? Милочка моя, как можете вы так говорить? Поверьте, если бы вы и впрямь так думали, вы были бы глубоко несчастны.

— Нисколько. Я не скрываю, он мне понравился. Но когда я читаю «Удольфо», мне кажется, что сделать меня несчастной не может ничто на свете. Ах, это ужасное черное покрывало! Изабелла, дорогая, я уверена, что под ним скелет Лорентины.

— Как странно, что вы до сих пор не читали «Удольфо». Миссис Морланд, наверно, не любит романов?

— Да нет же, любит! Просто до нас не доходят новые книги. Она сама часто перечитывает «Сэра Чарлза Грандисона».

— «Сэра Чарлза Грандисона»? Но ведь его просто невозможно читать! Я помню, мисс Эндрюс не смогла одолеть первого тома.

— Конечно, это совсем непохоже на «Удольфо». Но все же он показался мне занимательным.

— Неужели? Вы меня удивляете. Мне представлялось, что эта книга просто невыносима. Но, Кэтрин, дорогая, вы уже придумали, что вы наденете на голову сегодня вечером? Я твердо решила во всех случаях одеваться так же, как вы. Мужчины, знаете, иногда обращают на это внимание.

— Но ведь нам до этого нет дела? — невинно спросила Кэтрин.

— Нет дела? Боже! Я взяла себе за правило не считаться с их мнением. Мужчины подчас бывают ужасно дерзки, если только перед ними робеть и не держать их на расстоянии.

— Правда? Я этого никогда не замечала. При мне они всегда бывали достаточно сдержанны.

— Они такими только прикидываются. Это самые самоуверенные существа на земле, воображающие о себе Бог весть что. Кстати, все время забываю у вас спросить: кого вы предпочитаете — блондинов или брюнетов?

— Мне трудно сказать, я об этом никогда не задумывалась. Наверно, что-нибудь среднее — шатены. Не слишком светлые, но и не темные.

— Отлично, Кэтрин, он ведь именно таков. Я не забыла вашего описания мистера Тилни: «смуглое лицо с темными глазами и не слишком темные волосы». Что ж, мой вкус отличается от вашего. Я предпочитаю светлые глаза и бледное лицо. Они кажутся мне более привлекательными. Вы не выдадите меня, встретив кого-нибудь из ваших знакомых с этими качествами?

— Выдать вас! В каком смысле?

— Ах, не терзайте меня! Я и так уже слишком много сказала. Поговорим о другом.

Кэтрин с некоторым удивлением подчинилась. Немного помолчав, она была уже готова вернуться к тому, что интересовало ее сейчас больше всего, то есть к скелету Лорентины. Однако подруга опередила ее, воскликнув:

— Ради Бога, уйдем из этого конца зала! Вы заметили тех двух ужасных молодых людей, которые уже полчаса таращат на меня глаза? Они действуют мне на нервы. Давайте посмотрим в книге, кто еще прибыл в Бат. Едва ли они последуют за нами.

Подруги подошли к столу с книгой для записи новых посетителей Галереи. И пока Изабелла читала имена, Кэтрин пришлось следить за поведением дерзких незнакомцев.

— Ну как, они все еще там? Надеюсь, у них не хватит дерзости нас преследовать. Умоляю вас сказать мне, если они двинутся в нашу сторону. Я твердо решила на них не смотреть.

Вскоре Кэтрин с непритворной радостью сообщила подруге, что она может больше не беспокоиться, ибо джентльмены покинули Галерею.

— Куда же они направились? — быстро обернувшись, спросила Изабелла. — Один из них совсем недурен.

— Они вошли в церковные ворота.

— Ну что ж, я очень довольна, что мы от них отделались. А теперь, как вы относитесь к тому, чтобы пройтись со мной до Эдгарс-Билдингс — взглянуть на мою новую шляпку? Вы ведь сказали, что хотели ее посмотреть?

Кэтрин охотно согласилась.

— Но, — добавила она, — как бы нам не столкнуться с теми молодыми людьми?

— Пустяки. Если поспешить, мы успеем проскочить перед ними. Мне до смерти хочется показать вам шляпку.

— Достаточно подождать несколько минут — и встречи можно будет вообще не бояться.

— Они недостойны того, чтобы я к ним подлаживалась! Не считаю нужным уделять мужчинам много внимания. Этим их можно только испортить.

Против последнего довода у Кэтрин не нашлось возражений. И дабы подтвердить независимость взглядов мисс Торп, а также ее решимость проучить представителей ненавистного пола, они тут же пустились в погоню за молодыми людьми.

Глава VII

В следующую минуту они пересекли прилегающий к Галерее двор и очутились под сводами арки напротив переулка Юнион. Но тут им пришлось остановиться. Всякий знакомый с Батом хорошо помнит, как трудно здесь пересечь Чип-стрит. Эта улица в самом деле так неладно устроена и находится в такой неблагоприятной близости к лондонской и оксфордской большим дорогам, а также главной городской гостинице, что не проходит дня, в который каким-то леди, независимо от значительности предпринятого ими дела — покупки ли пирожных, посещения галантерейной лавки или, как было на этот раз, преследования молодых людей, — не пришлось бы задержаться на той или другой ее стороне, пропуская всадников, экипажи или повозки. Со времени приезда в Бат Изабелла, к своей досаде, наталкивалась на это препятствие по нескольку раз в день. И сейчас ей довелось натолкнуться на него и почувствовать досаду еще раз, ибо в тот самый момент, когда они оказались напротив переулка Юнион и увидели двух джентльменов, пробиравшихся сквозь толпу и месивших грязь

49

в этом привлекательном месте, им помешало перейти дорогу приближение кабриолета, который самоуверенный возница гнал по негодной мостовой с воодушевлением, подвергавшим смертельной опасности его самого, его седока и коня.

— Противные кабриолеты! — вырвалось у Изабеллы. — До чего я их ненавижу!

Однако ее ненависть, хоть и столь справедливая, оказалась непродолжительной, — взглянув снова на экипаж, она воскликнула:

— Что я вижу? Брат и мистер Морланд!

— Господи, это Джеймс! — одновременно вырвалось у Кэтрин.

Едва только молодые люди их заметили, лошадь была сразу же остановлена таким рывком, что почти поднялась на дыбы, после чего седоки выпрыгнули из экипажа, оставив его на попечение встрепенувшегося от внезапной остановки слуги.

Кэтрин, для которой появление брата было совершенно неожиданным, встретила его с большой радостью. Брат, искренне к ней привязанный приятный молодой человек, отвечал ей тем же — в той мере, в какой ему это позволяли непрерывно отвлекавшие его очаровательные глазки мисс Торп. Приветствие, с которым он сразу же обратился к этой леди, отразившее одновременно переживаемые им радость и смущение, могло бы подсказать его сестре, если бы она лучше умела разбираться в чужих чувствах и не слишком была поглощена своими

собственными, что Джеймс ценит красоту Изабеллы не менее высоко, чем сама Кэтрин.

Джон Торп, отдававший распоряжения относительно экипажа, вскоре присоединился к
ним и должным образом вознаградил Кэтрин
за испытанный ею недостаток внимания. Он
весьма небрежно поздоровался с Изабеллой, едва лишь пожав ей руку, но зато по всем правилам расшаркался перед ее подругой.

Это был полный юноша среднего роста, с
невзрачными чертами лица и нескладной фигурой, который, казалось, чтобы не выглядеть
слишком привлекательно, одевался как грум, а
чтобы не сойти за человека с хорошими ма-
нерами, вел себя непринужденно, если следовало проявлять сдержанность, и развязно — если
была допустима непринужденность. Вынув из
кармана часы, он спросил:

— Как вы думаете, мисс Морланд, за сколько времени мы доскакали из Тётбери?

— Я ведь не знаю, далеко ли это отсюда.

Ее брат заметил, что до Тётбери двадцать три
мили.

— Двадцать три? — спросил Торп. — Двадцать пять, и ни дюйма меньше!

Морланд возразил ему, ссылаясь на свидетельства путеводителей, хозяев гостиниц и до-
рожных знаков, но его приятель отверг их все,
поскольку располагал более надежной мерой
расстояния.

— Я знаю, — сказал он, — что мы проехали
двадцать пять миль, по времени, которое у нас

51

отняла дорога. Сейчас половина второго. Мы выкатили со двора гостиницы в Тётбери, когда городские часы пробили одиннадцать. Я вызову на дуэль любого человека, который скажет, что моя лошадь пробегает в упряжке меньше десяти миль в час. Отсюда и выходит ровно двадцать пять миль.

— У вас потерялся один час, Торп, — сказал Морланд. — Когда мы выезжали из Тётбери, было всего десять часов.

— Десять часов? Клянусь жизнью, было одиннадцать! Я пересчитал все удары. Ваш брат, мисс Морланд, доведет меня до исступления. Только взгляните на мою лошадь — вы видели за свою жизнь существо, более приспособленное для быстрого бега? (Слуга в это время как раз взобрался на сиденье и отгонял экипаж.) Настоящих кровей! Три с половиной часа на то, чтобы пробежать какие-то двадцать три мили, — не угодно ли? Посмотрите на это животное и попробуйте себе представить такую нелепость.

— О да, лошадь сильно разгорячилась.

— Разгорячилась! До Уолкотчёрч на ней и волосок не шелохнулся. Взгляните на ее передние ноги. Взгляните на круп. Только посмотрите на ее поступь. Такая лошадь не может пробегать в час меньше десяти миль, даже если ее стреножить. А что скажете вы, мисс Морланд, о моем кабриолете? Хорош, не правда ли? Отличная подвеска. Столичная работа. Он у меня меньше месяца. Заказан человеком из Крайстчёрч, моим приятелем — отличным парнем.

Бедняга поездил на нем несколько недель, пока, я думаю, не стало удобным его продать. Я в это время как раз подыскивал себе что-нибудь легкое в этом роде — даже решил было уже купить шарабан. И тут встретил его на мосту Магдалины при въезде в Оксфорд — после прошлых каникул. Он мне и кричит: «Эй, Торп, а не нуждаетесь ли вы, часом, в такой скорлупке? Лучшая в своем роде — только я от нее чертовски устал». А я отвечаю: «Черт побери, я тот, кто вам нужен. Сколько возьмете за драндулет? И знаете, мисс Морланд, сколько он взял?

— Не имею ни малейшего понятия.

— А вы только взгляните: рессорная подвеска, сиденье, дорожный сундук, ящик для оружия, крылья, фонари, серебряная отделка — все, как видите, в отличном порядке. Железные части — как новые, если только не лучше. Запросил пятьдесят гиней. Я решил сразу. Выложил деньги, и экипаж мой.

— Поверьте, — сказала Кэтрин, — я так мало в этом разбираюсь, что не могу судить — дорого это или дешево.

— Ни то, ни другое. Могло обойтись дешевле. Но терпеть не могу торговаться, а у бедняги Фримена в кошельке было пусто.

— С вашей стороны это великодушно, — сказала растроганная Кэтрин.

— К чертям! Когда я что-то для друга делаю, терпеть не могу чувствительности.

У молодых леди спросили, куда они направляются, и, узнав о цели их прогулки, джентльмены решили проводить их до Эдгарс-Билдингс и засвидетельствовать свое почтение миссис Торп. Джеймс и Изабелла шли впереди. И последняя была настолько довольна своим жребием, так горячо старалась сделать эту прогулку приятной для человека, которого ей вдвойне рекомендовало родство с подругой и дружба с братом, и испытывала такие естественные, лишенные всякого притворства чувства, что, хотя на Мильсом-стрит они встретили и прошли мимо тех самых двух дерзких молодых джентльменов, она совсем не старалась привлечь к себе их внимание и обернулась к ним всего лишь три раза.

Джон Торп шел, разумеется, с Кэтрин и после нескольких минут молчания возобновил разговор о кабриолете:

— Быть может, мисс Морланд, кто-нибудь скажет вам, что это дешевая вещь. Но я мог продать ее через день на десять гиней дороже. Джексон из Ориэла предлагал мне шестьдесят тут же на месте, — это было при Морланле.

— Да, да, — сказал Морланд, услышав его слова. — Но вы забываете, что в цену входила лошадь.

— Лошадь?! Черта с два! Я бы не продал мою лошадь и за сто гиней. Вы любите, мисс Морланд, открытые экипажи?

— Да, конечно. Но я не припомню случая, чтобы я в них каталась. Хотя они мне очень нравятся.

— Отлично. Я буду катать вас в моем кабриолете каждое утро.

— Благодарю вас, — немного смутившись, ответила Кэтрин, не уверенная — прилично ли ей принять это приглашение.

— Завтра мы с вами едем на Лэнсдаун-Хилл.

— Благодарю вас. Но разве ваша лошадь не нуждается в отдыхе?

— В отдыхе?! Это после того, как она пробежала сегодня каких-нибудь двадцать три мили? Вздор! Нет ничего вреднее для лошадей, чем отдых. От него они мрут быстрее всего. Нет, нет, пока я здесь, она у меня каждый день будет тренироваться не меньше чем по четыре часа.

— Правда? — очень серьезно спросила Кэтрин. — Но ведь это же выйдет по сорок миль в день!

— Сорок, пятьдесят — какая разница? Значит, завтра — на Лэнсдаун-Хилл. Помните, я в вашем распоряжении!

— Как это будет чудесно! — обернувшись, сказала Изабелла. — Кэтрин, дорогая, я почти вам завидую. Но, Джон, я боюсь, третий седок у тебя может не поместиться.

— Третий? Как бы не так! Я прибыл в Бат не для того, чтобы катать здесь своих сестриц. Не правда ли — милое развлечение? О тебе, надеюсь, позаботится Морланд.

Это вызвало обмен любезностями между шедшими впереди, но Кэтрин не расслышала его подробностей и чем он закончился. Рассуждения ее спутника, исчерпав оживлявшую их тему, ограничивались теперь только краткими благоприятными или неодобрительными отзывами о внешности встречавшихся им по пути женщин. Со скромностью и почтительностью, подобающими юной девице, которая не осмеливается иметь собственное мнение, отличное от мнения самоуверенного кавалера, особенно в отношении женской красоты, Кэтрин слушала и соглашалась сколько могла, пока не решилась переменить тему разговора, задав вопрос, давно вертевшийся у нее на языке:

— Мистер Торп, вы читали «Удольфо»?

— «Удольфо»? Бог мой, увольте. Я не читаю романов. У меня достаточно других дел.

Осекшаяся и сконфуженная Кэтрин хотела уже было принести извинения за неуместный вопрос. Но не успела она открыть рта, как он добавил:

— Романы полны вздора и чепухи. После «Тома Джонса» не было ни одного сколько-нибудь приличного — разве что «Монах». Я его недавно прочел. Все остальные — полнейшая чушь.

— Мне кажется, «Удольфо», если бы вы его прочитали, вам бы понравился. Он написан так увлекательно.

— Увольте, ей-богу. Уж кабы я согласился прочесть роман, то разве из сочиненных миссис Радклиф. Они хоть читаются с интересом, и в них есть какой-то смысл.

— Но ведь «Удольфо» сочинила миссис Радклиф, — нерешительно заметила Кэтрин, опасаясь его обидеть.

— Ничего подобного! Гм, разве? Ах да, ну конечно. Я имел в виду другую дурацкую книгу, написанную той женщиной, из-за которой было столько разговоров и которая вышла замуж за французского эмигранта.

— Может быть, вы говорите о «Камилле»?

— Вот-вот, она самая. Какая чепуха — старик качается на качелях! Я как-то взял полистать первый том, да сразу смекнул, что его и читать не стоит. Впрочем, я догадался, что это за ерунда, еще раньше, когда узнал про ее замужество. Сразу сообразил, что в эту книгу нечего и заглядывать.

— Я ее никогда не читала.

— Немного потеряли, поверьте. Самая дурацкая книга, какую можно себе представить. В ней ничего и нет, кроме старичка, который качается на качелях да еще зубрит латынь. Клянусь честью!

Эти критические высказывания, справедливость коих, к сожалению, не могла быть оценена Кэтрин, он произнес, подходя к дому, в котором остановилась миссис Торп и где чувства проницательного и нелицеприятного критика «Камиллы» были вытеснены чувствами встретившегося с матерью преданного и нежного сына. Миссис Торп узнала их еще издали, глядя из окна.

— А, мама, как поживаете? — сказал он, тряхнув ей руку. — Где это вы подцепили такую диковинную шляпу? Вы в ней похожи на старую ведьму. Мы с Морландом решили провести с вами несколько дней. Придется вам подыскать неподалеку приличное жилье с двумя постелями.

Такое обращение, по-видимому, вполне отвечало чаяниям ее нежного материнского сердца, ибо миссис Торп встретила сына самым восторженным образом. Двум младшим сестрам он выразил равную родственную привязанность, спросив у них, как они поживают, и объявив им, что обе они уродины.

Все это Кэтрин не слишком понравилось. Но мистер Торп был другом Джеймса и братом Изабеллы! И на ее суждение о нем повлияли к тому же слова Изабеллы, сказавшей ей, когда они наконец отправились вдвоем посмотреть на новую шляпку, что Джон находит ее самой прелестной девушкой в мире, а также приглашение танцевать с ним на предстоявшем в тот день балу, сделанное Джоном при расставании. Будь она более опытной и более тщеславной, эти комплименты, возможно, не возымели бы своего действия. Но при сочетании юности и неуверенности в себе требуется незаурядная сила ума, чтобы не поддаться такому отзыву о собственной внешности и такому заблаговременному приглашению к танцу. Следствием всего этого было то, что, когда брат и сестра Морланды, проведя час у Торпов, вышли из дома, чтобы идти вместе к Алленам, и Джеймс, затворив за собой дверь, спросил: «Ну, Кэтрин, понравился тебе мой друг Торп?» — она, вместо того чтобы ответить честно, как она бы это сделала, не подействуй на нее лесть и дружеские чувства: «Решительно не понравился!» — без запинки произнесла: «Очень понравился, с ним так приятно провести время!»

— Он и впрямь самый славный парень на свете. Немного говорлив, но вам, барышням, это, должно быть, даже по вкусу. А нравятся тебе его родные?

— Еще бы, особенно Изабелла!

— Это приятно слышать. Я бы хотел, чтобы ты подружилась именно с такой молодой особой. У нее столько здравого смысла, столько очарования и ни капли притворства. Я давно вас мечтал познакомить. И она очень к тебе привязана. Она отзывается о тебе самым восторженным образом. А добрым мнением такой девушки, как мисс Торп, — сказал он, ласково взяв ее за руку, — можешь гордиться даже ты, Кэтрин.

— Я в самом деле им горжусь, — ответила его сестра. — Я люблю ее всей душой и счастлива, что тебе она тоже нравится. Ты о ней лишь упомянул, когда писал мне, вернувшись от Торпов.

— Я просто надеялся скоро с тобой увидеться. Мне кажется, вам надо как можно больше времени проводить вместе, пока вы живете в Бате. Она очень мила. И какая умница! Как дорожит ею семья! По-видимому, она всеобщая любимица. Наверно, она пользуется в Бате большим успехом, как ты думаешь?

— Я в этом не сомневаюсь. Мистер Аллен считает ее здесь самой хорошенькой молодой леди.

— И он едва ли ошибается. Не знаю другого человека, который бы лучше разбирался в женской красоте. Мне незачем спрашивать тебя, дорогая, нравится ли тебе эта поездка. Встретив такую подругу, ты не можешь быть недовольна. Да и Аллены, должно быть, очень к тебе внимательны?

— О конечно. Я никогда не жила так весело, как сейчас. А с твоим приездом станет еще веселее. Как ты был добр, приехав издалека, чтобы меня повидать!

Джеймс принял эту дань благодарности, успокоив свою совесть тем, что произнес от души:

— Кэтрин, я ведь в самом деле к тебе очень привязан.

Последовавший затем обмен вопросами и ответами относительно братьев и сестер, — как одни учатся, как другие растут, — а также о прочих семейных делах продолжался лишь с одним кратким отступлением Джеймса касательно достоинств мисс Торп до самого их прихода на Палтни-стрит, где молодой человек был весьма любезно принят мистером и миссис Аллен, из которых первый предложил ему с ними пообедать, а вторая — определить качество и угадать цену новой муфты и палантина. Предварительная договоренность в Эдгарс-Билдингс лишила Джеймса возможности принять приглашение джентльмена и заставила как можно скорее разделаться с вопросами леди. И после того, как было условлено о встрече обеих компаний в Восьмиугольном зале, Кэтрин могла наконец погрузиться в тревожные, возвышенные и душераздирающие переживания над страницами «Удольфо», забыв суетные заботы о платье и обеде, не будучи в состоянии умерить тревогу миссис Аллен по поводу опоздания портнихи и только в течение одной минуты из каждых шестидесяти доставляя себе удовольствие мыслью о том, что она уже приглашена танцевать на сегодняшнем балу.

Глава VIII

Несмотря на «Удольфо» и портниху, компания с Палтни-стрит явилась в Верхние залы как раз вовремя. Торпы и Джеймс Морланд прибыли туда всего на две минуты раньше. И после того, как Изабелла совершила свой обычный ритуал, встретив Кэтрин залпом восторгов и улыбок, восхитившись ее нарядом и позавидовав ее прическе, молодые леди рука об руку проследовали за старшими в бальный зал, перешептываясь обо всем, что только приходило им в голову, и возбуждая друг в друге игру воображения пожатием руки или нежной улыбкой.

61

Танцы начались через две минуты после того, как они расселись. Джеймс, который пригласил свою даму тогда же, когда была приглашена его сестра, сразу стал уговаривать Изабеллу присоединиться к танцующим. Но мистер Торп ушел в карточную комнату, чтобы поговорить с приятелем, и ничто, по словам мисс Торп, не могло заставить ее принять участие в танцах без ее дорогой подруги.

— Имейте в виду, — провозгласила она, — без вашей сестры я не танцую, посулите мне хоть все сокровища мира! Мы не желаем расставаться на целый вечер.

Кэтрин вполне оценила ее преданность, и они просидели бок о бок еще три минуты, после которых Изабелла, продолжавшая до того разговаривать с Джеймсом, снова повернулась к подруге и прошептала:

— Боюсь, моя дорогая, мне все же придется потанцевать — вашему брату слишком не терпится. Вы ведь не станете возражать, если я исчезну, не правда ли? Через минуту вернется Джон, и вам тогда нетрудно будет меня найти.

У Кэтрин был достаточно покладистый характер, чтобы, несмотря на некоторое разочарование, выразить какой-то протест. В это время все поднялись, и Изабелла успела только произнести на ходу: «До свидания, моя радость», — и быстро пожать ей руку. Младшие мисс Торп уже танцевали, и Кэтрин оказалась одна между миссис Аллен и миссис Торп. Отсутствие мистера Торпа было досадно не только из-за невозможности присоединиться к танцующим, но и потому, что уважительная причина ее неучастия в танцах была никому не известна и ее могли отнести к многочисленному племени ущемленных девиц, которым не удалось обзавестись кавалером. Оказаться униженной в глазах общества, нести на себе клеймо позора, оберегая чистоту сердца и невинность поступков, очерненных кознями подлинного виновника зла, — одна из непременных черт биографии героини. И твердость, с которой героиня переносит все испытания, делает честь ее характеру. Кэтрин тоже была тверда. Она страдала, но ни слова жалобы не сорвалось с ее уст.

Из этого плачевного состояния она десять минут спустя перенеслась в мир более приятных ощущений при виде мистера — нет, не Торпа, а Тилни, вдруг оказавшегося в нескольких шагах от их кресел. Продвигаясь как будто в их сторону, он все еще их не замечал, так что вызванная его внезапным появлением радостная улыбка и легкая краска на лице Кэтрин успели исчезнуть без ущерба для ее стоической репутации.

Мистер Тилни был, как всегда, изящен и любезен. Он увлеченно беседовал с опиравшейся на его руку молодой и привлекательной светской особой, в которой Кэтрин сразу распознала его сестру и тем самым необдуманно пренебрегла прекрасной возможностью вообразить его уже женатым и, следовательно, утраченным для нее навсегда. Подчиняясь простому и естественному ходу мыслей, она была не в силах предположить, что мистер Тилни мог оказаться женатым человеком. Он не так разговаривал, не так себя вел, как виденные ею до тех пор семейные мужчины. И хотя он упоминал в разговоре свою сестру, он ни словом не обмолвился о жене. Всего этого было достаточно, чтобы принять теперешнюю его спутницу за мисс Тилни. Поэтому, вместо того чтобы смертельно побледнеть и рухнуть в обмороке на грудь миссис Аллен, Кэтрин продолжала владеть собой и осталась сидеть на месте, хоть и с чуть порозовевшим лицом.

Мистер Тилни и его спутница хотя и медленно, но продолжали приближаться, следуя вплотную за дамой, которая оказалась знакомой миссис Торп. И когда эта дама, с которой они составляли одну компанию, остановилась и заговорила с миссис Торп, они остановились вместе с ней. Взглянув на Кэтрин, мистер Тилни сразу улыбнулся, обнаружив тем самым, что он ее узнал. Кэтрин приветливо улыбнулась в свою очередь, и тогда он, еще немного приблизившись, заговорил с ней и миссис Аллен, которая встретила его весьма радушно:

— Мне необыкновенно приятно, сэр, вас увидеть. Я уже боялась, что вы совсем покинули Бат.

Мистер Тилни поблагодарил ее за любезность и сказал, что ему пришлось на следующее утро после того, как он имел удовольствие с ними познакомиться, на неделю уехать.

— Не сомневаюсь, сэр, вы вернулись охотно. Это самый подходящий уголок для молодежи, как, впрочем, и для остальной публики. Когда мистер Аллен говорит, что ему здесь надоело, я всегда стараюсь ему втолковать, что он жалуется напрасно, поскольку Бат — город необычайно приятный. В это тоскливое время года здесь гораздо лучше, чем дома. И я объясняю мистеру Аллену, как ему повезло, что состояние здоровья заставило его сюда приехать.

— Надеюсь, сударыня, мистер Аллен должен будет полюбить это место еще и потому, что оно принесет пользу его здоровью.

— Благодарю вас, сэр. Я в этом не сомневаюсь. Наш сосед, доктор Скиннер, лечился здесь прошлой зимой и вернулся вполне здоровым.

— Это весьма обнадеживающее обстоятельство.

— О да, сэр. Но доктор Скиннер с семьей провел в Бате три месяца. Потому-то я и уговариваю мистера Аллена не торопиться с отъездом.

Их разговор был прерван просьбой миссис Торп к миссис Аллен, чтобы она слегка подвинулась и позволила сесть миссис Хьюз и мисс Тилни, которые пожелали присоединиться к их компании. После того как дамы расселись, мистер Тилни постоял несколько минут около них, а затем пригласил Кэтрин танцевать. Такой сам по себе приятный знак внимания с его стороны только вдвойне ее огорчил и, отказываясь от приглашения, она сожалела столь явно, как будто это ей в самом деле было нелегко сделать. И если бы появившийся вскоре Торп подошел к ним минутой раньше, он мог подумать, что она переживает этот отказ даже сильнее, чем следует. Весьма небрежная манера, с которой Торп объяснил свое отсутствие, нимало не примирила Кэтрин с ее неудачей. А сообщенные им во время танцев подробности о лошадях и собаках встреченного им приятеля и их уговоре поменяться терьерами не настолько ее заинтересовали, чтобы помешать ей частенько поглядывать в тот конец зала, где остался мистер Тилни. Ее дорогой Изабеллы, которой она жаждала показать этого молодого человека, как будто и след простыл. Они очутились в разных танцующих партиях. Оторванная от своей компании и всех знакомых, испытав одно огорчение за другим, Кэтрин извлекла из происшедшего важный вывод о том, что приглашение на танец, полученное до бала, не обязательно сулит молодой леди много радостей и торжества на балу. Раздумывая подобным образом, она вдруг почувствовала чье-то прикосновение к своему плечу и, повернувшись, увидела прямо перед собой миссис Хьюз в сопровождении мисс Тилни и какого-то джентльмена.

— Прошу простить меня, мисс Морланд, — сказала миссис Хьюз, — за мою вольность. Я никак не могла найти мисс Торп, и миссис Торп убедила меня, что вы не будете возражать, если я оставлю эту молодую леди танцевать неподалеку от вас.

Миссис Хьюз не могла обратиться в этом зале ни к кому, кто с большей готовностью откликнулся бы на ее просьбу. Молодые леди были представлены друг другу, мисс Тилни достойным образом выразила, насколько она ценит оказываемое ей внимание, а мисс Морланд со свойственной щедрому сердцу деликатностью дала понять, что оно для нее совершенно не обременительно. И довольная тем, что ей удалось так удачно позаботиться о своей подопечной, миссис Хьюз вернулась к своей компании.

У мисс Тилни была изящная фигура, а также красивое лицо с правильными чертами и приятным выражением. Хотя она не старалась, подобно мисс Торп, показать себя с выгодной стороны и проявить нарочитую изысканность, во всем ее облике чувствовалось подлинное благородство. Манеры ее свидетельствовали об уме и хорошем воспитании — она не выглядела скованной, но и не была чрезмерно развязной. И казалось, она была способна чувствовать себя молодой и привлекательной и радоваться балу, не пытаясь вместе с тем обратить на себя внимание каждого находившегося поблизости мужчины и не преувеличивая своих чувств изъявлением доходящего до экстаза восторга или крайнего негодования из-за всякого пустяка. Кэтрин, с самого начала заинтересованная ее наружностью и родством с мистером Тилни, стремилась ближе с ней познакомиться, а потому охотно говорила ей все, что только приходило в голову и что она имела смелость и время произнести. Но трудности, существующие на пути к быстрому сближению, вызванные частой нехваткой хотя бы одного из этих условий, не позволили им продвинуться дальше самых первых ступеней знакомства, на которых они высказали друг другу свое отношение к Бату и поделились тем, насколько им понравилась его архитектура и окрестности, в какой мере та и другая любят рисовать, играть или петь и как они относятся к верховой езде.

Сразу по окончании двух танцев Кэтрин почувствовала рукопожатие ее верной Изабеллы, с восторгом провозгласившей:

— Наконец-то я вас нашла! Любовь моя, я уже битый час вас разыскиваю. И вы могли танцевать в этой партии, зная, что я танцую в другой? Без вас я себя чувствовала просто несчастной!

— Изабелла, дорогая, как же я могла танцевать с вами? Я и понятия не имела, где вы находитесь.

— Это самое я и твердила вашему брату, но он, видите ли, мне не верил. «Пойдите и поищите ее, мистер Морланд!» — говорила я ему. Но тщетно — я не заставила его сделать ни шагу. Быть может, это было не так, мистер Морланд? Мужчины — такой ленивый народ! Вам, Кэтрин, даже не поверится, как я его от-

3-4

читывала. Знаете, я не церемонюсь в подобных случаях.

— Взгляните на молодую леди с белой диадемой на голове, — прошептала Кэтрин, отводя подругу от Джеймса. — Это сестра мистера Тилни.

— Боже! Не может быть! Дайте-ка мне как следует ее рассмотреть. Что за прелестная особа — в жизни не видела подобной красавицы! Но где же ее неотразимый братец? Здесь, в этом зале? Покажите мне его сейчас же — я умираю от нетерпения! Мистер Морланд, пожалуйста не прислушивайтесь. Мы говорим не о вас.

— О чем же вы шепчетесь? Что-нибудь случилось?

— Ну вот, этого я и ожидала. Мужчины так любопытны! А еще говорят о любопытстве женщин! Какой вздор. Но удовлетворитесь тем, что вас сие не касается.

— Вы думаете, меня это может удовлетворить?

— Нет, я положительно ничего подобного не встречала! Скажите, какое вам дело, о чём мы здесь разговариваем? Если бы речь шла о вас, я бы вам не советовала подслушивать. Как бы вам не пришлось услышать нечто не слишком приятное.

В этой пустой, продолжавшейся довольно долго болтовне первоначальная тема была начисто забыта. И хотя Кэтрин была рада на какое-то время ее оставить, у нее не могло не возникнуть подозрения, насколько ее подруга действительно хочет увидеть мистера Тилни.

Когда оркестр заиграл снова, Джеймс попытался увести свою прелестную даму, но она этому решительно воспротивилась.

— Поверьте, мистер Морланд, я на это не соглашусь ни за какие блага на свете. Вы совершенно несносны. Только подумайте, Кэтрин, дорогая, до чего дошел ваш любезный братец. Он хочет, чтобы я с ним танцевала второй раз. Ведь я ему растолковала, насколько это неприлично и противно всем правилам. Если мы не сменим партнеров, мы станем притчей во языцех.

— Честное слово, — сказал Джеймс, — на подобных общественных балах можно танцевать с одним и тем же партнером, а можно и с разными.

— И вы способны утверждать такой вздор? Но уж коли мужчина что-либо вобьет себе в голову, ему хоть кол на голове теши. Кэтрин, дорогая, заступитесь хоть вы за меня — объясните вашему братцу, что это просто невозможно. Скажите, что, если я ему уступлю, вы будете недовольны. Вас ведь это в самом деле расстроит, не правда ли?

— Нет, почему же? Но если вам кажется, что этого делать не следует, танцуйте с другим.

— Вот, — вскричала Изабелла, — вы слышали, что сказала ваша сестра? И вы еще смеете стоять на своем? Что ж, запомните, если из-за нас старухи в Бате проднимут переполох, я ни при чем. Кэтрин, любовь моя, ради самого Неба, идемте танцевать с нами!

С этими словами она и мистер Морланд отправились к своей прежней партии. Между тем Торп куда-то ушел. И Кэтрин, все время мечтавшая дать мистеру Тилни возможность повторить столь приятное для нее приглашение, которым он удостоил ее в начале вечера, стала торопливо пробираться к миссис Аллен и миссис Торп, надеясь еще застать его около них. Увы, разочаровавшись в этой надежде, она поняла ее беспочвенность.

— Ну как, моя дорогая, — сказала миссис Торп, которой не терпелось услышать хвалебный отзыв о своем сыне, — надеюсь, вы были довольны вашим партнером?

— Вполне довольна, сударыня.

— Очень этому рада. У Джона чудесный характер, не правда ли?

— Дорогая моя, вы видели мистера Тилни? — спросила миссис Аллен.

— Нет. Где же он?

— Сию минуту от нас отошел. Ему, по его словам, так надоело стоять среди зрителей, что он решил потанцевать. Я думаю, он бы пригласил вас, если бы вы с ним встретились.

— Куда же он мог пойти? — спросила Кэтрин, осматриваясь по сторонам.

Без большого труда она отыскала глазами мистера Тилни, сопровождавшего молодую леди в сторону танцующих.

71

— Ах, он-таки нашел себе даму. Жаль, что он не пригласил вас, дорогая! — Сказав это, миссис Аллен после некоторого молчания добавила: — Он такой славный молодой человек!

— Вы, разумеется, правы, — с довольной улыбкой подтвердила миссис Торп. — Я не могу этого не признать, хотя и прихожусь ему матерью. Самый славный молодой человек на земле!

Эти слова, сказанные невпопад, могли бы у многих вызвать недоумение. Однако они нисколько не озадачили миссис Аллен, которая после краткого раздумья шепнула на ухо Кэтрин:

— Она, видно, считает, что я говорила о ее сыне.

Кэтрин была разочарована и расстроена. То, о чем она так мечтала, ускользнуло у нее прямо из рук. Находясь в таком расположении духа, она отнюдь не была склонна особенно любезно ответить на обращение вернувшегося вскоре Джона Торпа:

— Что ж, мисс Морланд, не поплясать ли нам с вами еще?

— О нет, премного вам благодарна. Два наших танца уже кончились. К тому же я устала и больше танцевать не хочу.

— Не хотите? Ну так давайте пройдемтесь и посмеемся над публикой. Я покажу вам четыре самые нелепые фигуры на этом балу: моих сестриц и их кавалеров. Я потешался над ними битых полчаса.

Кэтрин еще раз ответила отказом, и в конце концов ему пришлось продолжать свои развлечения в одиночестве. Остаток вечера показался Кэтрин особенно скучным. Мистер Тилни, обязанный заботиться о своей даме, не мог за чаем присоединиться к их компании. Мисс Тилни, хоть и оставалась с ними, сидела от нее вдалеке. А Изабелла была настолько увлечена разговором с Джеймсом, что не могла уделить подруге ничего, кроме одного восклицания: «Кэтрин, любовь моя», одного пожатия руки и одной улыбки.

Глава IX

Злоключения Кэтрин в этот вечер продолжились следующим образом. Прежде всего у нее возникло отвращение ко всем окружающим, следствием чего явилась ранняя усталость и желание как можно скорее вернуться домой. Желание это по возвращении на Палтни-стрит перешло в волчий аппетит, который, после того как она его утолила, уступил место непреодолимой сонливости. Этим была достигнута высшая точка ее неблагополучия, после чего она незамедлительно погрузилась в глубокий сон, продолжавшийся девять часов и настолько укрепивший ее душевные силы, что она пробудилась от него в прекрасном настроении и полная свежих планов и надежд. Больше всего ей хотелось продолжить знакомство с мисс Тилни, и первым делом она решила встретиться с ней в середине дня в Галерее. Мисс Тилни, как и все, кто только что прибыл в Бат, несомненно, должна была там появиться. А это помещение уже зарекомендовало себя в глазах Кэтрин таким удобным местом для раскрытия совершенств женской души и для укрепления женской дружбы и так подходило для задушевных бесед и возникновения безграничного доверия, что наша героиня вполне резонно надеялась приобрести в его стенах еще одну близкую подругу. Чем будет занят ее день, было, таким образом, определено. И после завтрака она спокойно уселась за чтение, решив, пока не пробьет час дня, не отрываться от книги и не прислушиваться, как обычно, к рассуждениям и возгласам миссис Аллен, которая из-за недостатка интереса к чему-либо и от непривычки о чем-то думать хоть не была говорливой, но и молчать толком не умела, так что терялась ли у нее при шитье иголка или рвалась нитка, проезжала ли мимо дома карета или обнаруживалось пятно на платье, — все это оказывалось поводом для ее замечаний, независимо от того, был ли кто-нибудь расположен на них ответить или до них никому не было дела. Около половины первого необычно громкий шум на улице заставил миссис Аллен броситься к окну. И не успела она сообщить Кэтрин, что у крыльца остановились два открытых экипажа — передний пустой, с одним только слугой, а задний с мистером Морландом и мисс Торп, — как по лестнице взбежал Джон Торп и громогласно представился:

— А вот и я! Небось заждались, мисс Морланд? Никак раньше не могли выбраться. Старый хрыч каретник целую вечность подбирал какую-то затычку. А когда выехали, она опять треснула. Как поживаете, миссис Аллен? Недурно вчера повеселились, а? Поторапливайтесь, мисс Морланд, остальным там уже невмоготу. Прямо рвутся в дорогу.

— Что это значит? Куда вы собрались?

— Собрались?! Ничего себе. Да вы что, забыли наш уговор? Разве у нас не было решено насчет прогулки? Что же у вас за голова? Держим курс на Клавертон-Даун!

— Что-то об этом, кажется, было сказано, — ответила Кэтрин, бросив умоляющий взгляд на миссис Аллен. — Но, говоря по правде, я вас не ждала!

— Не ждали? Вот это мило! А чем бы вы тут занимались, если бы я не приехал?

Молчаливый призыв Кэтрин о помощи не нашел со стороны миссис Аллен никакой поддержки, ибо последняя, не умея что-нибудь выражать собственным взглядом, даже не подозревала о возможности подобного способа передачи мыслей кем-то другим. И поскольку желание Кэтрин снова встретиться с мисс Тилни допускало ради этой прогулки небольшую отсрочку, а катанье с мистером Торпом, при условии, что Изабелла ехала с Джеймсом, не казалось предосудительным, ей оставалось только просто спросить:

— Как вы думаете, миссис Аллен, вы бы могли обойтись без меня час или два? Можно мне поехать?

— Поступайте, как вам больше хочется, моя дорогая, — сказала миссис Аллен вполне равнодушно.

Кэтрин последовала этому совету и пошла одеваться. Она вернулась очень скоро, едва позволив оставшимся обменяться одобрительными замечаниями по ее адресу, после того как Торп добился от миссис Аллен признания достоинств своего кабриолета. И, попрощавшись с этой дамой, молодые люди поспешили на улицу.

— Любовь моя, — воскликнула Изабелла, к которой по долгу дружбы Кэтрин должна была подбежать прежде, чем сесть в свой экипаж, — вы собирались не меньше трех часов! Я даже встревожилась — уж не заболели ли вы? Какой чудесный был вчера бал! Мне нужно вам сказать тысячу вещей. Скорее, скорее садитесь. Сил нет, как хочется ехать.

Кэтрин послушалась и пошла к другому экипажу, но не настолько быстро, чтобы не услышать слов, сказанных Изабеллой Джеймсу:

— Какая же она прелесть! Я ее просто обожаю!

— Вы только, мисс Морланд, не пугайтесь, — сказал Торп, подсаживая ее в кабриолет, — если лошадь, прежде чем тронуться с места, немного побалуется. Она может разок-другой рвануть, потом постоит минуту, а уж затем почует хозяйскую руку. Что поделаешь — озорная лошадка, любит подурить, хотя и без злобы.

Кэтрин эта характеристика не показалась слишком обнадеживающей. Но отступать было поздно — для того, чтобы признаться в собственной робости, она была еще слишком юной. Поэтому, доверясь судьбе и понадеявшись на хваленую преданность животного своему хозяину, она покорно села в экипаж, глядя, как Торп устраивается с ней рядом. Когда все было наконец готово, слуге, стоявшему подле лошадиной головы, было громогласно приказано: «Отпускай!», после чего они тишайшим образом без малейшего рывка, толчка или чего-либо подобного тронулись в путь. Обрадованная этим счастливым обстоятельством Кэтрин с веселым изумлением выразила свое удовольствие. И ее спутник тут же растолковал ей, что все попросту объясняется особым его умением придерживать вожжи и необыкновенными ловкостью и чутьем, с которыми он пользуется кнутом. Хотя Кэтрин не могла понять, зачем при таком мастерском управлении лошадью ему понадобилось пугать спутницу нравом животного, она все же искренне поздравила себя с тем, что находится под покровительством столь опытного возницы. И, заметив, что лошадь продолжает двигаться в той же спокойной манере, вовсе не пытаясь проявлять опасную резвость (при положенных ей десяти милях в час), Кэтрин почувствовала себя в полной безопасности и всей душой наслаждалась прогулкой и ласкающей свежестью прекрасного февральского дня. Вслед за коротким разговором несколько минут прошли в молчании, после чего Торп внезапно спросил:

— Небось старый Аллен богат, как жид?

Кэтрин его не поняла, и он повторил вопрос, добавив для пояснения:

— Старикан Аллен, у которого вы живете.

— Вы имеете в виду мистера Аллена? Да, мне кажется, он очень богат.

— И у него нет никаких детей?

— Нет, никаких.

— Неплохо для его любимчиков. Он что же — ваш крестный?

— Крестный? Вовсе нет.

— Вы ведь живете с ними.

— Да, конечно.

— Про то я и говорю. Славный старикан — верно, в свои годы неплохо пожил. Не зря заработал подагру, а? Он и сейчас каждый день выпивает по бутылочке?

— По бутылочке? О нет. Откуда вы взяли? Это очень умеренный человек. Неужели вам показалось, что он вчера был навеселе?

— Бог с вами! У женщин каждый мужчина навеселе. Не думаете ли вы, что человека можно свалить одной бутылкой? Я убежден в одном: если бы каждый выпивал в день по бутылке, в мире не было бы и половины теперешних безобразий. Тогда бы все зажили как надо.

— Что-то не верится.

— Черт побери, это спасло бы массу народа. В королевстве не выпивают и сотой доли того, что следует. С туманами иначе не сладишь.

— А мне говорили, что в Оксфорде пьют *слишком* много.

— В Оксфорде? Да в Оксфорде теперь вовсе не пьют, поверьте. Никто не пьет. Вы едва ли встретите там человека, способного больше чем на четыре пинты. Когда у меня собрались в последний раз, все удивлялись, что у нас вышло по пяти пинт на брата. Смотрели на это, как на что-то диковинное. В моем доме, в самом деле, есть что выпить — это в Оксфорде найдешь не всюду, — чего же тут удивляться. Вот и судите, как там в общем обстоит с выпивкой.

— Да, по этому вполне можно судить, — возмущенно ответила Кэтрин. — Оказывается, вы выпиваете много больше вина, чем я предполагала. Но я уверена, что Джеймс пьет гораздо меньше.

Ее утверждение было встречено такими громогласными словоизлияниями, — в которых ничего нельзя было разобрать, кроме множества сдабривавших их клятвенных заверений, — что Кэтрин еще сильнее укрепилась в своем мнении о чрезмерности оксфордских возлияний и счастливой вере в сравнительную воздержанность ее брата.

После этого мысли Торпа сосредоточились на достоинствах его выезда, и он призвал Кэтрин оценить живость и легкость, с которой бежала его лошадь, а также плавный ход кабриолета, обязанный мерной поступи животного и высокому качеству рессор. Кэтрин соглашалась со всеми выражениями его восхищения как только могла. Ни ослабить их, ни усилить было невозможно: его осведомленность и ее невежество в подобных вопросах, его убежденность и ее неуверенность в себе полностью это исключали. Она не могла высказать ни одного собственного суждения, но с готовностью признавала все, что бы он ни утверждал, и в конце концов они без труда пришли к обоюдному заключению, что его выезд по всем статьям самый лучший выезд подобного рода в Англии, поскольку кабриолет у него — лучшего устройства, лошадь — лучшая по скорости бега, а сам он — лучший возница.

— Но, говоря по правде, — произнесла Кэтрин, решившись наконец слегка переменить тему, так как полагала прежнюю вполне исчерпанной, — вы же не думаете, что кабриолет Джеймса такой уж непрочный?

— Непрочный? Черт возьми! Вы еще когданибудь видели такую шаткую штуковину? В нем нет ни одного живого места. Колеса начисто износились лет десять назад, не говоря уже обо всем остальном. Клянусь честью, его только тронь, и он рассыплется на куски. Это самое хлипкое сооружение, которое мне только приходилось встречать. Слава Богу, у нас с вами кое-что получше. В их драндулете я бы не рискнул и двух миль проехать, дайте мне хоть пятьдесят тысяч фунтов.

— Боже правый! — воскликнула напуганная Кэтрин. — В таком случае, я вас умоляю, вернемтесь в Бат. Если мы поедем дальше, с ними непременно случится несчастье. Пожалуйста, вернемтесь, мистер Торп. Остановитесь и объясните брату, какая им грозит опасность.

— Опасность? Какого черта! Подумаешь, важное дело. Просто они вывалятся, когда он под ними рассыплется. Грязи здесь хватит — шлепнутся в свое удовольствие... Клянусь дьяволом, всякий экипаж надежен, если только уметь им управлять. В хороших руках эта вещь еще проживет лет двадцать, пока не износится до конца. Да что там! За пять фунтов я бы на нем съездил в Йорк и обратно, не потеряв ни гвоздя.

Кэтрин слушала его с изумлением. Она никак не могла взять в толк, каким образом можно совместить столь противоположные суждения об одном и том же предмете: полученное ею воспитание не научило ее, до чего может дойти безудержная болтовня и какие пустые утверждения и бесстыдную ложь рождает избыток тщеславия. В ее семье смотрели на вещи просто и не увлекались словесными изощрениями: отец вполне удовлетворялся каким-нибудь каламбуром, а мать — пословицей. Поэтому они не привыкли лгать, чтобы прибавить себе значительности, и не позволяли себе утверждать в предыдущую минуту то, что пришлось бы оспаривать в последующую. В течение какого-то времени она переживала растерянность и не один раз уже была готова просить мистера Торпа более ясно выразить его мнение по беспокоившему ее вопросу. Но, вспомнив, что он до сих пор не слишком проявлял склонность объяснять просто вещи, о которых перед тем выражался туманно, она сдержалась и успокоила свою тревогу, смекнув, что он не стал бы и впрямь подвергать друга и сестру опасности, от которой их легко было уберечь, а значит, вполне уверен в надежности их экипажа. Сам Торп, по-видимому, обо всем этом тут же забыл, и их дальнейший разговор, или, вернее, его рассуждения, целиком относились к нему самому и к его собственным делам. Он рассказывал о лошадях, купленных им за бесценок и проданных за баснословные суммы, о скачках, на которых безошибочно предсказывал победителей, об охотничьих вылазках, на которых убивал больше дичи (не сделав ни одного приличного выстрела), чем все другие участники вместе взятые. Особенно подробно он описал необыкновенную лисью травлю, в которой его дальновидность и умение управляться с собаками загладили промах самого опытного охотника, а его бесстрашие в седле, хоть вовсе и не угрожавшее его собственной жизни, то и дело заставляло попадать впросак других, так что многие, как он хладнокровно выразился, свернули себе из-за этого шею.

Как ни мало Кэтрин была подготовлена к самостоятельным выводам и какими бы неясными ни были ее понятия о мужском совершенстве, но, прислушиваясь к бесконечному бахвальству Торпа, она не могла отделаться от сомнения в безукоризненности этого человека. То была весьма смелая догадка, ибо он ведь был братом Изабеллы, и Джеймс заверял ее, что присущие Торпу особенности должны нравиться женскому полу. Но несмотря на это, утомленная его обществом уже на первом часу прогулки и доведенная им под конец, когда они снова остановились на Палтни-стрит, до полного изнеможения, Кэтрин была готова противостоять столь авторитетным свидетельствам и отнестись с некоторым недоверием к его способности нравиться всем людям без исключения.

Трудно описать недоумение Изабеллы, когда перед самым домом миссис Аллен она обнаружила, что уже слишком поздно для визита к подруге: «Как, уже больше трех часов? Но это же невероятно, непостижимо, невозможно!» Она не хотела верить ни собственным часам, ни часам ее брата или слуги. Она не могла согласиться ни с каким доводом, основанным на реальности и здравом смысле, покуда этого не подтвердил мистер Морланд, показав ей свои часы. После этого невероятным, непостижимым и невозможным было бы всякое сомнение. И ей оставалось только заявить, что никакие другие два с половиной часа в ее жизни не пролетали для нее так незаметно.

Ее подруга, ей казалось, должна была чувствовать то же самое. Но Кэтрин была неспособна ко лжи даже в стремлении угодить Иза-белле. Впрочем, последняя не услышала возражений, так как не дождалась ответа: собственные переживания поглотили ее целиком. Особенно несчастной она себя чувствовала оттого, что вынуждена была немедленно возвращаться домой. Прошли века с тех пор, как она имела возможность перекинуться словом со своей обожаемой Кэтрин. Казалось, им больше не представится случай побыть друг с другом наедине, хотя ей необходимо сказать подруге тысячи вещей! И так, с улыбками по поводу величайшего несчастья и веселыми взглядами при выражении глубокого горя она попрощалась и уехала.

Кэтрин нашла миссис Аллен только что покончившей с хлопотливым утренним бездельем и встретившей ее словами:

— А вот вы и опять здесь, моя дорогая! — достоверность чего у Кэтрин не было ни причины, ни желания опровергнуть. — Надеюсь, вы получили удовольствие от прогулки?

— Большое спасибо, погода была вполне благоприятной.

— Миссис Торп думала то же самое. Она была очень довольна, что вы все поехали вместе.

— Вы видели миссис Торп?

— Когда вы уехали, я пошла в Галерею. Мы с ней встретились и приятно поболтали. Сегодня, по ее словам, на рынке было трудно купить телятину — ее привезли необычайно мало.

— Вы встретили кого-нибудь еще из знакомых?

— О да, мы свернули на Крессент и нашли там миссис Хьюз, которая гуляла с мистером и мисс Тилни.

— В самом деле! И вы с ними разговаривали?

— Конечно. Мы полчаса прогуливались вместе по Крессенту. Это весьма приятные люди. На мисс Тилни было муслиновое платье в крапинку. Насколько я могла заметить, она всегда одевается очень красиво. Миссис Хьюз много рассказывала про их семью.

— И что же она рассказала?

— Целую уйму всего. Кажется, ни о чем другом она и не говорила.

— Вы узнали, в какой части Глостершира они проживают?

— Да, конечно. Я только не могу сейчас припомнить. Они — люди очень достойные. И очень богатые. Миссис Тилни в девичестве была мисс Драммонд. Они с миссис Хьюз были школьными подругами. И у мисс Драммонд было огромное состояние. А когда она вышла замуж, отец дал ей двадцать тысяч да еще прибавил пятьсот фунтов на свадебные наряды. Миссис Хьюз видела все ее платья, когда их привезли из магазина.

— Мистер и миссис Тилни тоже приехали в Бат?

— Кажется, да. Я не вполне уверена. Впрочем, если мне не изменяет память, они уже умерли, по крайней мере, мать. Да, конечно, миссис Тилни умерла — миссис Хьюз рассказывала про чудесный жемчужный гарнитур, подаренный мистером Драммондом дочери к свадьбе. После смерти матери он перешел к мисс Тилни.

— А мистер Тилни, который со мной танцевал, — единственный сын?

— Не могу судить с полной уверенностью, дорогая моя, но, кажется, да. Во всяком случае, миссис Хьюз говорит, что он очень приятный молодой человек, живущий на широкую ногу.

Больше Кэтрин ни о чем не расспрашивала. Она услышала достаточно, чтобы почувствовать, как мало стоящих сведений может здесь почерпнуть и как много она потеряла, упустив возможность встретиться с братом и сестрой Тилни. Если бы она эту возможность предвидела, ничто не заставило бы ее предпринять прогулку в другой компании. Но раз уж так вышло, ей оставалось только жалеть о своем невезении и думать о том, что она потеряла, — думать до тех пор, пока ей не стало вполне ясно, что прогулка не принесла ей ни малейшего удовольствия и что Джон Торп — пренеприятнейший молодой человек.

Глава X

Вечером Аллены, Морланды и Торпы встретились в театре. Изабелла сидела рядом с Кэтрин и благодаря этому получила возможность поделиться с ней некоторыми из тех тысяч новостей, которые у нее накопились за время их бесконечной разлуки.

— Боже, Кэтрин, любовь моя, наконец-то мы опять вместе! — воскликнула она, когда Кэтрин вошла в ложу и села в соседнее кресло. — Итак, мистер Морланд, — он сидел по другую сторону от нее, — до конца вечера вы от меня не услышите ни слова. Извольте на это не рассчитывать. Кэтрин, милочка, как прошла для вас эта вечность? Впрочем, мне незачем спрашивать, вы чудесно выглядите. Сегодня у вас еще более восхитительная прическа, чем обычно; ах вы, негодное создание, вам хочется покорить весь мир? Вы знаете, мой брат от вас без ума. А что до мистера Тилни — то ведь это дело решенное. При всей вашей скромности, теперь вы не можете сомневаться в его чувствах. Его возвращение в Бат достаточно их прояснило. Чего бы я ни дала, чтобы наконец на него посмотреть! В самом деле, я без ума от нетерпения. Мамаша утверждает, что это самый обаятельный молодой человек на свете. Вы знаете, она его утром видела. Познакомьте меня с ним, ради Бога. Он в театре? Ради всего святого, посмотрите вокруг. Поверьте, пока я его не увижу, я просто не существую.

— Его что-то не видно, — сказала Кэтрин. — Наверно, он не пришел.

— Это ужасно! Мне, наверное, не суждено с ним познакомиться. Вам понравилось мое платье? Как будто неплохо выглядит? Рукава я придумала совершенно сама. Вы знаете, мне так осточертел Бат! Мы с вашим братом утром решили, что хотя здесь и можно неделю-другую развлечься, но жить здесь постоянно мы бы не согласились ни за какие миллионы. Оказывается, мы оба предпочитаем сельскую жизнь. Наши взгляды в самом деле удивительно схожи — мы не нашли никакого различия. Мне бы не хотелось, чтобы вы при этом разговоре присутствовали. С вашей насмешливостью вы бы сказали по этому поводу Бог весть что.

— Право, вы напрасно так думаете!

— Ах, я уверена. Я знаю вас лучше, чем вы себя. Вы бы сказали, что мы созданы друг для друга или какой-нибудь вздор в этом роде, и расстроили бы меня до слез. Я б покраснела, как ваши розы! Нет, я бы ни за что в мире не хотела, чтобы вы тогда были рядом.

— Вы ко мне несправедливы. Я не могла бы сделать столь неуместного предположения. Не говоря о том, что оно бы мне просто не пришло в голову.

Изабелла посмотрела на нее с недоверием и весь остальной вечер разговаривала только с Джеймсом.

Решимость встретиться с мисс Тилни проснулась в Кэтрин на следующее утро с новой силой, и до обычного часа посещения Галереи ее не покидала тревога, как бы этому не помешало какое-нибудь новое обстоятельство. Но ничего не случилось, их не задержал ни один посетитель, и в надлежащее время она со своими спутниками отправилась в Галерею, где все шло по заведенному обычаю и велись обычные разговоры. Выпив стакан воды, мистер Аллен заговорил с каким-то джентльменом о политике, сравнивая высказывания читаемых ими газет. А леди стали прогуливаться по залу, подмечая всякое новое лицо и почти всякую новую шляпку. Женская часть семьи Торп, сопутствуемая Джеймсом Морландом, появилась в толпе меньше чем через четверть часа, и Кэтрин тотчас же заняла обычное место подле своей подруги. Джеймс, который теперь всюду сопровождал Изабеллу, занял такое же место с другой стороны, и, отделившись от остальных, они какое-то время прохаживались втроем, пока Кэтрин не усомнилась в удобстве своего положения, при котором она целиком была прикована к подруге и брату, не пользуясь ни малейшим ответным вниманием. Ее спутники были все время заняты чувствительными объяснениями или оживленными спорами, но выражали чувства таким тихим шепотом, а оживление — таким громким смехом, что, хотя каждый из них нередко просил у Кэтрин поддержки, она была к этому решительно неспособна, так как не разбирала в их разговоре ни слова. В конце концов ей все же удалось от них отделаться, сказав, что ей необходимо поговорить с мисс Тилни, появлению которой в обществе миссис Хьюз она очень обрадовалась. И она подошла к молодой леди с той решимостью поближе с ней познакомиться, какой вряд ли могла бы набраться, не подтолкни ее вчерашняя неудача. Мисс Тилни встретилась с ней очень приветливо, ответив на все ее дружественные обращения с равным доброжелательством, и они разговаривали до тех пор, пока вся компания не покинула Галерею. И хотя, по всей вероятности ни та, ни другая девица не сделала ни одного наблюдения и не произнесла ни одной фразы, которые бы не говорились под этой крышей тысячи раз на протяжении каждого сезона, все же простота, безыскусственность и искренность сказанного были в данном случае несколько необычными.

— Как хорошо танцует ваш брат! — наивно воскликнула под конец Кэтрин, одновременно удивив и порадовав этим свою собеседницу.

— Вы говорите о Генри? — ответила та с улыбкой. — О да, он танцует неплохо.

— Ему, наверно, показалось странным, когда я в тот вечер ответила ему, что уже приглашена танцевать, хотя сидела среди зрителей. Но меня в самом деле еще с утра пригласил мистер Торп. — Мисс Тилни смогла в ответ только кивнуть. — Вы не можете себе представить, — добавила Кэтрин после минутного раздумья, — как я была удивлена, снова его увидев. Я не сомневалась, что он совсем уехал из Бата.

— Когда Генри имел удовольствие видеть вас в первый раз, он приезжал в Бат всего на один-два дня, чтобы снять для нас помещение.

— Это не приходило мне в голову. И конечно, нигде его не видя, я решила, что он уехал. Не правда ли, молодую леди, с которой он танцевал в понедельник, звали мисс Смит?

— Да, это знакомая миссис Хьюз.

— Кажется, она была рада потанцевать. Вы находите ее хорошенькой?

— Как вам сказать...

— А он, наверно, никогда не заходит в Галерею?

— Нет, почему же? Но сегодня они с отцом отправились на верховую прогулку.

В это время к ним подошла миссис Хьюз и спросила у мисс Тилни, собирается ли она уходить.

— Надеюсь иметь удовольствие видеть вас скоро еще раз, — сказала Кэтрин. — Вы будете завтра на котильонном балу?

— Думаю, что мы... Конечно, мы там будем, почти наверно.

— Очень приятно, мы тоже туда придем.

Эта любезность была должным образом возвращена, после чего они расстались, причем мисс Тилни вынесла из разговора некоторое представление о чувствах своей новой знакомой, а Кэтрин — полную уверенность в том, что она их нисколько не обнаружила.

Возвращаясь домой, она была счастлива. Утро целиком ответило ее ожиданиям, а с завтрашним вечером связывались надежды на новые радости. Главной ее заботой сделался теперь выбор платья и прически для предстоящего бала. Увы, в этом она не заслуживала оправдания. Одежда — это суета сует, и чрезмерное к ней внимание нередко производит обратное действие. Кэтрин могла прочно усвоить эту истину — ее двоюродная бабушка сделала ей соответствующее наставление только в прошлое Рождество. И все же, лежа в постели в среду ночью, она не засыпала целых десять минут, не зная, какому платью отдать предпочтение — вышитому или в крапинку, — и только недостаток времени помешал ей заказать для бала новый наряд. Она совершила бы при этом немалую, хотя и весьма распространенную ошибку, предостеречь от которой с большим успехом ее мог бы представитель другого пола, нежели собственного, скорее брат, нежели двоюродная бабушка, ибо только мужчине известно, насколько мужчины нечувствительны к новым нарядам. Многие леди были бы уязвлены в своих чувствах, если бы поняли, насколько мужское сердце невосприимчиво ко всему новому и дорогому в их убранстве, как мало на него действует дороговизна ткани и в какой мере оно равнодушно к крапинкам или полоскам на кисее или муслине. Женщина наряжается только для собственного удовольствия. Никакой мужчина благодаря этому не станет ею больше восхищаться, и никакая женщина не почувствует к ней большего расположения. Опрятность и изящество вполне устраивают первого, а некоторая небрежность и беспорядок в туалете особенно радуют последнюю. Но ни один из этих основательных доводов не нарушал, однако, душевного спокойствия нашей героини.

В четверг она вошла в бальный зал, полная чувств, разительно непохожих на те, которые переживала, входя в него в понедельник. Тогда она была счастлива тем, что ее пригласил танцевать мистер Торп. Сейчас ей больше всего хотелось не попасться ему на глаза, чтобы не оказаться снова им приглашенной. Ибо хоть она и не могла, не смела надеяться, что мистер Тилни пригласит ее в третий раз, ее надежды, желанья и планы были сосредоточены только на этом и ни на чем другом. Всякая молодая девица легко представит себе чувства моей героини в эту ответственную минуту, поскольку всякая молодая девица в ту или иную пору переживала нечто подобное. Каждой приходилось, или, по крайней мере, якобы приходилось, избегать ухаживаний того, от кого ей хотелось отделаться, и каждая стремилась привлечь внимание того, кому ей хотелось понравиться. И как только Торпы присоединились к их компании, страдания Кэтрин начались. Она трепетала, когда Джон Торп приближался, пряталась от него, сколько могла, и делала вид, что не слышит, когда он с ней заговаривал. Котильоны кончились, начался контрданс, а Тилни не показывались.

— Пожалуйста, не пугайтесь, моя дорогая, — прошептала ей Изабелла. — Но я в самом деле собираюсь снова танцевать с вашим братом. Конечно, я понимаю, насколько это ужасно. Я уже сказала мистеру Морланду, что ему следует этого стыдиться. Но вы с Джоном можете облегчить наше положение. Поторопитесь, любовь моя, и присоединяйтесь к нам. Джон только что отошел и через минуту вернется.

У Кэтрин не было ни желания, ни времени ей ответить. Парочка удалилась. Джон Торп находился неподалеку, и она было совсем пала духом. Чтобы не создавать впечатления, что она его поджидает или высматривает, Кэтрин уставилась глазами в свой веер. И, упрекнув себя в глупости, которая позволила ей надеяться встретить в такой толпе, да еще так скоро, мистера Тилни, она вдруг обнаружила, что к ней обращается он сам, вновь приглашая ее на танец. Нетрудно себе представить, с какими сверкающими глазами и выражением готовности она приняла его приглашение, с каким сердечным трепетом шла с ним по залу, чтобы присоединиться к танцующим. Ускользнуть из-под самого носа Джона Торпа и быть приглашенной — с места в карьер — мистером Тилни, как будто он ее нарочно разыскивал! Казалось, судьба не могла принести ей большего счастья. Едва только они нашли место среди танцующих пар, ее внимание было отвлечено Джоном Торпом, который появился у нее за спиной.

— Ба, мисс Морланд! Что это значит? Мне думалось, мы будем танцевать вместе?

— Странно, что вам это пришло в голову. Вы меня не приглашали.

— Вот так здорово, черт побери! Я пригласил вас, как только сюда вошел. И уже собирался вести вас на танец — поворачиваюсь, а вы пропали. Это шутка дурного тона. Я и пришел-то на бал затем, чтобы с вами танцевать. Мы условились еще в понедельник, я помню. Как же — я пригласил вас, когда вы дожидались в гардеробной. И я уже всем здесь похвастался, что танцую с самой красивой девчонкой на этом балу. Когда увидят, что с вами другой кавалер, меня поднимут на смех.

— О нет, никто и не подумает, что вы говорили обо мне.

— Клянусь, если кто-то так не подумает, я этого дурака выброшу за дверь! Что это с вами за молодчик?

Кэтрин удовлетворила его любопытство.

— Тилни? Гм. Не знаю такого. Кавалер хоть куда. Он вам как раз под стать. А лошадь ему не нужна? Тут у моего дружка Сэма Флетчера есть одна на продажу — угодит кому угодно. Дьявольски умна в упряжке — всего лишь за сорок гиней. Я не раз уже решал ее взять — такое у меня правило: покупать любую добрую лошадь, какую увижу. Но мне она не годится — она не для охоты. За настоящую охотничью лошадь я бы отдал любые деньги. Сейчас у меня их три — самых лучших, какие только ходили под седлом. Я бы их не продал и за восемьсот гиней. К будущему сезону мы с Флетчером надумали купить дом в Лестершире. Чертовски неудобно останавливаться в гостинице!

После этой фразы ему уже больше не пришлось злоупотреблять вниманием Кэтрин, так как его неодолимо оттеснила от нее длинная вереница молодых леди. Мистер Тилни подошел к ней поближе, сказав:

— Этот джентльмен вывел бы меня из терпения, если бы задержался возле вас еще хоть на полминуты. Какое у него право отвлекать от меня внимание моей дамы? Мы с вами заключили договор, что этим вечером будем доставлять друг другу как можно больше приятного, и все приятное, чем каждый из нас располагает, принадлежит на это время его партнеру. Никто не смеет отвлекать внимание одной из сторон договора, так как этим он наносит ущерб другой стороне. Контрданс, по-моему, — подобие брака. В том и другом главные достоинства человека — взаимные верность и обязательность. И мужчинам, которые предпочитают не жениться или не танцевать, не может быть дела до жен или дам их соседей.

— Но это такие разные вещи!

— По-вашему, их нельзя сравнивать?

— Разумеется, нет. Те, кто женятся, не могут разойтись и обязаны вести общее хозяйство. А те, кто танцуют, только находятся в большом зале друг против друга, проводя вместе лишь полчаса.

— Вот, оказывается, каково ваше представление о браке и о танцах! Если смотреть на

96

это таким образом, сходства как будто немного. Но, мне кажется, на них можно взглянуть и по-другому. Вы согласны, что в обоих случаях мужчина вправе выбирать, а женщина — только отказывать? Оба случая представляют собой соглашение между мужчиной и женщиной, заключенное для взаимной пользы. Раз в него вступив, до истечения срока они принадлежат только друг другу. В каждом случае долгом обоих является не давать повода партнеру желать другого устройства своей судьбы, а главной заботой — не позволять воображению отвлекаться на достоинства посторонних, представляя, что эта судьба могла бы сложиться более благоприятно. Вы согласны со всем этим?

— Конечно, когда вы так рассуждаете, это выглядит убедительно. И все же разница между двумя вещами очень велика. Их даже рядом нельзя поставить — ведь они налагают совсем разные обязательства.

— В одном отношении есть, конечно, отличие. В браке мужчина доставляет средства существования женщине, а женщина хлопочет о домашних радостях для мужчины. Его дело — добывать, ее — улыбаться. В танцах же обязанности распределяются обратным образом. Радовать, угождать должен он. А она — заботиться о веере и лавандовой воде. Должно быть, именно это отличие в распределении обязанностей привлекло ваше внимание и заслонило основное сходство.

— Вовсе нет, я об этом даже не думала.

— В таком случае я просто теряюсь. Но об одном я все же должен сказать. Ваши взгляды меня тревожат. Вы совершенно отрицаете сходство названных обязательств. Уж не следует ли отсюда, что вы смотрите на долг партнера по танцам не так строго, как того мог бы желать ваш кавалер? Не должен ли я бояться, что, стоит тому джентльмену, с которым вы только что беседовали, вернуться, — или еще какому-нибудь другому к вам обратиться, — и вам ничто не помешает разговаривать с ним так долго, как только заблагорассудится?

— Мистер Торп настолько близкий друг моего брата, что, если он заговорит со мной снова, мне опять придется ему ответить. Но, кроме него, я знаю в этом зале не более трех молодых людей.

— И вся моя безопасность зиждется только на этом? Увы, увы!

— Что ж, мне кажется, это обеспечивает ее наиболее надежно. Если я никого больше не знаю, мне не с кем здесь разговаривать. К тому же мне и не хочется говорить с кем-нибудь, кроме вас.

— Вот теперь я получил более стоящее обеспечение, которое придает мне храбрости для дальнейшего. Находите ли вы Бат столь же приятным городом, каким он вам показался, когда я впервые имел честь с вами беседовать?

— О да. Пожалуй, даже более приятным.

— Гм, более приятным? Но будьте осторожны — иначе вы забудете, что в положенное время он обязан вам надоесть. Это должно произойти через шесть недель после приезда.

— Не думаю, что он мне надоест, даже если бы мне пришлось провести здесь шесть месяцев.

— В Бате по сравнению с Лондоном меньше разнообразия, — такое открытие делается здесь всеми ежегодно. «Я допускаю, шесть недель в Бате можно провести довольно сносно; но дальше он становится скучнейшим местом на свете!» — вам это будут говорить люди любого звания, приезжающие сюда каждую зиму, растягивающие здесь свои шесть недель до десяти или двенадцати и покидающие Бат только потому, что не могут себе позволить остаться здесь дольше.

— Ну что ж, пусть другие говорят что хотят. Для тех, кто бывает в Лондоне, Бат может быть малоинтересен. Но люди, подобные мне, живущие в глубокой провинции, в маленькой деревушке, не обнаружат в нем меньше разнообразия, чем у себя дома. Здесь столько развлечений, столько можно увидеть и сделать за день, — не то что у нас.

— Вы не очень любите сельскую жизнь?

— О нет, люблю. Я провела все детство в глуши и всегда была очень счастлива. Но, конечно, в деревенской жизни гораздо меньше разнообразия, чем в здешней. Все дни там похожи один на другой.

— Зато время тратится там гораздо разумнее, чем в городе, не так ли?

— Вы думаете?

— А разве нет?

— Я не заметила существенной разницы.

— Здесь вы целый день ищете развлечений.

— Так же, как и дома. Только там я реже их нахожу. И там и здесь я совершаю прогулку. Но здесь на каждой улице я могу встретить самых разных людей, а там — всего лишь навестить миссис Аллен.

Мистер Тилни был в восторге.

— Всего лишь навестить миссис Аллен? Какая узость горизонта! Однако, когда вы снова канете в эту бездну, вам все же будет о чем вспоминать. Вы сможете рассказывать о Бате и обо всем, что здесь пережили.

— Да, конечно. У меня никогда не будет недостатка в темах для разговора с миссис Аллен или с кем-то еще. Наверно, дома я в самом деле буду постоянно рассказывать о Бате — так он мне понравился. Если бы только папа и мама, а также все остальные оказались здесь, я чувствовала бы себя вполне счастливой. Я так была рада, когда приехал Джеймс (это мой старший брат). К тому же оказалось, что семья, с которой мы только что подружились, с ним уже близко знакома. Нет, разве Бат может кому-нибудь надоесть?

— Во всяком случае, это не грозит тем, кто приезжает сюда с таким, как у вас, свежим восприятием окружающего. Но большинство здешних завсегдатаев уже давно оторвались от папы и мамы, а также от старших братьев. И вместе с ними утратили непосредственное восприятие радости от балов, спектаклей и того, что встречается на каждом шагу.

На этом беседа прервалась. Танец потребовал усиленного внимания, и им уже нельзя было отвлекаться на что-либо другое.

Вскоре после того, как они приблизились к дальней стороне зала, Кэтрин почувствовала на себе пристальный взгляд джентльмена, стоявшего среди зрителей, в непосредственной близости от ее кавалера. Это был весьма внушительного вида мужчина с военной выправкой, переваливший пору расцвета, но еще в соку. И она заметила, как этот человек, не сводя с нее глаз, что-то запросто шепнул мистеру Тилни. Смущенная вниманием джентльмена и краснея оттого, что оно могло быть вызвано каким-нибудь беспорядком в ее туалете, она отвернула голову. Но в это время джентльмен отошел, а ее кавалер приблизился к ней, сказав:

— Я вижу, вы пытаетесь угадать, о чем меня только что спрашивали. Этот джентльмен знает, как вас зовут, и вы вправе узнать, кто он такой. Это генерал Тилни, мой отец.

Кэтрин могла произнести только «А», но это «А» выразило все надлежащие чувства — внимание к сказанному и доверие к собеседнику. Она следила теперь взглядом за пробиравшимся сквозь толпу генералом с подлинным интересом и искренним восхищением. «Какая красивая семья!» — заметила она про себя.

Новым источником радости для нее была беседа с мисс Тилни, продолжавшаяся до окончания бала. Со времени приезда в Бат Кэтрин еще ни разу не выбиралась на пешую загородную прогулку. Мисс Тилни, знакомая здесь со всеми обычно посещаемыми местами, рассказывала о них так, что у ее слушательницы возникло страстное желание увидеть все собственными глазами. И когда она прямо высказала опасение, что ей трудно будет найти себе спутника, брат и сестра предложили ей как-нибудь утром отправиться на прогулку вместе с ними.

— Это бы доставило мне самое большое удовольствие! — воскликнула Кэтрин. — Давайте не откладывать — пойдемте завтра.

Предложение было охотно принято, с одной только оговоркой со стороны мисс Тилни — относительно дождя, — хотя его, по мнению Кэтрин, никак не следовало ожидать. К двенадцати часам они должны были зайти за ней на Палтни-стрит. «Так помните, завтра в двенадцать!» — сказала Кэтрин, прощаясь со своей подругой. Другой, более давней, более заслуженной подруги, — Изабеллы, — преданностью и достоинствами которой она так гордилась в течение двух предшествовавших недель, она за весь вечер почти не видела. Ей очень хотелось поделиться с ней своим счастьем, но она охотно согласилась с миссис Аллен рано покинуть бал. И на обратном пути сердце ее подпрыгивало в груди от счастья, как сама она подпрыгивала на подушках кареты.

Глава XI

Следующий день начался с очень тусклого утра, в течение которого солнце лишь раз попыталось пробиться сквозь облака. Из этого Кэтрин сделала вывод, что все для ее планов складывается как нельзя лучше. В столь раннюю пору года солнечное утро, по ее понятиям, чаще всего оборачивалось дождливым днем, тогда как хмурый рассвет предвещал позднейшее прояснение. Она попросила мистера Аллена подтвердить ее предположения, но тот, лишенный возможности распоряжаться небесными явлениями и не имея при себе барометра, отказался нести ответственность за погоду. Тогда Кэтрин обратилась к миссис Аллен. Ответ этой леди казался более благоприятным: она, мол, нисколько не сомневается, что день будет ясным, если только тучи рассеются и выглянет солнце.

Около одиннадцати часов, однако, настороженный взгляд Кэтрин заметил на оконном стекле несколько капель дождя, вызвавших ее печальное восклицание:

— Боже мой, кажется, начинается дождь!

— Я так и думала, — сказала миссис Аллен.

— Значит, мы никуда не пойдем, — сказала Кэтрин со вздохом. — Но, быть может, его пронесет стороной или он к двенадцати часам кончится?

— Может, и так, дорогая. Только после дождя будет ужасно грязно.

— Ну, это пустяки. Грязь меня не испугает.

— Да, — безразлично сказала миссис Аллен, — я знаю. Вас грязь не испугает.

Немного погодя Кэтрин, которая вела наблюдение из окна, заметила:

— Дождик усиливается.

— В самом деле, усиливается. Если он продолжится, земля станет совсем мокрой.

— Уже видно четыре зонтика. До чего я их ненавижу!

— Их неудобно таскать с собой. Я всегда предпочитаю карету.

— А ведь утро казалось таким благоприятным! Я была уверена. что будет сухо.

— Все в этом были уверены, дорогая. Но если дождь не кончится, в Галерее будет мало народа. Надеюсь, мистер Аллен наденет перед уходом плащ. Боюсь, однако, он этого не сделает, — он ведь способен на что угодно, только бы не носить плаща. Странно, почему мистер Аллен его не любит, в нем ему так хорошо!

Дождь продолжался, частый, но мелкий. Каждые пять минут Кэтрин подбегала к часам, объявляя по возвращении, что, если в следующие пять минут он не прекратится, она потеряет всякую надежду. Пробило двенадцать, а лить не переставало.

— Вы не сможете пойти, моя дорогая.

— Я все еще немного надеюсь. Подожду до четверти первого. В это время обычно проясняется, мне кажется, небо чуть-чуть посветлело. Уже двадцать минут первого, больше ждать нечего. Ах, если бы у нас установилась погода, какая стояла в Удольфо или, по крайней мере, в Тоскане, или, скажем, на юге Франции! В ночь, когда умер бедняга Сент-Обен. О такой погоде можно только мечтать!

В половине первого, когда Кэтрин утратила к погоде всякий интерес и уже не видела смысла в ее улучшении, небо начало само собой проясняться. Выглянувшее солнце застигло ее врасплох. Она огляделась. Тучи рассеивались, и, тотчас же вновь вернувшись к окну, она стала наблюдать и приветствовать благоприятные перемены в природе. Через десять минут уже нельзя было сомневаться, что вторая половина дня будет великолепной, — в полном соответствии с мнением миссис Аллен, которая «все время считала, что погода улучшится». Теперь возникал вопрос — может ли Кэтрин надеяться, что ее друзья все же за ней зайдут, то есть не был ли дождь настолько сильным, чтобы помешать мисс Тилни выйти после него из дома.

Было слишком грязно, чтобы миссис Аллен решилась сопровождать мужа в Галерею. Поэтому он отправился туда один. И едва лишь Кэтрин проводила его взглядом вдоль улицы, как ее внимание привлекли те же самые два экипажа с теми же самыми тремя пассажирами, которые застали ее врасплох несколько дней тому назад.

— Боже мой, Изабелла, Джеймс и мистер Торп! Боюсь, что они приехали за мной. Но я не поеду — я никак не могу с ними ехать — вы же знаете, мисс Тилни может еще прийти!

Миссис Аллен с этим согласилась. Джон Торп вскоре предстал перед ними. А немного раньше они услышали его голос, потребовавший еще с лестницы, чтобы мисс Морланд поторапливалась, и объявивший, как только дверь распахнулась:

— Живей, живей! Немедленно шляпу на голову, нельзя терять ни секунды — едем в Бристоль. Как поживаете, миссис Аллен?

— В Бристоль? Это же так далеко! И все равно я сегодня не могу с вами ехать — я занята. За мной в любую минуту могут зайти друзья.

Разумеется, это возражение было отвергнуто как несущественное. Миссис Аллен была призвана Торпом подтвердить его правоту, и двое его спутников вступили в комнату ему на подмогу.

— Кэтрин, любовь моя, разве это не замечательно? У нас будет божественная поездка. Благодарите вашего брата и меня — это мы ее выдумали. Нас осенило за завтраком, клянусь вам, в один и тот же момент. Если бы не этот противный дождь, мы бы выехали на два часа раньше. Но какое это имеет значение — сейчас лунные ночи, и все пройдет замечательно. Вообразите, нас ждут просторы полей, деревенский воздух! Я в полном восторге — насколько это лучше, чем Нижние залы. Мы направляемся прямо в Клифтон и там обедаем. А когда покончим с обедом, если останется время, доедем до Кингвестона.

— Не уверен, что все это нам удастся, — заметил Морланд.

— Бросьте каркать! — закричал Торп. — Нам удастся в десять раз больше. Кингвестон? Да что там! И Блэйзский замок, и любое другое место, о котором мы узнаем. Вот только сестрице вашей эта поездка не угодна.

— Блэйзский замок! — вскричала Кэтрин. — Что это такое?

— Лучшее место в Англии. Чтобы на него взглянуть, стоит проехать пятьдесят миль в любую погоду.

— Но что это? Настоящий старинный замок?

— Самый старинный во всем королевстве!

— И похож на те замки, о которых пишут в романах?

— Как две капли воды!

— Нет, правда, там есть башни и галереи?

— Дюжины!

— Мне бы, конечно, хотелось на все это посмотреть. Но я не могу. Мне невозможно уехать.

— Невозможно уехать? Любовь моя, что это значит?

— Я не могу ехать, потому что... — (глядя в пол из боязни увидеть улыбку на лице Изабеллы) — я жду мисс Тилни и ее брата. Мы условились предпринять загородную прогулку, и они обещали за мной зайти в двенадцать часов.

В это время шел дождь, но сейчас погода исправилась и они, должно быть, вот-вот придут.

— Можете их не ждать. — сказал Торп. — Я их заметил, когда мы сворачивали на Бродстрит. У этого Тилни фаэтон со светлыми гнедыми?

— Право, не знаю.

— Я зато знаю. Его я и видел. Вы ведь говорите о человеке, с которым вчера танцевали, не так ли?

— Конечно.

— Ну да, я и видел, как они свернули на Лэнсдаун-роуд. С ним была еще такая смазливая девчонка.

— Вы их действительно видели?

— Клянусь честью. И сразу узнал — у него, оказывается, недурная скотина.

— Как странно! Должно быть, они решили, что для прогулки пешком слишком грязно.

— Вот именно. Такой непролазной грязи еще не бывало! Пешком? Это так же невозможно, как летать по воздуху. Так грязно не было еще за всю зиму — везде по щиколотку!

Его поддержала Изабелла:

— Кэтрин, дорогая моя, вы представить себе не можете, какая на улицах грязь! Итак, едемте. Вы должны ехать — больше отказываться не из-за чего.

— Мне бы очень хотелось увидеть замок. Но сможем ли мы в него зайти? Подняться по лестницам, заглянуть в помещения?

— Да, да, в любую щель и любой угол!

108

— И все же! Что, если они уехали ненадолго, пока подсохнет, и скоро придут?

— Этого не случится, будьте покойны. Я слышал, как Тилни крикнул кому-то, кто скакал мимо, что они едут до самого Уик-Рокса.

— Хорошо, я согласна. Миссис Аллен, могу я поехать?

— Как хотите, моя дорогая.

— Уговорите ее, миссис Аллен! — раздался общий призыв.

Миссис Аллен не оставила его без ответа.

— Что ж, дорогая, может, вам действительно стоит поехать?

И через две минуты они были уже в пути. Чувства Кэтрин, когда она садилась в экипаж, находились в полном смятении. Ей было жаль лишиться одного большого удовольствия, и вместе с тем она предвкушала другое, почти равное по силе, хотя и иного рода. Она не могла избавиться от мысли, что Тилни обошлись с ней не слишком любезно, так легко нарушив договоренность и даже не сообщив ей, чем это вызвано. После времени, назначенного для прогулки, прошел только час. И вопреки всему, что ей говорили о непролазной уличной грязи, собственные ее наблюдения доказывали, что по улицам можно было пройти без особенных неудобств. Сознавать, что новые друзья проявили к ней полное невнимание, было весьма больно. С другой стороны, предвкушаемое удовольствие от посещения замка, похожего на Удольфо, каким ей представлялся Блэйзский замок, казалось настолько заманчивым, что могло отвлечь ее чуть ли не от любых огорчений.

Не сказав друг другу ни слова, они быстро проехали по Палтни-стрит и Лора-плейс. Торп переговаривался со своей лошадью, а Кэтрин размышляла о нарушенных обещаниях и разрушенных арках, о фаэтонах и ошибочных казнях, о семействе Тилни и люках-ловушках. Когда они проезжали Аргайл-Билдингс, эти размышления были внезапно прерваны вопросом ее спутника:

— Что это там за девица на вас пялилась, пока мы ее обгоняли?

— Кто? Где?

— Да вон, с правой стороны. Ее, наверно, уже не видать.

Кэтрин оглянулась и увидела мисс Тилни, которая медленно шла по улице, опираясь на руку своего брата. Оба смотрели ей вслед.

— Остановитесь, мистер Торп, остановитесь! — вскричала она нетерпеливо. — Это мисс Тилни! Это же она! Как вы могли сказать, что они уехали? Сейчас же остановитесь! Я соскочу и вернусь к ним!

Что толку было в ее мольбах? Торп лишь подхлестнул лошадь, чтобы она бежала быстрее. Брат и сестра Тилни скоро перестали на них смотреть и через минуту скрылись за углом Лора-плейс, а в следующее мгновение она сама перенеслась на Рыночную площадь. Но все же и теперь, и на протяжении всей следующей улицы Кэтрин продолжала молить Торпа, чтобы он остановил кабриолет.

— Ради Бога, мистер Торп, ради Бога! Остановитесь. Я не могу ехать дальше. Я не поеду. Я должна вернуться к мисс Тилни!

Но мистер Торп только смеялся, щелкал кнутом, гикал и издавал другие невнятные звуки, продолжая нахлестывать лошадь. И бедной раздосадованной Кэтрин, лишенной возможности выбраться из экипажа, ничего не оставалось, как отказаться от дальнейших попыток бегства и подчиниться. Она, однако, не поскупилась на упреки.

— Как же вы, мистер Торп, посмели так меня обмануть? Как вы могли сказать, что видели их на Лэнсдаун-роуд? Я бы отдала все на свете, лишь бы этого не случилось! Они сочтут, что я вела себя так странно, так невежливо. Проехала мимо и ничего не сказала! Вам не понять, насколько это меня мучает. Теперь ни Клифтон, ни все другое не доставит мне никакого удовольствия. Лучше бы мне, гораздо лучше сейчас же сойти и добраться до них пешком. Зачем вы придумали, что видели их в фаэтоне!

Торп оправдывался, ничуть не смущаясь, клялся, что никогда в жизни не встречал таких похожих друг на друга мужчин, и почти не отказывался от утверждения, что видел все же самого мистера Тилни собственной персоной.

Их совместное путешествие — даже после того, как они исчерпали эту тему, — не могло быть особенно приятным. Кэтрин уже не старалась, как во время предыдущей поездки, оказывать ему внимание. Она слушала его неохотно и отвечала небрежно. Единственным утешением для нее оставался Блэйзский замок, и только о нем она время от времени думала с удовольствием, хотя, конечно, отказалась бы от радости лицезреть его стены, лишь бы не пожертвовать пешей прогулкой и тем более не вызвать неудовольствие мистера и мисс Тилни, — отказалась бы от возможности пройти по анфиладе обширных, Бог весть когда заброшенных палат с остатками великолепной мебели; застрять в узком повороте подземелья, наткнувшись на низкую, забранную решеткой дверь; или даже вдруг очутиться в непроглядной тьме, оттого что порывом ветра внезапно задуло их светильник — единственный светильник!

Поездка продолжалась тем временем без каких-либо происшествий. Они находились в виду города Кейншэма, когда оклик ехавшего позади Морланда заставил его приятеля натянуть поводья и поинтересоваться, что случилось. Отставший экипаж подъехал ближе, и, когда они получили возможность переговариваться, Морланд сказал:

— Лучше бы повернуть, Торп. Уже слишком поздно, чтобы забираться сегодня дальше. Ваша сестра со мной согласна. Мы выехали с Палтни-стрит час назад, а проехали чуть больше семи миль. Остается не меньше восьми. Ничего не получится. Мы поздно выбрались. Отложим-ка поездку на другой день, — сейчас лучше вернуться.

— А мне наплевать! — угрюмо ответил Торп и, тут же повернув лошадь, погнал ее в Бат. — Если б у вашего брата была в упряжке не эта старая кляча, — проворчал он, — мы бы отлично поспели. Моя лошадь, дайте ей волю, добежала бы до Клифтона за какой-нибудь час. Я себе чуть руку не вывихнул, приноравливая ее к шагу этой запаленной кобылы. Этакая глупость, что у Морланда нет своего кабриолета и лошади.

— Вы ошибаетесь! — горячо возразила Кэтрин. — Уверена, что он этого просто не может себе позволить.

— Отчего же не может?

— Должно быть, у него нет для этого денег.

— И чья же в этом вина?

— Насколько мне известно, ничья.

В ответ Торп в своей громогласной и бессвязной манере, к которой прибегал столь часто, выразил мысль, что «скаредность — чертовски дрянное качество» и что «если люди, купающиеся в деньгах, не способны покупать хорошие вещи, то кто же тогда способен». Кэтрин даже не пыталась его понять. Утратив то, что должно было стать для нее утешением в первой утрате, она все меньше старалась быть приятной сама и находить приятным своего спутника. И на обратном пути до Палтни-стрит она не произнесла даже десятка слов.

Войдя в дом, Кэтрин узнала от лакея, что через несколько минут после ее отъезда приходили джентльмен и леди и справлялись о ней. Когда он сказал, что она уехала с мистером Торпом, леди поинтересовалась, не просила ли мисс Морланд что-нибудь передать, и, получив отрицательный ответ, стала искать свою карточку, не нашла ее при себе и ушла. Размышляя об этом душераздирающем известии, Кэтрин медленно поднималась по лестнице. На верхней площадке ее встретил мистер Аллен. Узнав о причине их быстрого возвращения, он сказал:

— Я рад, что вы вернулись и что у вашего брата хватило благоразумия отказаться от этой безрассудной затеи.

Вечер все провели у Торпов. Кэтрин была встревожена и грустна. Но Изабелла, играя в покер и имея своим партнером Морланда, нашла в этом вполне удовлетворительную замену просторам полей и деревенскому воздуху Клифтона. Она также не раз выразила свое удовлетворение по поводу того, что все они не пошли в Нижние залы.

— Как я сочувствую несчастным, которые там собрались! И как я рада, что меня нет среди них! Любопытно — состоится ли там бал по всей форме? Танцы, конечно, еще не начались. Я ни за какие блага на свете не хотела бы там оказаться! Такое удовольствие провести иной вечер в узком кругу! Могу поручиться, что хорошего бала сегодня не будет. Митчелы, насколько я знаю, не придут. Право, мне жаль тех, кто там собрался. Но вам, мистер Морланд, я чувствую, хотелось бы быть среди них, не так ли? Уверена, что хотелось бы. Ну что ж, ради Бога, вас никто не удерживает. Надеюсь, мы сможем отлично без вас обойтись. Мужчины всегда воображают о себе Бог знает что.

Кэтрин уже почти готова была обвинить Изабеллу в недостаточной чуткости к ней и к ее огорчениям — так невнимательно подруга отнеслась к ее мыслям и так ничтожно было предложенное ею утешение.

— Любовь моя, — прошептала она, — не будьте такой букой. Вы разобьете мое сердце. Разумеется, это было ужасно. Но во всем виноваты лишь Тилни. Почему они не пришли чуть пораньше? Было, конечно, немного грязно, но разве это существенно? Мы с Джоном, я уверена, не обратили бы на это внимания. Когда дело касается друзей, я готова на все! Уж так я устроена — ничего не поделаешь. И Джон такой же — он удивительно привязчив. Боже, какие вам выпали карты! Клянусь, у вас все короли! Я счастлива, как никогда в жизни. Мне во сто раз приятнее, что они все у вас, чем если бы они попали ко мне.

Здесь я могу покинуть Кэтрин простертой на подобающем истинной героине бессонном ложе с головой на терниях облитой слезами подушки. И да будет она считать себя счастливой, если ей доведется хотя бы один раз вкусить полноценный ночной отдых на протяжении трех предстоящих месяцев!

Глава XII

— Миссис Аллен, — спросила Кэтрин на следующее утро, — вы не будете возражать, если я навещу сегодня мисс Тилни? Я не смогу успокоиться, пока не объясню ей, как все случилось.

— Непременно пойдите, моя дорогая. Наденьте только белое платье. Мисс Тилни всегда ходит в белом.

Кэтрин легко согласилась и поспешно переоделась, стремясь как можно скорее попасть в Галерею, чтобы уточнить адрес генерала Тилни. По ее представлению, он жил на Мильсом-стрит, но она не была уверена в отношении дома, а неопределенные сведения, сообщенные по этому поводу миссис Аллен, еще больше сбивали ее с толку. Оказалось, что он в самом деле живет на Мильсом-стрит, и, запомнив номер, она направилась туда поспешными шагами и с бьющимся сердцем, чтобы нанести визит, объяснить свои поступки и получить прощение. Церковный двор она миновала, намеренно не глядя по сторонам, дабы не оказаться вынужденной заметить свою дорогую Изабеллу и ее милых родственников, которые, по расчетам Кэтрин, находились в это время в соседней лавке. Она добралась до цели без всяких помех, взглянула на номер подъезда, постучала в дверь и сказала, что ей нужно видеть мисс Тилни. Впустивший ее человек ответил, что мисс Тилни, кажется, у себя, но что он должен это проверить — не будет ли она любезна себя назвать? Кэтрин дала свою карточку. Через несколько минут слуга вернулся и с выражением лица, которое не вполне подтверждало его слова, сказал, что он ошибся, ибо мисс Тилни, оказывается, нет дома. Вспыхнув от обиды, Кэтрин сошла с крыльца. Она почти не сомневалась, что мисс Тилни вовсе не отсутствовала, но настолько рассержена, что отказывается ее принять. И, проходя мимо дома, она не удержалась и бросила взгляд на окна гостиной, ожидая ее увидеть, — там, впрочем, никого не было. Однако в конце улицы она вновь оглянулась, и на этот раз — не в окне дома, а на его крыльце — взору ее предстала мисс Тилни собственной персоной. Следом за ней вышел джентльмен, которого Кэтрин приняла за ее отца, и они вместе повернули в сторону Эдгарс-Билдингс. Совершенно уничтоженная, Кэтрин продолжала свой путь, едва не ожесточившись сама против тех, кто проявил к ней такое жестокое пренебрежение. Но она подавила в своей душе это чувство, вспомнив о собственном промахе. Ей было неизвестно, как он оценивается светскими правилами, в какой мере он непростителен и на какую суровость ответного обращения ее обрекает.

Подавленная и униженная, она даже подумывала некоторое время о том, чтобы вечером отказаться от посещения театра. Но, говоря по правде, продолжалось это недолго: во-первых, она сообразила, что не сможет назвать причину, по которой решила остаться дома, а во-вторых, ей особенно хотелось посмотреть именно сегодняшнюю пьесу. Поэтому она отправилась в театр вместе со всеми. Никаких Тилни, способных ее расстраивать или радовать, там не оказалось. Она заподозрила, что любовь к театру не входила в число многочисленных достоинств их семьи. Быть может, однако, это объяснялось привычкой к более искусным лондонским постановкам, по сравнению с которыми, как утверждала Изабелла, все другие кажутся «просто несносными».

Предвкушая удовольствие от пьесы, она не обманулась. Комедия настолько отвлекла Кэтрин от ее забот, что никто, наблюдая за ней в течение первых четырех актов, не мог бы подумать, что она чем-то удручена. В начале пятого акта, однако, внезапное появление Генри Тилни и его отца среди зрителей, занимавших ложу напротив, вновь вызвало у нее в душе тревогу и упадок настроения. Сцена уже не поглощала ее целиком и не заставляла самозабвенно смеяться. В среднем каждый второй ее взгляд обращался к противоположной стороне зала. И она наблюдала за Генри Тилни на протяжении двух явлений, так и не заметив, чтобы он хоть раз посмотрел в ее сторону. Его уже нельзя было заподозрить в безразличии к театру — в течение обоих явлений он ни разу не оторвал взгляда от сцены. В конце концов он все-таки встретился с Кэтрин глазами и слегка поклонился. Но что это был за поклон! Ни сопровождавшего его пристального взгляда, ни улыбки! И тотчас вслед за тем внимание его вновь было обращено к пьесе. Кэтрин испытывала мучительное нетерпение. Она была готова пробежать через весь зал к его ложе и заставить его выслушать ее объяснение. Чувства скорее естественные, нежели героические владели ее душой. Вместо того чтобы счесть себя оскорбленной столь незаслуженным осуждением и в гордом сознании своей невиновности заклеймить презрением того, кто мог в ней усомниться, предоставив ему самому разбираться в случившемся, уклоняясь от его взгляда или кокетничая с другими, она принимала всю вину или, по крайней мере, ее видимость на себя и мечтала только о возможности объяснить свое поведение.

Пьеса кончилась, занавес опустился. Генри Тилни уже не было видно на прежнем месте, но отец его еще сидел там же. Возможно, сын в это время обходил театр, направляясь в их ложу. Ее предположение оказалось правильным. Через несколько минут он появился и, пройдя через наполовину опустевшие ряды, с одинаково сдержанной любезностью поклонился миссис Аллен и ее спутнице. Совсем не столь сдержанным оказался ее ответ:

— Боже мой, мистер Тилни, я просто измучилась от желания поговорить с вами и принести вам свои извинения. Вам, наверно, кажется, что я поступила очень невежливо? Но на самом деле я не виновата, не правда ли, миссис Аллен? Разве они не сказали мне, что мистер Тилни и его сестра уехали в фаэтоне из города? Что же мне оставалось делать? Но мне в тысячу раз больше хотелось пойти с вами. Верно же, миссис Аллен?

— Дорогая моя, вы мнете мне платье.

Ее заверения, хотя они так и остались неподтвержденными, не пропали даром. Благодаря им на его лице появилась более естественная и приветливая улыбка, и в тоне его ответа было уже значительно меньше прежней искусственной холодности:

— Мы очень вам признательны за то, что, проезжая мимо нас по Аргайл-стрит, вы пожелали нам счастливой прогулки. Вы были даже столь любезны, что оглянулись на нас с этой целью.

— Я вовсе не желала вам счастливой прогулки! Мне это и в голову не пришло! Я заставляла мистера Торпа остановиться. Я потребовала этого, как только вас увидела. Не правда ли, миссис... Ах нет, вас же там не было!.. Но я говорю прауду. И если бы мистер Торп остановился, я бы выпрыгнула на мостовую и побежала к вам.

Существует ли на свете такой Генри, который мог бы остаться бесчувственным к подобному признанию? Генри Тилни, во всяком случае, не мог. С еще более приветливой улыбкой он высказал все подобающие слова о том, насколько его сестра жалеет о случившемся, сочувствует Кэтрин и не сомневается, что она вполне может полагаться на ее дружбу.

— Только не говорите, что мисс Тилни на меня не сердится! — воскликнула Кэтрин. — Я знаю, что это не так. Она даже не захотела меня принять, когда я к вам сегодня приходила. Я видела, как она сама через минуту вышла из дома. Мне было очень горько, но я не обиделась. Может быть, вы даже не знали о моем приходе.

— Меня в то время не было дома. Но я слышал об этом от Элинор, которая с тех пор жаждет вам рассказать, чем объясняется столь невежливое поведение с ее стороны. Впрочем, я, наверно, могу сделать это вместо нее. Все произошло оттого, что наш отец... оба они как раз собирались на прогулку, он очень спешил и, не желая задерживаться, заставил слугу сказать, что мисс Тилни нет дома. Вот и все, поверьте. Ей это было крайне неприятно, и она хотела при первой же возможности извиниться.

Это сообщение сняло с души Кэтрин тяжелый камень. И все же некоторое недоумение у нее осталось, вызвав с ее стороны вопрос, сам по себе бесхитростный, но показавшийся довольно каверзным ее собеседнику:

— Отчего же вы сами, мистер Тилни, проявили меньшее великодушие, чем ваша сестра?

Если она так верила в мои добрые намерения и могла объяснить происшедшее только недоразумением, почему же вы так легко на меня обиделись?

— Вы так думаете?

— Судя по выражению вашего лица, когда вы входили в ложу, вы были очень рассержены.

— Рассержен? У меня не могло быть для этого никаких оснований.

— Да, но, глядя на ваше лицо, никто бы не подумал, что у вас нет для этого оснований.

Вместо ответа он попросил Кэтрин немного подвинуться и заговорил о пьесе.

Тилни провел в их ложе некоторое время и доставил Кэтрин такое удовольствие своим обществом, что, расставаясь с ним, она не могла не испытать некоторого чувства утраты. При прощании, однако, было условлено, что намеченная прогулка должна состояться возможно скорее. И если не считать ее сожаления по поводу ухода Тилни, она в общем сознавала себя теперь одним из самых счастливых существ на свете.

Пока они разговаривали, Кэтрин с некоторым удивлением заметила, что Джон Торп, никогда не проводивший и десяти минут в одном месте, поглощен беседой с генералом Тилни. И она ощутила нечто большее, чем удивление, заподозрив по некоторым признакам, что предметом их внимания и беседы является она сама. Что они могут говорить о ней? Кэтрин боялась, что генералу Тилни не понравилась ее внешность. Этим она объясняла, что он не допустил ее свидания с мисс Тилни, для которого достаточно было лишь на пять минут отложить их прогулку.

— Откуда мистер Торп знает вашего отца? — с тревогой спросила она собеседника, обращая его внимание на ложу, занятую генералом.

Не имея об этом ни малейшего представления, мистер Тилни сказал, что его отец, как всякий военный, располагает обширными знакомствами.

По окончании дивертисмента Торп появился в их ложе, чтобы помочь дамам уехать. Главным предметом его внимания была Кэтрин. И пока они в вестибюле ждали карету, он опередил вопрос, уже готовый сорваться с ее губ, и со значительным видом спросил: заметила ли она, как он болтал с генералом Тилни?

— Отличный старикан, честное слово! Живой, крепыш, на вид не старше своего сына. Очень мне нравится, поверьте. Благородство во всем — другого такого и не сыщешь!

— Но откуда вы его знаете?

— Откуда? Здесь не так-то много людей, с которыми я не был бы знаком. Он мне запомнился еще в Бедфорде. Сразу его узнал, как только вошел в бильярдную. Один из лучших игроков, кстати! Мы с ним перебросились шариками, хоть поначалу я и побаивался. Счет был пять — четыре в его пользу. Если б не один мой удар, какого, наверно, еще свет не видывал, — я положил его шар прямо... Впрочем, вам без стола не понять. Так или иначе, моя взяла. Отличный парень. Богат, как жид. Мечтаю у него пообедать — говорят, у него отлично кормят. А о чем бы, вы думали, у нас шла речь? Конечно, о вас, чтоб я пропал! Он вас находит самой красивой девчонкой в Бате.

— Что за глупости! Как вы можете так говорить?

— А что, по-вашему, я ответил? — (Понизив голос): — «Прямо в точку, генерал! Я с вами совершенно согласен!»

Здесь Кэтрин, которую его мнение о своей особе интересовало куда меньше, чем мнение генерала Тилни, без огорчения услышала, что ее зовет миссис Аллен. Торп тем не менее проводил ее до кареты и, пока она усаживалась, продолжал ей расточать подобные тонкие комплименты, хотя она всячески пыталась его унять.

То, что она произвела на генерала Тилни вовсе не дурное, а, напротив, хорошее впечатление, было ей очень приятно. И она с радостью подумала, что теперь в этой семье нет ни одного человека, встречи с которым ей следовало бы бояться. Этот вечер подарил ей больше, чем она от него ждала!

Глава XIII

Понедельник, вторник, среда, четверг, пятница и суббота прошли чередой перед глазами читателя. События каждого дня, его надежды и страхи, огорчения и восторги были изложены одно за другим, и, чтобы завершить неделю, остается описать лишь воскресные страдания. Клифтонский план был только отложен, а не отменен, и на воскресной послеобеденной прогулке по Крессенту он подвергся новому обсуждению. В разговоре наедине между Изабеллой и Джеймсом, из которых первая особенно стремилась осуществить это путешествие, а второй не меньше стремился доставить ей удовольствие, было решено отправиться в путь, в случае благоприятной погоды, на следующее утро. И чтобы не слишком поздно вернуться, требовалось выехать как можно раньше. Условившись таким образом и получив согласие Торпа, они должны были теперь уговорить Кэтрин, которая ненадолго отошла от них, чтобы повидаться с мисс Тилни. План был принят как раз в это время, и, как только Кэтрин вернулась, от нее потребовали его одобрения. Но вместо радостного согласия, которого ждала Изабелла, ответ нахмурившейся и выразившей свое сожаление Кэтрин был отрицательным. Договоренность, которая не должна была ей позволить участвовать в прошлой неудавшейся попытке, делала эту поездку для нее совершенно невозможной. Только что она условилась с мисс Тилни осуществить завтра намеченную пешую прогулку. Решение это было окончательным, и она от него не откажется ни при каких обстоятельствах. Но она ведь может и должна отказаться! — мгновенно воскликнули брат и сестра

Торп. Они должны завтра поехать в Клифтон, они туда не поедут без нее, ей ничего не стоит отложить на день простую прогулку по окрестностям, они и слышать не хотят об отказе! Кэтрин была огорчена, но не сломлена.

— Не убеждайте меня, Изабелла. Я договорилась с мисс Тилни. Я не могу поехать.

Это не помогло. Те же доводы снова были пущены в ход: она должна ехать, может ехать и ни о каком отказе не может быть и речи!

— Нет ничего проще, чем сказать мисс Тилни, что вам напомнили о более ранней договоренности, и всего лишь отложить прогулку до вторника.

— Нет, это было бы не просто. Я этого сделать не могу. Более ранней договоренности не существовало.

Изабелла сделалась более настойчивой, разговаривая с ней все более ласковым тоном и называя ее самыми нежными именами. Она уверена, что ее обожаемая, ее чудеснейшая Кэтрин не может серьезно отказать в пустяковой просьбе, с которой обращается к ней бесконечно любящая ее подруга. У ее любимой Кэтрин, она знает, такое отзывчивое сердечко и такой ангельский характер, что она, конечно, легко уступит тем, кого любит. Но все было тщетно. Кэтрин была убеждена в своей правоте и, страдая от этих нежных и льстивых уговоров, не позволяла себе им поддаваться. Изабелла испробовала другой способ. Она стала упрекать ее в большей привязанности к мисс Тилни, которую знает лишь без году неделю, чем к своим старейшим и лучшим друзьям, короче — в холодности и равнодушии к ней самой.

— Я не могу подавить в себе чувство ревности, Кэтрин, видя как мною пренебрегают ради едва знакомых людей — мною, подругой, которая так безмерно вас любит. Ничто на свете не способно поколебать моих привязанностей, раз уж они возникли. Но, должно быть, я испытываю более сильные чувства, чем все другие. Очевидно, они слишком сильны для моего собственного благополучия. И когда на моих глазах совершенно чужие люди вытесняют меня из вашего сердца, душа моя разрывается на части. Эти Тилни отнимают у меня все!

Такой упрек показался Кэтрин странным и недобрым. Настоящей подруге едва ли пристало обнажать перед всеми ее сокровенные чувства. Изабелла выглядела человеком невеликодушным и себялюбивым, пренебрегающим всем, кроме собственной прихоти. Эти горькие мысли мелькнули в ее голове, но она промолчала. Между тем Изабелла приложила к глазам платок, и у расстроенного зрелищем Джеймса невольно вырвалось:

— Знаешь, Кэтрин, я думаю, ты не можешь дольше упрямиться. Не такая уж это жертва. Чтобы выполнить просьбу такой подруги... Я перестану верить твоей доброте, если ты не уступишь.

Это был первый случай, когда ее брат выступил против нее. Стараясь его не огорчать, она сделала примирительное предложение: если они отложат поездку до вторника, что им нетрудно сделать, ибо это зависит от них самих, она могла бы с ними поехать, и все были бы удовлетворены. В ответ сейчас же прозвучало:

— Нет, нет, нет! Это невозможно, Торп ведь еще не знает, не придется ли ему во вторник уехать в Лондон.

Кэтрин выразила сожаление, но ничего не могла больше поделать. Наступило короткое молчание, нарушенное Изабеллой, которая сказала с едва сдерживаемым раздражением:

— Очень хорошо, поездка отменяется. Если Кэтрин не едет, я не поеду тоже. Не могу же я быть единственной женщиной. Я ни за что не позволю себе совершить столь неприличный поступок.

— Кэтрин, ты должна ехать!

— Но почему же мистер Торп не может взять с собой одну из сестер? Уверяю вас, каждая из них с удовольствием бы поехала.

— Премного вам благодарен, — ответил Торп. — Я в Бате не для того, чтобы катать здесь своих сестриц и казаться всем дураком. Нет уж, коль вы не хотите, провались я ко всем чертям, если сам поеду. Я бы и поехал-то лишь ради того, чтобы покатать вас.

— Ваша любезность не доставляет мне удовольствия.

Ее слова, однако, не дошли до его ушей, так как он сейчас же куда-то исчез. Остальные продолжали мучительную для Кэтрин прогулку. Иногда спутники ее молчали, иногда снова обрушивали на нее мольбы и упреки. Ее рука по-прежнему поддерживала руку Изабеллы, но сердца их были разделены. В некоторые минуты Кэтрин смягчалась, в другие была взволнована, все время оставаясь печальной, но непреклонной.

— Я не думал, что ты настолько упряма, — сказал Джеймс. — Тебя было всегда нетрудно уговорить, ты казалась мне самой доброй и покладистой из сестер.

— Надеюсь, я и до сих пор осталась такой же, — ответила она с большим чувством. — Но мне в самом деле невозможно поехать. Если я и ошибаюсь, я делаю то, что считаю правильным.

— Подозреваю, что при этом вам не приходится слишком с собой бороться, — сказала Изабелла.

Сердце Кэтрин переполнилось. Она высвободила руку, и Изабелла этому не противилась. Прошло десять долгих минут, пока к ним опять не присоединился Торп, который, вернувшись с повеселевшим видом, сказал:

— Ну вот и отлично, дело улажено. Мы все можем завтра ехать с чистой совестью. Я видел мисс Тилни и передал ей ваши извинения.

— Вы не могли этого сделать! — воскликнула Кэтрин.

— Сделал, клянусь душой! Только что к ней подошел и сказал все, что полагается: вы просите, мол, передать, что должны отложить вашу совместную прогулку до вторника, так как на понедельник еще раньше назначили поездку с нами в Клифтон. Она ничего не имела против — сказала, что вторник ее так же устраивает. Итак, все в порядке — никаких затруднений! Неплохо придумано, а?

Лицо Изабеллы снова осветилось благодушием и улыбкой, и Джеймс тоже опять казался счастливым.

— В самом деле, это была чудесная мысль. Кэтрин, дорогая моя, все тревоги теперь позади. Вы с честью освободились от обязательства, и нас ждет прелестнейшая поездка.

— Это невозможно, — сказала Кэтрин. — Я этого не могу допустить. Я должна сейчас же пойти к мисс Тилни и с ней объясниться.

Изабелла схватила ее за одну руку, Торп — за другую, и все трое стали бурно протестовать. Даже Джеймс вышел из себя. Теперь, когда все уладилось, когда мисс Тилни сказала, что ее ничуть не меньше устраивает вторник, продолжать спорить было просто глупо, просто смешно.

— Не в этом дело. Мистер Торп не имел права передавать выдуманное поручение. Если бы я считала возможным, я сказала бы мисс Тилни сама, что откладываю прогулку. А так это получилось еще более грубо. И откуда мне знать, что мистер Торп в самом деле... что он опять не ошибся. Из-за его ошибки в пятницу я уже совершила непростительный промах. Позвольте мне идти, мистер Торп. Изабелла, перестаньте меня удерживать.

Торп сказал, что искать мистера и мисс Тилни бессмысленно, так как он догнал их на углу Брок-стрит и сейчас они уже дома.

— Ну что ж, я пойду к ним домой, — ответила Кэтрин. — Где бы они ни находились, я должна их увидеть. Разговаривать больше не о чем. Если, несмотря на все уговоры, я не согласилась поступить, на мой взгляд, неправильно, принудить меня к этому не удастся никакими уловками.

Сказав это, она вырвалась и убежала. Торп хотел было броситься за ней, но его удержал Морланд.

— Пусть она идет! Пусть себе идет, если уж ей так хочется!

— Она упряма, как...

Торп не закончил сравнения, так как оно бы едва ли оказалось приличным.

Крайне взволнованная Кэтрин шла так быстро, как только возможно было пробираться через толпу, боясь преследования, но твердая в своей решимости. По пути она продолжала думать о случившемся. Ей было жаль огорчать и расстраивать друзей, а особенно брата. Но она не жалела, что отказалась от поездки. Независимо от ее собственных чувств, нарушить договоренность с мисс Тилни, взять назад — притом по выдуманной причине — обещание, которое она дала всего пятью минутами раньше, было непозволительно. Она упрямилась вовсе не из эгоизма, заботясь о своих удовольствиях. Их она в какой-то мере могла получить от поездки и осмотра Блэйзского замка. Нет, она боролась ради других, ради доброго мнения людей. Ее убежденности в своей правоте было, однако, недостаточно, чтобы она смогла восстановить душевное равновесие, — до встречи с мисс Тилни об успокоении нельзя было даже думать. И, еще сильнее ускорив шаг после того, как она покинула Крессент, остальной путь, отделявший ее от Мильсом-стрит, Кэтрин почти пробежала, преодолев его настолько быстро, что, хотя мистер и мисс Тилни направились к дому гораздо раньше, она успела их заметить при входе в подъезд. Впустивший их слуга еще не ушел, и, ограничившись словами о необходимости увидеть мисс Тилни сию же минуту, Кэтрин взбежала наверх, распахнула первую же увиденную ею дверь и внезапно предстала в гостиной перед генералом Тилни, его сыном и дочерью. Объяснение такой поспешности, недостатком которого было только то, что из-за ее нервного возбуждения и нехватки дыхания оно ничего не объясняло, было дано ею немедленно:

— Я страшно торопилась... Все это... Я с ними ехать вовсе не обещала... Я им сразу сказала, что не могу... И я бежала, как могла, чтобы вам об этом сказать... Мне неважно, что вы подумаете... Я не могла ждать, пока обо мне доложит слуга...

Существо дела, однако, хоть и не лучшим образом растолкованное этой речью, вскоре перестало быть загадкой. Кэтрин узнала, что Джон

Торп передал таки выдуманное им поручение. И мисс Тилни не сочла нужным скрыть, что оно ее удивило. Но не вызвало ли оно более сильного негодования ее брата, к которому Кэтрин в своих оправданиях инстинктивно обращалась в такой же мере, как и к его сестре, гостья никоим образом выяснить не могла. Что бы ни говорилось или ни предполагалось до ее прихода, но после ее взволнованного рассказа выражение лиц хозяев и весь их тон сразу стали настолько дружественными, насколько она могла только мечтать.

Когда все таким образом счастливо уладилось, она была представлена их отцу, встретив с его стороны любезный и обходительный прием, напомнивший отзыв о нем Торпа и дававший приятный повод считать, что последний в некоторых случаях говорит правду. Заботливость генерала дошла до того, что, не будучи осведомлен о необыкновенной поспешности, с которой Кэтрин поднималась по лестнице, он не в шутку рассердился на слугу, из-за нерадивости которого ей пришлось собственноручно отворить дверь в гостиную.

— Что себе позволяет Уильям? Я еще этим займусь!

И если бы Кэтрин самым горячим образом не засвидетельствовала его невиновности, Уильям мог бы из-за ее поспешности навсегда лишиться расположения хозяина, а то и своего места.

Просидев четверть часа, она поднялась, чтобы со всеми проститься, и была приятно изумлена, когда генерал Тилни попросил ее оказать ему и его дочери честь, отобедав у них и проведя с ними остаток дня. Мисс Тилни присоединилась к его просьбе. Кэтрин чувствовала себя весьма польщенной, но была не вправе согласиться, ибо мистер и миссис Аллен с минуты на минуту ждали ее возвращения. Генерал сказал, что не смеет больше настаивать — пренебречь интересами мистера и миссис Аллен было бы непозволительно. Но в какой-нибудь другой день, о котором можно будет договориться заранее, они не откажутся, он надеется, пожертвовать ее обществом ради того, чтобы отпустить мисс Морланд к ее подруге. О нет, Кэтрин не сомневалась, что у них не будет ни малейших возражений, и она с большим удовольствием примет приглашение. Генерал проводил ее до дверей на улицу, самым приятным образом беседуя с ней, пока они спускались по лестнице, и восхищаясь упругостью ее походки, удивительно соответствовавшей манере, с которой она танцует, и на прощание отвесил ей самый изящный поклон, какой ей когда-либо приходилось видеть.

Довольная всем случившимся, Кэтрин весело шла к Палтни-стрит своей, как она теперь знала, упругой походкой, которой до того она даже не замечала. Она добралась до дому, не встретив никого из обидевшейся на нее компании. И теперь, когда ею была достигнута решительная победа, выдержан характер и спасена завтрашняя прогулка, она начала (по мере того как проходило ее волнение) сомневаться в своей совершенной правоте. Самоотверженность всегда благородна. И если бы она проявила уступчивость, она бы теперь была избавлена от неприятных мыслей о рассерженной подруге, расстроенном брате и сорванной, быть может ее усилиями, поездке, которая могла доставить им так много удовольствия.

Чтобы облегчить душу и услышать из уст непредубежденного человека истинную оценку своего поведения, она в разговоре с мистером Алленом упомянула, воспользовавшись случаем, о задуманной ее братом и Торпом завтрашней поездке. Мистер Аллен откликнулся сразу.

— Что ж, — спросил он, — и вы тоже хотите с ними отправиться?

— Нет. Как раз перед тем, как они мне об этом сказали, я условилась с мисс Тилни о прогулке по окрестностям Бата. Поэтому, вы понимаете, я не могла с ними ехать, не правда ли, не могла?

— Разумеется, нет. Я рад, что вы отказались. Такого рода поездки — вообще неподходящее дело. Молодые люди и девицы, разъезжающие по дорогам в открытых экипажах! В отдельных случаях это допустимо. Но совместные посещения гостиниц и других публичных мест! Это не доводит до добра. Я удивляюсь, что миссис Торп смотрит на такие вещи сквозь пальцы. И рад, что вы решили не ехать. Вашей матушке это бы не понравилось. Вы согласны со мной, миссис Аллен? Не находите ли вы подобные поездки предосудительными?

— Разумеется, даже очень. Открытые экипажи — ужасная вещь! Чистое платье становится в них грязным за пять минут. Вас забрызгивает, когда вы в них влезаете и когда вылезаете. А ветер треплет прическу и шляпу решительно во все стороны. Я ненавижу открытые экипажи!

— Я это знаю. Но речь сейчас идет о другом. Не кажется ли вам, что молодые леди, то и дело разъезжающие в открытом экипаже с молодыми людьми, не состоящими с ними даже в родстве, выглядят несколько странно?

— Да, мой дорогой, они в самом деле выглядят странно. Я этого терпеть не могу!

— Дорогая миссис Аллен, — воскликнула Кэтрин, — почему же вы мне раньше об этом не сказали? Если бы я знала, что этого делать не следует, уверяю вас, я вообще не ездила бы с мистером Торпом. Я думала, вы предупредите меня, если увидите, что я поступаю неправильно.

— Так оно и есть, моя дорогая, можете на меня положиться. Перед отъездом я обещала миссис Морланд заботиться о вас, насколько это окажется в моих силах. Но нельзя быть чересчур требовательной. Как говорит ваша добрая матушка, молодежь остается молодежью. Вы помните, когда мы приехали, я не хотела, чтобы вы покупали этот узорчатый муслин. Но вы все же его купили. Молодежь не любит, когда ей слишком многое запрещают.

— Но тут ведь речь шла о действительно важном обстоятельстве. Не думаю, чтобы вам трудно было меня убедить.

— То, что случилось, не так уж страшно, — сказал мистер Аллен. — Но я бы, дорогая, советовал вам больше не ездить с мистером Торпом.

— Именно это я и хотела сказать, — добавила его жена.

Перестав тревожиться о себе, Кэтрин почувствовала беспокойство за Изабеллу. И после минутного раздумья она спросила у мистера Аллена, не поступит ли она правильно и великодушно, если напишет мисс Торп о том нарушении приличий, о котором ее подруга, как прежде она сама, наверно, и не догадывается. В противном случае, как ей казалось, Изабелла, несмотря на случившееся, может все же завтра поехать в Клифтон. Мистер Аллен, однако, отсоветовал ей это делать.

— Лучше, дорогая моя, оставьте ее в покое. Мисс Торп — достаточно взрослая девица и должна сама следить за своим поведением. А на худой конец, у нее есть мать, которая может дать ей совет. Несомненно, миссис Торп слишком снисходительна. И все же вам лучше не вмешиваться. Она и ваш брат уже решили поехать, так что из-за этого они только станут к вам хуже относиться.

Кэтрин смирилась. И хотя ей было грустно думать, что Изабелла совершает ошибку, она испытывала большое облегчение оттого, что мистер Аллен одобрил ее поступок, и была искренне рада, что его совет помешал ей впасть в ту же ошибку самой. Избавление от поездки в Клифтон поистине казалось ей теперь настоящим избавлением. Ибо что подумали бы о ней мистер и мисс Тилни, если бы она нарушила данное им обещание ради того, что было столь дурно само по себе? Если бы она провинилась в нарушении одного долга лишь для того, чтобы нарушить другой?

Глава XIV

Следующее утро было великолепным, и Кэтрин почти не сомневалась, что она будет вновь атакована компанией, собирающейся ехать в Клифтон. Однако, после того как она заручилась поддержкой мистера Аллена, они уже больше не были ей страшны. И все же она предпочитала избежать столкновения, сама победа в котором была бы для нее мучительной, и искренне радовалась, что их было не видно и не слышно. Тилни зашли к ней в назначенное время. И поскольку не возникло никаких новых затруднений, — ничего не вспомнилось, не пришло нежданного вызова и никто бесцеремонным вторжением не нарушил их намерений, — наша героиня весьма противоестественным образом смогла выполнить свое обещание, хотя оно и было дано не кому иному, как самому герою романа.

Они решили обойти вокруг Бичен-Клиффа, величественного холма, яркая зелень и нависшие кустарники которого делают его столь заметным с любого открытого места в Бате.

— Когда я на него смотрю, — сказала Кэтрин, пока они шли вдоль реки, — я всегда вспоминаю о юге Франции.

— Вы бывали за границей? — с некоторым удивлением спросил Генри.

— Да нет же, я говорю просто о том, что описано в книгах. Этот холм всегда наводит меня на мысль о стране, по которой в «Удольфских тайнах» путешествовали Эмили и ее отец. Но вы ведь, наверно, не читаете романов?

— Почему же?

— Они для вас недостаточно умны. Джентльмены читают более серьезные книги.

— Человек, будь то джентльмен или леди, не получающий удовольствия от хорошего романа, должен быть безнадежно глуп. Я прочел все сочинения миссис Радклиф, и большинство из них с большим интересом. Когда я взялся за «Удольфские тайны», я не мог оторваться от книги. Помню, я проглотил ее за два дня, и все это время волосы дыбом стояли на моей голове.

— Да, — прибавила мисс Тилни, — я помню, как ты мне начал читать ее вслух. Когда я только на пять минут отвлеклась, чтобы ответить на записку, ты, вместо того чтобы ненадолго отложить книгу, убежал с романом в Эрмитажную аллею, и мне потом пришлось ждать, пока ты его не закончишь.

— Спасибо, Элинор. Весьма убедительное свидетельство! — Вы видите, мисс Морланд, насколько необоснованным было ваше подозрение. Вот что со мной сделало желание поскорее узнать о дальнейших событиях. Я не мог всего пять минут подождать свою сестру, нарушил обещание прочесть ей этот роман вслух и в самом интересном месте заставил ее мучиться от любопытства, убежав с книгой, которая, примите во внимание, была ее, и только ее, собственностью! Вспоминая об этом, я испытываю чувство гордости и надеюсь, что этот случай позволит вам составить обо мне хорошее мнение.

— Мне это и в самом деле приятно слышать. Теперь я не буду стыдиться того, что мне нравится «Удольфо». До сих пор я не в шутку думала, что все молодые люди с поразительным презрением говорят о романах.

— Вот именно, поразительным. Можно и впрямь поражаться тем, что они способны презирать книги, которые сами читают наравне с женщинами. Я лично прочел их сотни. Не воображайте, что вы можете соревноваться со мной в знакомстве со всеми Джулиями и Луизами. Коли мы станем считаться, спрашивая без конца друг у друга: «Читали ли вы то», или: «Читали вы это», — я скоро оставлю вас так далеко

140

позади, как, — что бы такое придумать в качестве подходящего сравнения? — как сама ваша любезная Эмили оставила позади бедного Валанкура, уехав со своей теткой в Италию. Подумайте, насколько раньше я начал. Я уже учился в Оксфорде, когда вы еще были милой маленькой девочкой и вышивали дома салфеточки для подарков.

— Боюсь, что не слишком милой. Но скажите мне все же, не находите ли вы, что «Удольфо» прелестнейшая книга на свете?

— Вы, должно быть, имеете в виду «красивейшая»? Это зависит от переплета.

— Генри, — сказала мисс Тилни, — ты позволяешь себе слишком много! Мисс Морланд, он обращается с вами совершенно так же, как со своей сестрой. Ему всегда хочется поймать меня на том, что я как-то неточно выразилась. А теперь он пробует и с вами затеять ту же игру. Он недоволен вашим употреблением слова «прелестнейшая», и вам лучше побыстрее его заменить, так как в противном случае он будет всю дорогу пилить нас Джонсоном и Блэром.

— Я уверена, — воскликнула Кэтрин, — что у меня и в мыслях не было ничего плохого. Но это в самом деле прелестная книга — почему же мне так ее не назвать?

— Совершенно верно, — сказал Генри. — И сегодня прелестная погода. И мы совершаем прелестную прогулку. И вы обе — самые прелестные молодые леди. Какой же это поистине прелестный мир! Слово подходит ко всему. Быть может, первоначально его использовали, только чтобы выразить красоту, изящество, утонченность, — говорили о прелестных платьях, чувствах или вкусах. Но теперь одним этим словом можно охарактеризовать любое качество в любом предмете.

— В то время как на самом деле, — воскликнула его сестра, — оно может относиться только к тебе, не характеризуя при этом ничего. Ты и впрямь человек прелестный, да вот нрав у тебя известный! Давайте, мисс Морланд, предоставим ему размышлять о точности наших выражений, а сами будем восторгаться «Удольфо», пользуясь любыми словами, какие только придут нам в голову. Это действительно интереснейшая книга. Вы любите подобное чтение?

— Сказать по правде, я не очень люблю другое.

— Вот как?

— То есть я могу читать стихи, пьесы и тому подобное и неплохо отношусь к описаниям путешествий. Но историей, настоящей солидной историей я никак не могу увлечься. А вы можете?

— Да, я люблю историю.

— Я тоже хотела бы ее любить. Я иногда читаю исторические книги по обязанности, но они меня только злят или усыпляют. Споры королей и пап, с войнами или чумой на каждой странице! Мужчины — ничтожества, о женщинах вообще почти не говорится — все это невыносимо. И вместе с тем мне часто кажется странным, что это так скучно. Ведь бо́льшую часть того, что там написано, пришлось сочинить. Речи, вложенные в уста героев, их мысли, планы — почти все это надо было придумать, а в других книгах я больше всего люблю выдумку.

— Вам кажется, — сказала мисс Тилни, — что историкам не слишком удаются взлеты фантазии? Они щеголяют воображением, не возбуждая интереса у читателя? Я люблю историю, и меня вполне удовлетворяет смесь истины с выдумкой. Главные факты исторические авторы добывают из архивов — древних книг и летописей, которым, я надеюсь, можно настолько верить, насколько вообще можно верить сведениям о том, что происходит не у нас на глазах. А что касается названных вами маленьких украшений, то они и есть всего лишь украшения, и я воспринимаю их в качестве таковых. Если речь хорошо написана, я читаю ее с удовольствием независимо от того, кем она сочинена, — возможно, даже с большим удовольствием благодаря тому, что вместо подлинных слов Карактакуса, Агриколы или Альфреда Великого передо мной — сочинение мистера Юма или мистера Робертсона.

— Так вы любите историю? И мистер Аллен с моим отцом тоже любят. И два моих брата не питают к ней отвращения. Столько примеров среди маленького круга моих друзей — просто удивительно! Такая пропорция позволяет мне не испытывать жалости к историческим писателям. Если люди любят читать их книги, то все в порядке. А не то — отдавать столько сил, чтобы исписывать огромные тома, в которые, как я думала, добровольно даже никто и не заглядывает, — работать только ради мучения маленьких мальчиков и девочек — такая судьба мне казалась слишком жестокой! И хотя мне известно, насколько это все правильно и нужно, я часто удивлялась самоотверженности людей, которые способны засесть за подобную работу.

— Что маленьких мальчиков и девочек следует мучить, — сказал Генри, — не станет отрицать ни один человек, хоть немного знакомый с жизнью в цивилизованном государстве. Но говоря о наших выдающихся историках, должен заметить, что предположение, будто они не преследуют более высокой цели, могло бы их сильно оскорбить. Судя по их методу и стилю, мне думается, они вполне способны мучить читателей в гораздо более зрелом возрасте и с более развитым интеллектом. Я употребляю глагол «мучить», пользуясь вашим собственным языком, вместо глагола «учить», считая их отныне синонимами.

— Вам кажется нелепым, что я учение назвала мучением. Но если бы вы, подобно мне, привыкли наблюдать, как бедные маленькие дети сперва заучивают буквы, а потом учатся правописанию; если бы вы всю жизнь, подобно мне, видели, какими непонятливыми они бывают на протяжении целого утра и как устает наша бедная мать к его концу, то вы согласились бы, что «мучить» и «учить» в некоторых случаях можно считать одним и тем же.

— Вполне возможно. Но историки не в ответе за трудность обучения грамоте. И даже вас самих, хотя вы, кажется, не слишком склонны к суровым и напряженным занятиям, быть может, удастся убедить, что неплохо пострадать два-три года, чтобы всю остальную жизнь иметь возможность читать. Подумайте, если бы нас не учили чтению, миссис Радклиф писала бы зря — или, быть может, не писала бы совсем!

Кэтрин согласилась, и ее самый жаркий панегирик по поводу талантов упомянутой леди исчерпал тему. Очень скоро Генри и Элинор принялись обсуждать другую, по поводу которой Кэтрин сказать было нечего. Они стали обозревать местность, как это делают люди, занимающиеся живописью, и с жаром знатоков заспорили о том, в какой мере она подходит для пейзажа. В этих вопросах Кэтрин не разбиралась. У нее не было ни малейших представлений о рисовании и художественном вкусе. И она вслушивалась в их разговор с тщетным вниманием, ибо все, что они говорили, было ей почти целиком непонятно, а то малое, что ей удавалось в нем уловить, находилось в вопиющем противоречии со скудными сведениями в этой области, почерпнутыми ею из других источников. Оказывалось, что красивый вид не следует отныне рисовать с вершины холма и что чистое синее небо́ невыгодно для дневного пейзажа. Она до глубины души стыдилась своего невежества. Неуместный стыд! Тому, кто хочет кого-то к себе привязать, полезно проявить неосведомленность. Обладать хорошей осведомленностью — значит ущемлять тщеславие окружающих, чего разумный человек всегда должен избегать, в особенности женщина, имеющая несчастье быть сколько-нибудь образованной и вынужденная поелику возможно скрывать этот недостаток.

В какой мере естественная простота благоприятствует хорошенькой девушке, было уже разъяснено мастерским пером моей сестры по профессии. И к ее трактовке этой темы я, из чувства справедливости к мужскому полу, добавлю только, что, хотя для более значительной и более легкомысленной его части привлекательность женщины усиливается ее наивностью, между мужчинами все же есть и такие, которые настолько разумны и образованны, что ищут в женщине чего-то большего, чем невежество. Кэтрин, однако, не сознавала своего преимущества — она не знала, что хорошенькая девушка с чувствительным сердцем и самым непросвещенным умом, при отсутствии каких-либо неблагоприятных обстоятельств, не может не привлечь к себе умного молодого человека. В настоящем случае она с огорчением призналась в своей недостаточной осведомленности и заявила, что за умение рисовать была бы готова пожертвовать всем на свете. В ответ незамедлительно последовала лекция о прекрасном, в которой объяснения ее спутника были настолько доходчивыми, что она тут же стала любоваться всем, что казалось красивым ему, и к которой она выказала такое серьезное внимание, что он ощутил полнейшее удовлетворение ее выдающимся природным вкусом. Он говорил ей о передних планах, расстояниях и далях, боковых фонах и перспективах, свете и тенях. И Кэтрин оказалась столь способной ученицей, что, когда они поднялись на вершину Бичен-Клиффа, она сама отвергла вид на город Бат в качестве возможного объекта для пейзажа. Восхищаясь ее успехами и боясь утомить ее ум слишком большой дозой премудрости, преподнесенной за один раз, Генри позволил содержанию беседы постепенно измениться, и, легко перейдя от скалистого утеса и засохшего дуба, который он поместил неподалеку от его вершины, к дубам вообще, к лесам, к окружающим их землям, пустующим пространствам, государственным угодьям и правительству, он вскоре оказался в сферах политики. А от политики было уже нетрудно прийти к молчанию. Затяжная пауза, последовавшая после того, как он кратко рассмотрел состояние нации, была нарушена Кэтрин, которая сказала весьма серьезно:

— Я слышала, в Лондоне ждут чего-то ужасного.

Мисс Тилни, к которой главным образом были обращены эти слова, вздрогнула и поспешно откликнулась:

— В самом деле! В каком же роде?

— Не имею понятия ни о роде, ни об истоках. Я только слышала, что речь идет о чем-то чудовищном — несравнимом со всем, что было известно прежде.

— Боже! Откуда вы это узнали?

— Моя близкая подруга получила вчера письмо из Лондона. Что-то необыкновенно страшное. Можно ждать убийства и тому подобного.

— Вы удивительно владеете собой, рассказывая об этом. Надеюсь, что сообщения вашей подруги преувеличены. И если о подобном замысле известно заранее, правительством будут приняты необходимые меры, чтобы предотвратить его осуществление.

— Правительство, — сказал Генри, сдерживая улыбку, — не обладает ни желанием, ни возможностью вмешиваться в подобные дела. Убийства нужны. И правительству безразлично, в каких масштабах.

Леди посмотрели на него с удивлением. Он засмеялся и прибавил:

— Послушайте, вы хотите, чтобы я помог вам понять друг друга, или же предоставить вам выбираться из этой путаницы своими силами? О нет, я буду великодушен и докажу, что я мужчина, не только щедростью своей души, но и ясностью рассудка. Я терпеть не могу представителей моего пола, которые считают недостойным иногда снисходить до уровня вашего разумения. Возможно, женский ум недостаточно основателен и остер — недостаточно деятелен и проницателен. Возможно, вам не хватает наблюдательности, интуиции, логики, огня, гения и остроумия...

— Мисс Морланд, не обращайте внимания на его слова. Но будьте добры, расскажите мне, что это за ужасный заговор?

— Заговор? Какой заговор?

— Дорогая Элинор, заговор существует лишь в твоем воображении. Какая несусветная путаница! Мисс Морланд всего-навсего упомянула о новом готовящемся к выходу романе в трех томах дуодецимо, по двести семьдесят шесть страниц в каждом, с фронтисписом в первом, изображающим два могильных камня и фонарь, — ты поняла? Ваши ясные высказывания, мисс Морланд, моя бестолковая сестра неверно восприняла. Вы говорили об ожидаемых в Лондоне ужасах, но вместо того, чтобы сразу понять, как подобало бы разумному существу, что ваши слова относятся только к распространенным изданиям, она немедленно нарисовала в своем воображении собравшуюся в Сент-Джордж-Филдсе трехтысячную толпу, разгромленный Банк, осажденный Тауэр, залитые кровью лондонские улицы, вызванный из Нортгемптона для подавления восставших эскадрон 12-го полка легких драгун (надежда нации!) и славного капитана Фредерика Тилни, сбитого с лошади брошенным из верхнего окна кирпичом в самый момент его появления во главе вверенных ему войск. Простите ей ее недогадливость. Сестринская привязанность соединилась здесь со слабостью женщины. Вообще-то она вовсе не так уж плохо соображает.

Кэтрин чувствовала себя достаточно неловко.

— А теперь, Генри, — сказала мисс Тилни, — после того как ты помог нам понять друг друга, ты мог бы помочь мисс Морланд понять и тебя самого, — если только ты не хочешь, чтобы она считала тебя непозволительно бесцеремонным по отношению к твоей сестре и великим грубияном по отношению к слабому полу вообще. Мисс Морланд еще не привыкла к твоим чудачествам.

— Я буду счастлив познакомить ее с ними получше.

— Не сомневаюсь. Но этим ты еще не дал необходимых сейчас объяснений.

— Что же от меня требуется?

— Ты это знаешь сам. Изложи свои подлинные взгляды. Объясни, какого ты высокого мнения об умственных способностях женщин.

— Мисс Морланд, я весьма высоко ставлю умственные способности всех женщин на свете, кто бы они ни были, в особенности тех, с кем я имею счастье находиться в одной компании.

— Этого недостаточно. Будь серьезнее.

— Мисс Морланд, никто не судит об умственных способностях женщин так высоко, как я. Мне кажется, что природа дала им так много, что они никогда не считают нужным использовать больше половины.

— В данный момент, мисс Морланд, мы не добьемся от него ничего более разумного. Он сейчас не настроен на серьезный лад. Но, уверяю вас, было бы совершенно неверно предполагать, что он способен высказаться несправедливо о какой-нибудь женщине вообще или недоброжелательно обо мне.

Поверить, что Генри Тилни не может поступить плохо, было для Кэтрин совсем нетрудно. Выходки его иногда вызывали у нее удивление, но относился он ко всему всегда правильно. А тем, что было в нем непонятно, она готова была восхищаться так, как будто она это понимала. Вся прогулка показалась Кэтрин чудесной, и, хотя она закончилась слишком быстро, чудесным было и ее завершение: ее друзья зашли вместе с ней в дом, и перед тем, как расстаться, мисс Тилни, обращаясь в равной степени к ней и к миссис Аллен, самым любезным образом попросила Кэтрин доставить ей удовольствие, приняв приглашение послезавтра у них пообедать. Со стороны миссис Аллен не возникло никаких затруднений, а единственная трудность для Кэтрин была связана с необходимостью скрыть переполнившие ее радостные чувства.

Утро прошло так приятно, что совершенно вытеснило из ее памяти мысли о дружбе и сестринской привязанности. За все время прогулки она ни разу не подумала об Изабелле и Джеймсе. Когда Тилни ушли, ей захотелось что-нибудь о них узнать, но на первых порах это оказалось невозможным. Миссис Аллен ничем не могла рассеять ее тревогу по поводу отсутствия сведений о подруге и брате. Около середины дня, однако, Кэтрин под предлогом безотлагательной покупки ярда цветных лент вышла на улицу. На Бонд-стрит она обогнала среднюю мисс Торп, шедшую в Эдгарс-Билдингс между двумя самыми очаровательными на свете девицами, которые в течение этого утра были ее любимейшими подругами. От нее Кэтрин узнала, что путешествие в Клифтон состоялось.

— Они выехали в восемь часов, — сказала мисс Энн, — и, поверьте, я не завидую их поездке. Мне кажется, мы с вами счастливо отделались от этой затеи. Ничего не могло быть скучнее — в это время года в Клифтоне ни души. Белл поехала с вашим братом, а Джон повез Марию.

Кэтрин выразила полное удовлетворение, узнав, как все устроилось.

— Еще бы, — поддакнула ей Энн, — Мария сразу согласилась. Она была в диком восторге, надеясь получить удовольствие. Не могу сказать, что восхищаюсь ее вкусом. Что касается меня, я с самого начала решила не ехать, как бы меня ни упрашивали.

Несколько в этом сомневаясь, Кэтрин не удержалась от замечания:

— Я бы желала, чтобы и вы участвовали в прогулке. Жаль, что вы не смогли поехать со всеми.

— Благодарю вас, мне это было ни к чему. Я ни за что не поехала бы сама. Когда вы подошли, я как раз говорила об этом Эмили и Софье.

Кэтрин осталась неубежденной, но радовалась, что Энн располагала подругами, которые могли ее утешить. Вполне успокоенная, она попрощалась с мисс Торп и вернулась домой, довольная тем, что ее отказ не сорвал поездки, и надеясь, что благодаря удовольствию, полученному от прогулки, Джеймс и Изабелла перестанут сердиться на проявленное ею упорство.

Глава XV

На следующий день утром записка от Изабеллы, дышавшая в каждой строке миром и дружбой и умолявшая прийти немедленно по исключительно важному делу, заставила подгоняемую преданностью и любопытством Кэтрин поспешить в Эдгарс-Билдингс. В гостиной она застала двух младших мисс Торп. И когда Энн вышла, чтобы позвать Изабеллу, Кэтрин воспользовалась возможностью расспросить ее сестру о вчерашней поездке. Мария только и ждала случая выразить свои восторги, и Кэтрин тотчас же услышала, что они совершили чудеснейшую прогулку на свете и что никто не может себе представить, до чего это было изумительно, и поверить, как это было очаровательно. Таковы были сведения, сообщенные за первые пять минут. В продолжение последующих были переданы некоторые подробности: они приехали прямо в гостиницу «Йорк», слегка перекусили, заказали ранний обед, сходили в Галерею-бювет и попробовали там воду из источника, рассовав несколько шиллингов в сумочки и копилки, завернули к кондитеру поесть мороженого, поспешили в гостиницу и, боясь задержаться до темноты, наспех проглотили поданные им блюда, а затем прелестнейшим образом вернулись домой — правда, луны не было и пошел небольшой дождь, да еще лошадь мистера Морланда так заморилась, что еле-еле переставляла ноги.

Кэтрин вполне удовлетворило выслушанное сообщение. Про Блэйзский замок они, как видно, даже не вспомнили, а обо всем остальном не стоило жалеть ни минуты. В конце рассказа Мария выразила нежное сочувствие своей сестре Энн, которая, по ее мнению, была смертельно обижена тем, что ее не взяли в поездку.

— Она мне этого никогда не простит, я убеждена. Но вы же знаете, разве я могла что-нибудь сделать? Джон хотел, чтобы поехала я, — он клялся, что не повезет ее из-за ее толстых лодыжек. Боюсь, настроение у нее испорчено на целый месяц. Но я твердо решила не об-

154

ращать на это внимания. Меня ведь не так-то легко вывести из себя.

В эту минуту в комнату стремительно вбежала Изабелла с таким счастливым и многозначительным видом, что сразу привлекла к себе все внимание своей подруги. Мария была бесцеремонно выставлена за дверь, и Изабелла, заключив Кэтрин в объятия, начала следующим образом:

— Да, да, Кэтрин, это в самом деле так. Ваша проницательность вас не обманула. У, этот ваш коварный взгляд! Он все видит насквозь.

Взгляд Кэтрин выражал лишь недоумение.

— Ну вот, моя бесценная, моя самая любимая подруга, — продолжала Изабелла, — видите, до чего я взволнована. Давайте сядем поуютнее и поговорим. Значит, вы обо всем догадались, как только получили мою записку? Лукавое создание! Ах, Кэтрин, вы одна знаете мое сердце — только вы способны понять, как я счастлива. Ваш брат — обаятельнейший человек на земле. Только бы мне стать достойной его! Но что скажут ваши чудесные родители? Боже! Когда я думаю о них, меня всю трясет.

Кэтрин начала догадываться о случившемся. Мысль об этом осенила ее внезапно. И, густо покраснев под действием столь нового для нее переживания, она воскликнула:

— Боже мой! Изабелла, дорогая моя, что вы хотите сказать? Неужели, неужели вы с Джеймсом и вправду друг друга любите?

Ее смелая догадка, однако, как она скоро поняла, отражала истинное положение дел только наполовину. Горячая симпатия к Джеймсу, которую Кэтрин якобы постоянно замечала в каждом взгляде и поступке Изабеллы, была вознаграждена во время вчерашней поездки его нежнейшим признанием в любви. И теперь она была связана с ее братом сердцем и словом. Еще никогда до ушей Кэтрин не доходила такая радостная, такая увлекательная и необычайная новость. Ее брат и ее подруга помолвлены! Впервые переживая подобное событие, она придавала ему столь большое значение, как будто жизненная рутина не могла принести ей еще раз чего-либо в этом роде. Выразить силу своих чувств она не могла, но их суть вполне удовлетворяла ее подругу. И прежде всего Кэтрин дала им выход, признавшись, насколько она будет счастлива приобрести такую сестру, после чего две прекрасные леди обнялись и их счастливые слезы смешались в общем потоке.

Как бы искренне Кэтрин ни была рада их будущему родству, следует признать, что Изабелла далеко превзошла ее в предвкушении близости между ними.

— Моя Кэтрин будет мне несравнимо дороже, чем Энн или Мария. Я знаю, что привяжусь ко всем моим дорогим Морландам гораздо сильнее, чем к своей семье.

Подобная возвышенность дружеских чувств оставалась для Кэтрин недосягаемой.

— Как вы похожи на вашего брата! — продолжала Изабелла. — С тех пор, как мы встретились, я в вас души не чаю. Но так бывает со мной всегда — первое мгновение решает все! В первый же день, когда Морланд приехал в прошлом году к нам на Рождество, в ту самую секунду, как я его увидела, мое сердце мне больше не принадлежало. На мне, помню, было тогда желтое платье, а волосы заплетены в косы. Я вошла в гостиную, Джон мне его представил, и мне показалось, что я в жизни еще не видела более красивого человека.

Здесь Кэтрин отметила про себя могущественную силу любви. Ибо хоть она и была очень привязана к брату и относилась пристрастно к его достоинствам, она никогда не находила его красавцем.

— В тот вечер, помнится, у нас пила чай мисс Эндрюс — на ней было платье из красновато-коричневого шелка. И она выглядела так божественно, — я была уверена, что ваш брат непременно в нее влюбится. Думая об этом, я всю ночь не сомкнула глаз. Ах, Кэтрин, скольких бессонных ночей стоил мне ваш брат! Я не желала бы вам выстрадать и половину того, что досталось на мою долю. Я знаю, насколько я похудела. Но мне незачем терзать вас, описывая все мои муки. Вы их наблюдали достаточно. Мне кажется, я выдавала себя на каждом шагу. Я так неосторожно призналась в своей склонности к людям духовного звания! Но я не сомневалась, что вы сохраните мою тайну.

Кэтрин знала, что ничего не могло быть сохраннее. Но, стыдясь признаться подруге в своей недогадливости, она не смела оспаривать приписываемые ей лукавую проницательность и душевную симпатию. Ей стало известно, что ее брат хочет незамедлительно ехать в Фуллертон, чтобы объявить о случившемся родителям и испросить их согласия. И это было причиной некоторого действительного беспокойства Изабеллы, которое Кэтрин постаралась рассеять. Она нисколько не сомневалась, что отец и мать никогда не воспротивятся желаниям Джеймса.

— Едва ли есть на свете родители, — сказала она, — которые относились бы к детям с большей добротой и сильнее желали им счастья. Я убеждена, что они согласятся немедленно.

— Морланд говорит то же самое, — сказала Изабелла. — И все же я не смею надеяться. Я так бедна — они никогда на это не согласятся. Ваш брат ведь может жениться на ком угодно!

Тут Кэтрин снова подумала о могуществе любви.

— Право, Изабелла, вы себя недооцениваете. Какое значение может иметь различие в имущественном положении?

— Кэтрин, дорогая моя, конечно, для вашего благородного сердца оно не значило бы ничего. Но мы не можем ждать того же бескорыстия от каждого человека. Что до меня, я бы с радостью поменялась с вашим братом ро-

158

лями. Будь в моем распоряжении миллионы, владей я всем миром, я бы выбрала только его!

Этот благородный порыв, отличавшийся широтой взглядов и новизной, приятнейшим образом напомнил Кэтрин о множестве знакомых ей героинь. И она подумала, что ее подруга еще никогда не казалась ей столь прекрасной, как в ту минуту, когда выражала свою великодушную мысль.

— Они непременно согласятся, — то и дело повторяла Кэтрин. — И вы, я уверена, им очень понравитесь.

— Что касается меня, — сказала Изабелла, — то я настолько неприхотлива, что удовлетворилась бы самым скромным доходом. Для тех, кто по-настоящему любит, сама бедность заключает в себе богатство. Я презираю роскошь. И я бы ни за что на свете не переехала в Лондон. С каким бы восторгом я поселилась в маленьком коттедже где-нибудь в глухой деревушке. Около Ричмонда есть такие очаровательные маленькие виллы!

— Ричмонд! — воскликнула Кэтрин. — Вы должны поселиться около Фуллертона. Вы должны жить неподалеку от нас.

— Поверьте, я буду несчастна, если нам это не удастся. Только бы мне быть рядом с *вами* — большего мне не нужно. Но ведь это пустая болтовня. Я не позволю себе мечтать об этом, пока мы не узнаем ответа вашего отца. По словам Морланда, если сегодня он пошлет письмо из Солсбери, завтра оно уже будет здесь. Завтра!

У меня не хватит духа его распечатать. Я знаю, для меня это будет означать смерть.

Высказав такое убеждение, Изабелла задумалась. Она нарушила молчание, только чтобы объяснить, какое она собирается заказать себе свадебное платье.

Их беседа была прервана появлением влюбленного юноши собственной персоной — он пришел, чтобы обменяться со своей возлюбленной прощальным приветом перед отбытием в Уилтшир. Кэтрин хотелось его как следует поздравить, но она не нашла подходящих слов, так что красноречивыми были только ее глаза. В них достаточно выразительно сияли все восемь частей речи, которые Джеймсу нетрудно было расставить в должном порядке. Стремясь к скорейшему осуществлению связанных с поездкой надежд, он прощался недолго. И прощание было бы еще короче, если бы любимая не задержала его настоятельными просьбами, чтобы он ускорил свой отъезд. Дважды она возвращала его уже от самых дверей, умоляя отправляться немедленно.

— Право, Морланд, я должна вас выпроводить. Подумайте, как далеко вам предстоит ехать! Я не могу видеть, как вы медлите. Ради Бога, не тратьте попусту время. Уезжайте, уезжайте скорей! Я этого требую!

Две подруги, чьи сердца были теперь связаны прочнее, чем когда-либо раньше, в течение всего дня оставались неразлучны. Рисуя перед собой радужные картины будущих род-

160

5·

ственных отношений, они не замечали, как бежит время. Миссис Торп и ее сын, знавшие обо всем и ожидавшие только согласия мистера Морланда-отца, чтобы отнестись к помолвке Изабеллы, как к счастливейшему семейному событию, были допущены к участию в их разговорах и внесли свою долю многозначительных взглядов и сокровенных намеков, доведших непосвященных сестер Изабеллы до крайней степени любопытства. Странный способ сохранения тайны представлялся Кэтрин, с ее простыми чувствами, не слишком великодушным и действенным. И она высказалась бы по поводу его жестокости, если бы не убедилась в том, что он не достиг цели. Энн и Мария вскоре успокоили ее тревогу своими проникновенными «А я все знаю!». И вечер прошел в своеобразном словесном турнире, в ходе которого фамильная находчивость проявилась одинаково успешно в нарочитой таинственности одной из сторон и недоговариваемых догадках другой.

Следующий день Кэтрин вновь провела с подругой, успокаивая ее тревогу и помогая ей пережить томительно долгие часы до прибытия почты. Усилия ее оказались весьма полезными, так как по мере приближения ожидаемого события Изабелла все больше и больше падала духом и к моменту прихода письма довела себя до полного отчаяния. Но куда девалось ее уныние, когда письмо было наконец получено: «Мне не составляло никакого труда добиться согласия моих добрых родителей, которые обещали сделать все от них зависящее, чтобы способствовать моему счастью», — говорилось в первых же строчках, и с этой минуты для Изабеллы наступила радостная уверенность. Ее лицо засияло, тревога и озабоченность улетучились, она почти утратила способность владеть собой и без колебаний называла себя счастливейшей из смертных.

Миссис Торп со слезами обняла дочь, сына, гостью и с удовольствием обняла бы половину жителей Бата. Сердце ее было переполнено нежностью. Каждое ее обращение сопровождалось эпитетом: «Мой дорогой Джон», «Моя дорогая Кэтрин». «Дорогая Энн» и «Дорогая Мария» сейчас же были приобщены к общим восторгам, а в применении к имени Изабеллы даже удвоенный эпитет не исчерпывал того, чего заслуживало в эту минуту ее любимое дитя. Джон и тот не скупился на проявления радости. Он не только удостоил мистера Морланда высокого звания одного из лучших парней на свете, но напропалую клятвенно подтверждал всевозможные похвалы по его адресу.

Письмо, вызвавшее это ликование, было кратким и содержало только известие о благоприятном исходе разговора с родителями. Все подробности откладывались до того времени, когда Джеймс сможет написать еще раз. Но подробностей Изабелла легко могла подождать. В обещании мистера Морланда заключалось все необходимое. Залогом того, что все устроится прекраснейшим образом, была его честь. А каким способом будет обеспечен их доход — получат ли они земельную собственность или им будет выделен известный капитал, — мало занимало ее бескорыстную душу. Она знала достаточно, чтобы с уверенностью ждать достойного и быстрого устройства своей судьбы, и ее воображение перелетело уже к сопутствующим радостям. Она представляла себе, как через несколько недель у нее появится собственный выезд, новая фамилия на визитных карточках и ослепительный набор колец на пальцах, а также предвкушала, как на ней будут останавливаться восхищенные взоры ее новых фуллертонских знакомых и как ей будут завидовать ее любимые старые подруги из Патни.

Когда содержание письма стало известно, Джон Торп, откладывавший свой отъезд в Лондон только до его получения, собрался в дорогу.

— Что ж, мисс Морланд, — сказал он, застав ее в гостиной одну, — я пришел с вами проститься.

Кэтрин пожелала ему счастливого пути. Как будто не расслышав ее, он подошел к окну, потоптался там, промурлыкал себе под нос какую-то песенку и, казалось, целиком ушел в свои мысли.

— Вы не опоздаете в Дивайз? — спросила Кэтрин.

Он не ответил, но после минутного молчания его словно прорвало:

— Отличная это штука — женитьба, клянусь честью! Морланд и Белл славно придумали. А как это понравилось вам, мисс Морланд? Я бы сказал, это неплохая затея, а?

— Мне кажется, даже очень хорошая.

— Правда? Вот это прямота, ей-богу! Во всяком случае, я рад, что вы не предубеждены против брака. Слышали старый припев: «Сходишь на свадьбу — готовься к другой»? Надеюсь, вы будете у Белл на свадьбе?

— Я обещала вашей сестре быть в этот день с ней, если только смогу.

— А тогда, — Торп скривился и глухо захихикал, — а тогда, знаете, мы могли бы проверить, есть ли в старой песенке какой-нибудь толк.

— Вы думаете? Но ведь я не пою. Что ж, счастливого пути. Сегодня я обедаю у мисс Тилни, и мне надо торопиться домой.

— Зачем вам спешить? Кто знает, когда еще доведется встретиться. Хоть я и собираюсь сюда через две недели, они мне покажутся чертовски длинными.

— Для чего же так задерживаться? — сказала Кэтрин, видя, что он ждет ее ответа.

— Спасибо за добрые слова. Добрые и великодушные. Я о них не забуду. В вас, я думаю, больше великодушия и всего такого, чем в ком бы то ни было. Уйма великодушия, и не только его, но еще много, много самого разного! И еще в вас есть... клянусь Небом, я не знаю никого вроде вас!

— Что вы, таких, как я, великое множество, даже гораздо лучше. Всего хорошего!

— Я хочу сказать, мисс Морланд, что собираюсь в скором времени навестить Фуллертон, засвидетельствовать там, если вы ничего не имеете против, мое почтение.

— Ради Бога. Мои родители будут рады вас видеть.

— Но вам, мисс Морланд, надеюсь, это не будет неприятно?

— Почему же? Ни в коей мере. На свете мало людей, которых мне неприятно видеть. В обществе ведь всегда веселее!

— Я рассуждаю в том же роде. Дайте мне, говорю я, небольшую веселую компанию, дайте мне компанию людей, которых я люблю, — лишь бы я находился там, где мне нравится, да среди тех, кто мне нравится, и я отдам дьяволу остальное! Чертовски приятно слышать от вас то же самое. Мне сдается, мисс Морланд, наши мнения отлично сходятся во всех вопросах.

— Может быть, хотя это не приходило мне в голову. Что касается *всех вопросов*, то, говоря по правде, среди них не так уж много таких, о которых я успела составить свое мнение.

— Ей-богу, у меня их не больше! Морочить себе голову тем, что меня не касается, не в моем вкусе. Мой взгляд на вещи прост. Дайте, говорю, мне девчонку, чтоб была по душе, да уютный домик в придачу, и какое мне дело до всего остального? Богатство — вздор. Доход у меня подходящий. Если у нее нет за душой ни пенса — тем лучше.

— Совершенно справедливо. Я думаю точно так же. Если в браке одна сторона располагает средствами, другой они ни к чему. Неважно, кому они принадлежат, достаточно только, чтобы была обеспечена семья. Когда одно богатство тянется к другому, это кажется отвратительным. Женитьба ради денег, по-моему, — самая ужасная вещь на свете. Всего хорошего. Мы будем рады видеть вас в Фуллертоне, когда вам будет удобно.

И она ушла. Всей его обходительности не хватило бы, чтобы задержать ее дольше. Она должна была сообщить столь важные новости и приготовиться к столь важному визиту, что в его распоряжении не могло найтись ничего, чем бы он мог заставить ее остаться. И Кэтрин поспешила к выходу, оставив его размышлять в одиночестве о том, как ловко он выразил ей свои чувства и насколько недвусмысленно она его поощрила.

Незнакомое ей прежде волнение, которое она испытала, узнав о помолвке брата, давало ей повод думать, что рассказ об этом необычайном событии произведет соответствующее впечатление и на мистера и миссис Аллен. Увы, ее ждало полное разочарование. Когда после многих вводных слов это ошеломительное известие было доведено до их слуха, оказалось, что они предвидели его с первого дня приезда Джеймса в Бат. Все, что они выразили по этому поводу, заключалось в пожелании счастья молодым людям, сопровождавшемся отзывами о красоте невесты, когда говорилось о джентльмене, и об удачном замужестве, когда говорилось о леди. Кэтрин видела в этом непонятную ей бесчувственность. Тем не менее, узнав, что Джеймс накануне тайно уехал в Фуллертон, миссис Аллен была несколько выведена из равновесия, ибо к этому известию она не могла отнестись столь же безучастно. Она то и дело причитала, что от нее скрыли его поездку, жалела, что не догадалась о его намерениях, и сетовала, что не повидала его перед отъездом и не смогла послать с ним добрые пожелания его родителям и сердечное приветствие семейству Скиннер.

Глава XVI

Кэтрин питала такие радужные надежды по поводу предстоящего посещения Мильсом-стрит, что ей предстояло неминуемое разочарование. И, соответственно, хотя она была безукоризненно принята генералом Тилни и радушно встречена его дочерью, хотя Генри был дома, а из посторонних никого больше не было, не прошло и нескольких часов после ее возвращения оттуда, как, разобравшись в своих чувствах, она поняла, что не извлекла из этого визита того удовольствия, на какое рассчитывала. Все сказанное за этот день не только не сблизило ее с мисс Тилни, но, напротив, она уже не чувствовала себя с ней в тех коротких отношениях, какие установились между ними прежде. Хотя она видела Генри Тилни в благоприятной обстановке за непринужденной семейной беседой, он никогда еще не был столь скован и молчалив. И несмотря на подчеркнутую любезность со стороны их отца, несмотря на все его авансы, комплименты и изъявления благодарности, расставшись с ним, она почувствовала облегчение. Все это казалось загадочным. Это не могло быть виной генерала Тилни. Вне всякого сомнения, он был добродушным, благожелательным и во всех отношениях приятным человеком — ведь он был хорош собой, высок ростом и приходился отцом Генри. Он не мог быть в ответе за плохое настроение детей и за то, что она сама не получала удовольствия от его общества. Первое, вероятно, объяснялось случайностью, а второе — ее собственной глупостью.

Изабелла, узнав о подробностях визита, предложила другое объяснение:

— Все это — следствие их гордости, да, да — нестерпимого высокомерия и гордости!

Она давно подозревала, что это семейство думает о себе невесть что, а теперь больше в этом не сомневалась. Ей еще не приходилось слышать, чтобы кто-нибудь вел себя так заносчиво, как мисс Тилни! Своей невоспитанностью она не делает чести этому дому. Так обращаться с гостьей! Почти с ней не разговаривать!

— Все это было вовсе не так плохо, Изабелла. Никакой заносчивости она не проявляла. И она была очень любезна.

— Пожалуйста, не защищайте ее! А каков ее братец, который, казалось, был вами так увлечен? Великий Боже! Некоторых людей я положительно не понимаю. Так, значит, за весь день он на вас даже и не взглянул?

— Я бы этого не сказала. Но он словно был не в своей тарелке.

— Какое ничтожество! Больше всего я ненавижу непостоянство. Я требую, дорогая, чтобы вы этого человека выбросили из головы. Он недостоин вас.

— Недостоин меня? Едва ли он когда-нибудь обо мне думал.

— Это я и хочу сказать. Он о вас совсем не думает. Что за вероломство! Ни ваш, ни мой брат так бы не поступили. По-моему, у Джона на редкость постоянное сердце.

— Но если говорить о генерале Тилни, едва ли кто-нибудь мог проявить ко мне больше внимания и любезности, поверьте. Казалось, развлечь меня и доставить мне удовольствие было главной его заботой.

— О нем я другого мнения. Я не считаю его гордецом. Это, должно быть, настоящий джентльмен. Джон очень его хвалит, а слова Джона...

— Что ж, посмотрим, как они будут держаться со мной сегодня вечером. Мы встретим их в залах.

— Я тоже должна там быть?

— Разве вы не хотите? Мне казалось, это решено.

— Если для вас это важно, я не могу отказаться. Но не требуйте от меня, чтобы я там веселилась, — сердце мое, вы знаете, будет находиться в сорока милях отсюда. И, прошу вас, ни слова о танцах! Об этом не может быть и речи. Чарлз Ходжес, наверно, изведет меня до смерти. Но я сумею его осадить. Десять против одного, что он способен докопаться до сути дела, — хоть именно этого я хотела бы избежать. Я потребую, чтобы свои догадки он держал при себе.

Мнение Изабеллы о семье Тилни не повлияло на ее подругу. Она знала, что ни брат, ни сестра отнюдь не держали себя заносчиво. И ей казалось невероятным, чтобы их одолевала гордыня. Ее доверие к ним вознаградилось в тот же вечер: она была встречена с прежним вниманием мистером Тилни и по-прежнему приветливо его сестрой. Мисс Тилни старалась быть рядом с ней, а Генри пригласил ее танцевать.

Наслышавшись накануне на Мильсом-стрит об ожидающемся с часу на час приезде их старшего брата, капитана Тилни, она без труда отгадала, кем был красивый и светский молодой человек, которого она никогда прежде не видела и который явно принадлежал к их компании. Она смотрела на него с восхищением и даже могла допустить, что кому-то он мог

170

понравиться больше своего младшего брата, хотя и отличался, по ее мнению, некоторой самоуверенностью и менее располагающей внешностью. Его манеры и чувство такта были отнюдь не столь безупречны. Она сама слышала, как капитан Тилни не только отверг всякую мысль об участии в танцах, но даже высмеял Генри, когда тот предположил такую возможность. Данное обстоятельство свидетельствовало, что, как бы ни относилась к нему наша героиня, его восхищение ею не имело опасного характера, чреватого враждой между братьями или преследованием леди. Он не мог стать подстрекателем трех негодяев в кавалерийских плащах, которые втащили бы ее в запряженную парой коней карету, готовую умчаться в неизвестном направлении. Не предвидя подобных неприятностей или вообще каких-либо неприятностей, кроме слишком быстрого окончания танцев, Кэтрин тем временем радовалась, как обычно, обществу Генри Тилни, выслушивая с сияющими глазами все, что он ей говорил, и становясь неотразимей оттого, что находила неотразимым его.

После окончания первого танца капитан Тилни вновь оказался рядом с ними и, к большому неудовольствию Кэтрин, увел от нее своего брата. Они ушли, перешептываясь. И хотя при всем богатстве фантазии она не почуяла опасности и не заподозрила капитана Тилни в намерении сообщить Генри какие-то сведения, способные разлучить их навеки, ее все же не могло не огорчить, что она лишилась партнера. Ей пришлось прождать целых пять минут, которые показались ей долгой четвертью часа, прежде чем братья вернулись. Все разъяснилось, когда Генри спросил у нее, как отнесется ее подруга к приглашению на танец, если ей представят его брата. Кэтрин без колебаний ответила, что мисс Торп ни за что танцевать не согласится. Этот обескураживающий ответ был передан капитану, который сейчас же от них отошел.

— Вашего брата это не должно огорчить, — сказала Кэтрин. — Он, я слышала, отзывается о танцах весьма пренебрежительно. Тем любезнее с его стороны, что он об этом подумал. Должно быть, заметив Изабеллу среди зрителей, он вообразил, что ей не хватило партнера. Но он ошибся — она бы не стала танцевать ни за что на свете.

Генри улыбнулся.

— Объяснение человеческих поступков дается вам без труда, — сказал он.

— В каком смысле? Что вы имеете в виду?

— Для вас не существует вопросов: «Как то-то повлияло на того-то?», «Что могло руководить человеком таких-то взглядов, возраста, положения и привычек?». Вы думаете лишь: «Как это повлияло бы на меня?», «Какими побуждениями руководствовалась бы я?»

— Я вас не понимаю.

— У нас с вами в таком случае неравное положение. Я вас понимаю прекрасно.

— Меня? Еще бы. Я не умею выражаться так тонко, чтобы оставаться непонятой.

— Браво! Превосходная насмешка над современной манерой выражаться.

— Но что же все-таки вы имели в виду?

— Сказать вам? Вам правда этого хочется? Но вы не предвидите последствий. Вам станет неловко, и между нами возникнет отчуждение.

— Нет, нет, не будет ни того, ни другого! Я этого не боюсь.

— Ну что ж, я всего лишь имел в виду, что, объясняя намерение моего брата танцевать с мисс Торп его добротой, вы обнаружили ни с чем не сравнимую доброту собственного сердца.

Кэтрин покраснела и запротестовала, чем подтвердила предсказание своего собеседника. Однако нечто, заключенное в его словах, вознаградило ее за пережитое смущение, и это нечто настолько заняло ее мысли, что на какое-то время она замкнулась в себе, перестав слушать и разговаривать, и почти забыв, где она находится. Из этого состояния ее вывел голос Изабеллы, которую она увидела рядом с капитаном Тилни, приготовившимся соединить с ней руки в танце.

Изабелла пожала плечами и улыбнулась — в настоящую минуту то было единственным объяснением, которое она могла дать совершившейся в ней необычайной перемене. Эта перемена не укладывалась в сознании Кэтрин, и она простодушно выразила свое изумление партнеру по танцам.

— Не понимаю, как это могло случиться. Изабелла твердо решила не танцевать.

— Разве Изабелла до сих пор никогда не меняла своих решений?

— Да, но ведь... А ваш брат! Как он мог ее пригласить после того, как вы передали ему мои слова?

— С этой стороны я не вижу ничего странного. Вам хотелось, чтобы меня удивил поступок вашей подруги, — я подчинился. Но что касается моего брата, его поведение представляется мне, признаюсь, именно таким, какого в данном случае следовало от него ожидать. Красота мисс Торп бросилась ему в глаза. А о твердости ее решений было известно вам одной.

— Вы шутите. Но уверяю вас, Изабелла обычно стоит на своем.

— Это можно сказать о ком угодно. Стоять на своем часто значит проявлять упрямство. Способность к разумным уступкам — свидетельство здравого смысла. И безотносительно к моему брату, я и впрямь не считаю, что мисс Торп совершила ошибку, выбрав для этого настоящий случай.

Кэтрин и Изабелла не могли побыть вместе и поговорить между собой до самого окончания танцев. Но, гуляя затем с подругой по залу, Изабелла объяснила все следующим образом.

— Вы, разумеется, ужасно удивлены. Ах, право, я смертельно устала. Что за неугомонный

человек! Не будь я так полна своими переживаниями — с ним даже было бы интересно. Но
я бы отдала все на свете, чтобы посидеть в тишине.

— Почему же вы так не поступили?

— Любовь моя, это выглядело бы странно!
Вы же знаете, я этого терпеть не могу. Я от-
казывалась как могла, но он и слышать не
хотел. Вы не представляете, как он меня уго-
варивал. Я умоляла его меня извинить и пригласить кого-нибудь другого. Но нет, это было
не для него. Желая танцевать только со мной,
он не мог и подумать о другой даме. И он не
только хотел танцевать, но, видите ли, хотел
быть со мной *рядом*! Подумать только, какие
глупости. Я ему заявила, что, пытаясь добиться
успеха в моих глазах, он выбрал неверный путь,
что больше всего на свете я ненавижу лесть и
комплименты. И вот... И вот я поняла, что, пока я не уступлю, он не даст мне покоя. Кроме
того, я боялась, как бы на меня не обиделась
миссис Хьюз, — она мне его представила.
И ваш дорогой брат — разве ему было бы приятно, если бы я весь бал провела у стены?
Какое счастье, однако, что с этим покончено! Я просто измучилась, слушая его болтов-
ню. К тому же он такой блестящий молодой
человек! На нас, я это чувствовала, смотрели
все в зале.

— Он и вправду хорош собой.

— Хорош собой? Быть может. Многим он
должен нравиться. Впрочем, этот господин не

в моем вкусе. Терпеть не могу пышущих здоровьем брюнетов! А в остальном он совсем неплох. Наверно, воображает о себе Бог весть что. Я раза два его осадила — вы знаете, я это умею.

Когда молодые леди встретились в следующий раз, у них была гораздо более важная тема для разговора. Пришло второе письмо от Джеймса, в котором подробно излагались намерения его отца. Вверенный мистеру Морланду церковный приход, приносящий в год около четырехсот фунтов, будет передан его сыну, как только Джеймс достигнет необходимого возраста. Никаких мелких отчислений от семейных доходов, скудных подачек одному из десятерых детей. Более того, за Джеймсом в качестве будущего наследства останется также приблизительно равноценная недвижимость.

Джеймс испытывал в связи с этим подобающее чувство сыновней признательности. И он смиренно соглашался с тем, что, как это ни печально, — хоть и не хуже, чем можно было ожидать, — с женитьбой им предстояло потерпеть от двух до трех лет. Кэтрин, чьи суждения по этому поводу были столь же смутными, как и представления об отцовских доходах, вполне полагалась на брата и была удовлетворена в равной мере, сердечно поздравив Изабеллу с таким благоприятным исходом дела.

— Это, конечно, очень мило, — с кислым видом сказала Изабелла.

— Мистер Морланд поступил, конечно, весьма великодушно, — сказала осторожная миссис Торп, тревожно взглянув на дочку. — Как бы мне хотелось сделать то же самое! Нельзя же было ждать от него большего. А если со временем у него появятся новые возможности, он, я уверена, ими воспользуется, — это ведь, безусловно, добрейший и прекраснейший человек. Конечно, четыре сотни — небольшие средства, чтобы начинать жизнь, но ведь тебе, моя дорогая Изабелла, нужно так мало — ты даже сама не сознаешь, дорогая, как скромны твои потребности.

— Мечтая о большем, я думаю не о себе. Невыносимо сознавать, что из-за меня пострадает мой дорогой Морланд, прозябая на средства, едва обеспечивающие его самые простые и насущные нужды. Мне-то что, о себе я не беспокоюсь.

— Разумеется, моя дорогая. И твоей неизменной наградой будет любовь окружающих. Еще не было молодой женщины, пользующейся, подобно тебе, такой всеобщей любовью. И я осмелюсь сказать, что, когда мистер Морланд увидит мое дорогое дитя... Но не будем расстраивать такими разговорами нашу дорогую Кэтрин. Мистер Морланд, ты знаешь, поступил очень великодушно. Я всегда слышала, что это превосходный человек. И конечно, моя дорогая, мы не должны думать, что, располагай ты сама бо́льшими средствами, вы получили бы больше и от него. Я в этом уверена, он человек самых широких взглядов.

— Никто о мистере Морланде не может думать лучше, чем я. Но у каждого есть свои слабости. И каждый вправе распоряжаться собственными деньгами, как ему вздумается.

Эти упреки возмутили Кэтрин.

— Я совершенно убеждена, — сказала она, — что мой отец обещал дать столько, сколько ему было по силам.

Изабелла опомнилась.

— В этом, Кэтрин, дорогая, не может быть никакого сомнения. Вы ведь хорошо знаете, меня бы удовлетворил и гораздо меньший доход. Сейчас я немножко расстроена, но это вовсе не из-за денег. Деньги я ненавижу! Если бы наш союз осуществился сейчас же и мы получили бы всего пятьдесят фунтов в год, мне больше нечего было бы желать. Да, да, моя Кэтрин. Вы проникли в самую суть. Вот отчего у меня болит душа. Долгие, ах, какие долгие два с половиной года ждать, пока ваш брат получит приход!

— Изабелла, мой ангел, — сказала миссис Торп, — мы тебя прекрасно понимаем. Ты сама прямота, и мы обе тебе сочувствуем. Твоя искренняя бескорыстная привязанность сделала тебя для всех нас еще дороже.

Неприятные ощущения в душе Кэтрин начали рассеиваться. Она попыталась поверить, что огорчение Изабеллы было вызвано только отсрочкой свадьбы. И когда Кэтрин увидела ее в следующий раз такой же, как прежде, приветливой и беззаботной, она попыталась забыть о мелькнувших в ее голове мыслях совершенно иного рода. Вслед за своим письмом вскоре приехал Джеймс, которому была устроена нежнейшая встреча.

Глава XVII

Наступила шестая неделя пребывания Алленов в Бате, и Кэтрин с замиранием сердца прислушивалась к возникавшим в последнее время разговорам о том, окажется ли она последней. Столь раннее прекращение знакомства с семейством Тилни представлялось ей потерей, которую будет невозможно восполнить. Пока вопрос обсуждался, ей казалось, что на карту поставлено все ее счастье, и, когда было решено снять занимаемые ими апартаменты еще на две недели, она почувствовала себя спасенной. Что смогут ей дать две лишние недели, кроме удовольствия видеться иногда с Генри, занимало ее мысли весьма мало. Правда, раз или два, побуждаемая помолвкой Джеймса, она задумывалась и о своем будущем и позволяла себе доходить до затаенного «кто знает?», но, как правило, блаженство от встречи с мистером Тилни было пределом ее желаний. Настоящее, заключенное теперь в ближайших трех неделях, обещало ей счастье, а остальной отрезок ее жизни был так далек, что не возбуждал в ней значительного интереса. В то утро, когда дело решилось таким образом, она навестила мисс Тилни, чтобы поделиться с ней радостной новостью. Судьба определила этому дню стать днем испытаний. Не успела она выразить свой восторг по поводу решения мистера Аллена продлить свое пребывание в Бате, как мисс Тилни сказала ей, что ее отец принял внезапное решение через неделю уехать. Удар был ошеломляющим. По сравнению с этим несчастьем предшествующие треволнения представлялись безмятежным спокойствием и благополучием. Лицо Кэтрин вытянулось, и она упавшим голосом повторила, как эхо, последние слова мисс Тилни:

— Через неделю уехать?..

— Да, отца редко удается убедить довести до конца лечение здешними водами. Некоторые его друзья, которых он здесь надеялся встретить, к сожалению, не приехали. И раз сейчас он чувствует себя хорошо, ему не терпится вернуться домой.

— Как жалко, — удрученно сказала Кэтрин. — Если бы я только знала...

— Быть может, — смущенно произнесла мисс Тилни, — вы не откажетесь... Мы были бы счастливы...

Появление ее отца прервало фразу, которой, как надеялась Кэтрин, мисс Тилни хотела выразить желание с ней переписываться. Поздоровавшись с присущей ему любезностью, он сказал, обращаясь к дочери:

— Итак, Элинор, можно ли поздравить тебя с успехом? Наша прелестная приятельница, надеюсь, приняла твое приглашение?

— Когда вы вошли, я как раз заговорила об этом.

— Что ж, ради Бога, продолжай. Я знаю, как тебе этого хочется. У моей дочери, мисс Морланд, — продолжал он, не давая дочери кончить, — возникло очень дерзкое желание. Быть может, она вам уже сказала, что через неделю, считая с субботы, мы покидаем Бат. Из письма моего управляющего я узнал, что меня ждут дома дела. Поскольку надежда встретить здесь старых друзей, маркиза Лонгтауна и генерала Кортни, увы, оказалась несостоятельной, меня здесь ничто не держит. И если бы наш эгоистический замысел в отношении вас осуществился, мы расстались бы с Батом без всякого сожаления. Короче говоря, можно ли надеяться уговорить вас покинуть сие поприще ваших триумфов и доставить вашей подруге Элинор удовольствие видеть вас у себя в Глостершире? Я почти стыжусь этой просьбы, хотя ее дерзость бросилась бы в глаза любому жителю Бата значительно более явно, чем вам. Скромность, подобная вашей... Но я ни за что на свете не хочу ее ранить восхвалениями вслух. Если бы мы склонили вас оказать нам честь и принять приглашение, мы были бы по-настоящему счастливы. Конечно, мы не сможем предложить вам тех увеселений, которыми так богат здешний оживленный уголок. Мы не можем соблазнить вас ни развлечениями, ни роскошью, ибо, как видите, живем мы просто и непритязательно. Но мы не пожалеем сил, чтобы жизнь в аббатстве Нортенгер не показалась вам нестерпимо однообразной.

Аббатство Нортенгер! Эти волнующие душу слова довели восторженное состояние Кэтрин до предела. Ее счастливое и благодарное сердце едва позволяло ей настолько сдержаться, чтобы ее ответ прозвучал хоть в какой-то степени хладнокровно. Чувствовать себя столь желанной гостьей! Получить столь лестное приглашение! Оно заключало в себе все радости — возможность упиваться настоящим и предаваться мечтам о будущем. И она приняла его, не раздумывая, оговорив лишь необходимость получить одобрение папы и мамы.

— Я сейчас же напишу домой, — сказала она, — и если они не станут возражать... Я уверена, что не станут...

Генерал Тилни питал не менее радужные надежды, ибо он уже навестил ее превосходных друзей на Палтни-стрит, со стороны которых его намерения встретили полное одобрение.

— Поскольку они готовы вас отпустить, мы можем рассчитывать на такую же сговорчивость всех остальных.

Мисс Тилни была смущена, но приветлива, и все дело, с необходимой оговоркой относительно Фуллертона, было решено за считанные минуты.

События этого утра швыряли Кэтрин от неопределенности к уверенности и от нее — к новому разочарованию. Но теперь она испытывала полное блаженство. И в ликующем настроении, с Генри в сердце и с названием аббатства на устах она поспешила домой, чтобы засесть за письмо. Мистер и миссис Морланд, полагаясь на суждение своих друзей, которым они доверили свою дочь, не сомневались в добропорядочности одобренного этими друзьями знакомства, а потому прислали с обратной почтой свое полное согласие на поездку в Глостершир. Такая благосклонность родителей, хотя Кэтрин в ней нисколько не сомневалась, окончательно убедила ее, что ей больше всех на свете повезло в отношении друзей, родни, обстоятельств и удачи. Все как нарочно складывалось к ее благополучию. Благодаря дружескому участию Алленов она попала туда, где ее на каждом шагу ждали всевозможные радости. Ее чувства, ее симпатии встречали полную взаимность. Если ей с кем-нибудь хотелось сблизиться, ей это удавалось. Привязанность Изабеллы была закреплена тем, что они становились сестрами. Семейство Тилни, мнение которых было для нее важнее всего на свете, совершило для продолжения их дружбы гораздо больше, чем она могла даже мечтать. Ей предстояло стать их избранной гостьей, прожить несколько недель под одной крышей с человеком, чьим обществом она так дорожила. И к тому же эта крыша была крышей аббатства! Ее увлечение старинной архитектурой уступало только ее увлечению Генри. Замки и аббатства завладевали ее воображением во всех случаях, когда оно не было занято молодым Тилни. Уже несколько недель она мечтала осмотреть какую-нибудь окруженную крепостным валом башню или монастырскую галерею. Но оказаться в подобном месте не случайным посетителем — всего лишь на час, другой, — о таком она даже не смела мечтать. И это должно было осуществиться! При столь большой вероятности, что, ей назло, название Нортенгер могло принадлежать дому, залу, местности, парку, двору или коттеджу, оно означало именно аббатство, и Кэтрин предстояло стать его обитательницей. Его длинные замшелые галереи, его тесные кельи и разрушенную капеллу ей предстояло обходить ежедневно, и она могла не совсем отречься от надежды обнаружить связанное с ними старинное предание или зловещие следы мучений какой-нибудь несчастной монахини.

Было просто удивительно, что ее друзья относились к обладанию своим жилищем с таким спокойствием, что это так мало их трогало. Только сила давней привычки могла вызвать подобное равнодушие. Отличие, к которому они привыкли с рождения, не возбуждало в них чувства гордости. Превосходство родного дома имело для них не больше значения, чем превосходство их человеческих качеств.

Ей страстно хотелось расспросить мисс Тилни о множестве подробностей. Но хотя ее воображение было столь деятельным, все же, получив ответы на свои вопросы, она никак не могла уразуметь, что аббатство Нортенгер, бывшее богатым монастырем во времена Реформации, после его расформирования попало в руки предка семьи Тилни, что крыло древнего здания до сих пор служило частью их жилища, в то время как все остальное разрушилось, и что оно расположено довольно низко в долине, будучи с севера и с востока прикрыто поднимающимся по склону дубовым лесом.

Глава XVIII

Находясь во власти счастливых переживаний, Кэтрин вряд ли даже заметила, что в течение двух или трех дней ей не пришлось провести бок о бок с Изабеллой больше нескольких минут. Впервые это дошло до ее сознания, и она затосковала по обществу мисс Торп, когда прогуливалась с миссис Аллен по Галерее, не имея ничего ей сказать и не надеясь что-либо от нее услышать. Она размышляла о подруге не дольше пяти минут, когда появилась она сама и, пригласив Кэтрин для задушевного разговора, подвела ее к скамейке.

— Это мое любимое местечко, — сказала Изабелла, усаживаясь между двумя входами, откуда можно было легко наблюдать за всеми, кто в каждый из них входил или выходил, — оно такое укромное.

Заметив, что глаза Изабеллы то и дело рыскают от одной двери к другой, как будто она кого-то с нетерпением поджидает, и вспомнив, сколько раз подруга незаслуженно приписывала ей лукавую проницательность, она сочла данный случай подходящим, чтобы проявить это качество на самом деле, и шутливо сказала:

— Не тревожьтесь. Изабелла. Джеймс скоро прибудет.

— Фи, моя дорогая, не считайте, что я такая уж дурочка, чтобы все время держать его при себе. Всегда быть вместе — что может быть ужаснее! Мы стали бы притчей во языцех. Так, значит, вы отправляетесь в Нортенгер? Я безумно рада за вас. Говорят, это одно из чудеснейших старинных местечек в Англии. Надеюсь, вы мне его опишете во всех подробностях?

— Во всяком случае, постараюсь. Но кого вы высматриваете? Вы ждете ваших сестер?

— Никого я не высматриваю. Куда-нибудь же нужно смотреть. И вы догадываетесь, как трудно мне следить за собой, когда мои мысли витают так далеко. Я безумно рассеянна. Наверно, я самое рассеянное существо на земле. Тилни считает, что натуры определенного склада всегда бывают такими.

— Но мне показалось, Изабелла, вы что-то хотели мне сказать?

— Ах да, конечно! Вот вам и доказательство моих слов. Бедная моя головушка! Я об этом просто забыла. Дело в том, что я получила сегодня от Джона письмо. Вы догадываетесь, о чем?

— Нет, право, не догадываюсь.

— Любовь моя, не будьте такой притворщицей. О чем же он мог писать, как не о вас? Вы же знаете, он по уши в вас влюблен.

— В меня? Изабелла, дорогая!..

— Ну, моя радость, это же просто глупо! Скромность и все такое хороши в свое время. Но, право, некоторая прямота и честность тоже иногда могут украсить человека. Я не понимаю, для чего так переигрывать. Как будто вы напрашиваетесь на похвалы. Он ухаживал за вами настолько явно, что это заметил бы и ребенок. А всего за полчаса до отъезда Джона из Бата вы его недвусмысленно поощрили! Об этом говорится в его письме. По его словам, он как бы сделал вам предложение, а вы отнеслись к его чувству с большой симпатией. Теперь он хочет, чтобы я за него перед вами похлопотала и передала вам самые нежные приветствия. Так что играть в неведение больше уж ни к чему.

С возможной искренностью Кэтрин выразила удивление по поводу упрека Изабеллы, заявив, что ни малейшим образом не подозревала о влюбленности мистера Торпа, а потому никак не могла в этом его поощрять.

— Если говорить о знаках внимания с его стороны, то, даю вам честное слово, я ни разу их не заметила, не считая случая, когда он по приезде тотчас пригласил меня танцевать. А что

187

касается сделанного им предложения или чего-либо подобного, то здесь произошла необъяснимая ошибка. Я не могла бы, вы понимаете сами, неправильно понять его в таком деле. И я торжественно заявляю — и, как никогда, хочу, чтобы вы мне поверили, — что между нами не было сказано ни слова в этом роде. За полчаса до его отъезда из Бата? Чистое недоразумение! В тот день, когда он уехал, я его даже не видела.

— Но вы его точно видели! Вы провели тогда в Эдгарс-Билдингс целое утро, — помните, когда пришло согласие вашего отца? И я убеждена, что вы с Джоном незадолго до того, как ушли от нас, оставались в гостиной вдвоем.

— Вы убеждены? Что ж, если вы это говорите, так оно, наверно, и было. Я, хоть убей, не припоминаю. Мне теперь кажется, что тогда я была у вас и, возможно, видела его вместе со всеми. Но чтобы мы провели с ним какое-то время наедине!.. Об этом, во всяком случае, не стоит спорить, — что бы ни было с его стороны, но ведь сама я даже об этом не помню. И значит, вы можете быть уверены, что я не думала, не ждала и не желала ничего подобного. Мне очень жаль, что он ко мне почувствовал склонность. Но поверьте, я к этому совершенно не стремилась и ничуть об этом не догадывалась. Ради Бога, поскорее раскройте ему глаза и напишите, что я прошу у него прощения, то есть... Я даже не знаю, что я должна ему выразить, но пусть он поймет меня правильно. Я не могла бы говорить неуважительно о вашем брате, Изабелла. Но вы ведь знаете, что если я способна думать о каком-то человеке больше, чем о других, то это не он. — Изабелла молчала. — Дорогая моя, вы не должны на меня сердиться. Я не допускаю мысли, чтобы ваш брат был сильно мной увлечен. И вы же знаете, мы все равно станем сестрами.

— Да, да, — (покраснев), — сестрами можно стать по-разному. Но что же я хотела сказать? Значит, вы, моя дорогая, твердо настроены против бедного Джона, не так ли?

— Я решительно не в состоянии ответить на его чувства и столь же решительно утверждаю, что никогда не хотела их возбудить.

— В таком случае я, конечно, не буду вас больше этим донимать. Джон хотел, чтобы я с вами поговорила — я выполнила его просьбу. Но признаюсь, как только я прочла его письмо, я отнеслась ко всему этому, как к очень неразумному и неосмотрительному намерению, осуществление которого едва ли осчастливило бы вас обоих. На что бы вы жили, если бы вы сошлись? Конечно, у каждого из вас что-то есть, но семью в наше время прокормить не так-то просто. И что бы там ни утверждали романтики, без денег не ступишь и шага. Мне кажется, Джон мог бы об этом подумать. Наверно, мое последнее письмо до него не дошло.

— Значит, вы меня оправдываете? Вы убедились, что я отнюдь не собиралась обманывать вашего брата и до этой минуты даже не подозревала, что ему нравлюсь?

— Ну, что касается этого, — ответила Изабелла со смехом, — я не берусь судить о ваших прошлых мыслях и планах. Вам лучше знать. Безобидное кокетство или нечто подобное случается просто так — всегда можно посулить больше, чем собираешься дать. Но вы можете быть уверены, я последняя стала бы вас осуждать. В молодости, в шутку, все это вполне допустимо. То, что показалось сегодня, может не показаться завтра. Возникают новые обстоятельства, меняются мнения.

— Но мое мнение о вашем брате никогда и не менялось. Оно всегда было одним и тем же. Вы говорите о том, чего не было.

— Кэтрин, дорогая моя, — не обращая внимания на ее слова, продолжала Изабелла, — ни за что на свете я не стала бы торопить вас с помолвкой, прежде чем вы бы разузнали, на что вы идете. Я бы не нашла себе оправдания, уговаривая вас, из стремления угодить Джону — лишь оттого, что он мой брат, — и жертвуя вашим счастьем. К тому же, возможно, он будет столь же счастлив без вас, ибо люди редко знают, чего хотят, особенно молодые, — они так удивительно изменчивы и непостоянны. Я спрашиваю себя: почему счастье брата должно для меня быть дороже счастья подруги? Вы знаете, как я высоко ставлю дружбу. Но прежде всего, Кэтрин, любовь моя, не торопитесь. Запомните мои слова — если вы поспешите, вам придется жалеть об этом всю жизнь. Тилни говорит, что ни в чем люди так часто не заблуждаются, как в оценке собственных привязанностей. И я полагаю, он прав. Кстати, вот и он сам! Но какое это имеет значение, — он нас, конечно, не заметит.

Подняв глаза, Кэтрин увидела капитана Тилни. Болтая с подругой, Изабелла неотрывно за ним следила и вскоре перехватила его взгляд. Он сейчас же к ним подошел и занял место, которое она молча ему предложила. Его первые слова заставили Кэтрин вздрогнуть. Хотя он говорил шепотом, она смогла уловить:

— Итак, вы всегда под надзором, личным или по поручению!

— Фи, какие глупости! — так же тихо ответила Изабелла. — Что вы хотите сказать? Насколько я могу судить, мое поведение достаточно независимо.

— Хотел бы я, чтобы независимым было ваше сердце. Это бы меня больше устраивало.

— Сердце? Вот как! Какое вам дело до сердец? Среди мужчин нет ни одного, кто бы обладал сердцем!

— Если у нас нет сердец, у нас есть глаза. Они-то и заставляют нас страдать.

— Ах, глаза? Я вам сочувствую. Очень жаль, что они видят во мне что-то столь неприятное.

Мне лучше сесть по-другому. Ну как, — (повернувшись к нему спиной), — это вас устроит? Надеюсь, ваши глаза теперь не страдают?

— Никогда не страдали так сильно. Краешек цветущей щеки все же виден — слишком много и в то же время слишком мало.

Кэтрин слышала все. Слушать это больше ей было невмоготу. Она не понимала, как Изабелла все это терпит. Почувствовав ревность за брата, она встала, сказав, что должна подойти к миссис Аллен, и предложила подруге прогуляться. Но Изабелла была к этому не склонна. Она безумно устала, ей осточертело без толку фланировать по Галерее, и она боится, уйдя отсюда, пропустить сестер, которых ждет с минуты на минуту. Так что обожаемая Кэтрин должна ее извинить и спокойно присесть с ней рядом. Но Кэтрин тоже могла быть упрямой. И когда вскоре к ним подошла миссис Аллен и спросила ее, не пора ли им отправляться домой, она покинула с ней Галерею, оставив Изабеллу в обществе капитана Тилни. Уходила она с большой тревогой. Капитан Тилни, казалось, был близок к тому, чтобы влюбиться в Изабеллу, а Изабелла бессознательно его поощряла. Разумеется, бессознательно, ибо ее привязанность к Джеймсу была столь же несомненной и признанной, как и их помолвка. Сомневаться в ее искренности и добрых намерениях едва ли было возможно. Тем не менее на протяжении всего их разговора она вела

192

себя как-то странно. Кэтрин было бы приятнее, если бы Изабелла больше говорила в присущей ей манере и меньше вспоминала о деньгах. И не радовалась бы так явно появлению капитана Тилни. Неужели она не замечает его восхищенных взглядов? Кэтрин очень хотелось, намекнув ей об этом, предостеречь ее и тем самым предотвратить огорчения, которые излишняя игривость подруги могла причинить Джеймсу и капитану.

Как ни льстило ей отношение Джона Торпа, оно не искупало ветрености его сестры. В одинаковой степени Кэтрин не верила и не желала, чтобы это отношение было серьезным. Она не могла забыть о его способности к преувеличениям. То, как он рассказал о сделанном им предложении и ее обнадеживающем ответе, доказывало, что его ошибки могли иногда быть вопиющими. Тщеславие ее, в сущности, ничего не выиграло, — главное, что она извлекла из последней беседы, было удивление. То, что ему на какое-то время вздумалось вообразить себя в нее влюбленным, удивляло ее живейшим образом. Изабелла говорила о знаках внимания с его стороны. Сама Кэтрин их совершенно не замечала. Но Изабелла высказала также много другого, что, как надеялась ее подруга, сорвалось с ее уст случайно и никогда не будет повторено. Этими выводами Кэтрин рада была сейчас ограничиться, чтобы отдохнуть душой и успокоить свою тревогу.

Глава XIX

Прошло несколько дней. Не позволяя себе в чем-то подозревать Изабеллу, Кэтрин все же не могла за ней не наблюдать. Результаты этого наблюдения были далеко не утешительны. Изабелла как будто переродилась. Правда, когда Кэтрин встречала ее в окружении ближайших друзей на Палтни-стрит или в Эдгарс-Билдингс, изменение казалось настолько незначительным, что, если бы этим все ограничивалось, о нем можно было бы и не думать. Время от времени на Изабеллу находило какое-то томное безразличие или пресловутая рассеянность, которая ей прежде была несвойственна. Не будь ничего худшего, это придало бы ей лишь новое очарование и сделало ее еще интереснее. Но когда Кэтрин видела ее среди публики принимающей ухаживания капитана Тилни с такой же готовностью, с какой они предлагались, и уделяющей ему почти столько же внимания и то же количество улыбок, какие доставались на долю Джеймса, то перемена становилась слишком явной, чтобы остаться незамеченной. Чтó ее подруга, изменив свое поведение, имела в виду, чего она добивалась, было для Кэтрин загадкой. Изабелла не могла не понимать, какую она причиняет ей боль. Но она проявляла какое-то нарочитое легкомыслие, которое у Кэтрин вызывало только осуждение. Зато Джеймс от него страдал. Кэтрин чувствовала, что он становится мрачным и беспокойным, И если женщина, подарившая ему свое сердце, была к его благополучию безразлична, для Кэтрин оно было дорого по-прежнему. Она сильно тревожилась и о бедном капитане Тилни. Хотя он сам ей не нравился, его фамилия обеспечивала ему ее доброе отношение, и она с искренним сочувствием предвидела предстоявшее ему разочарование. Ибо его поведение было совершенно несовместимо с помолвкой Изабеллы. Несмотря на слова, подслушанные в Галерее, Кэтрин, по зрелому размышлению, не могла допустить, что он знает об этой помолвке. Он мог считать Джеймса своим соперником, но роль, в какой он выступал на самом деле, объяснялась заблуждением, в которое его ввела Изабелла. Она пыталась мягко напомнить Изабелле о ее обязанностях и дать ей почувствовать, какую боль она может причинить обоим молодым людям. Но неблагоприятные условия или недостаточная понятливость подруги все время препятствовали ее попыткам — когда же ей удавалось подруге на что-либо намекнуть, та ее не понимала. В этой тревожной обстановке предполагаемый отъезд семейства Тилни сделался для Кэтрин единственным утешением. Через несколько дней им предстояло уехать в Глостершир, и исчезновение капитана Тилни должно было вернуть покой всем сердцам, кроме его собственного. Однако капитан Тилни вовсе не собирался исчезать. Он не желал ехать вместе со всеми в Нортенгер — он оставался в Бате. Когда Кэтрин узнала об этом, она сразу приняла решение. Заговорив по этому поводу с Генри, она выразила сожаление, что его брат питает склонность к мисс Торп, и умоляла его предупредить капитана о ее помолвке.

— Брат о ней знает, — было ответом Генри.

— Знает? Зачем же он здесь остается?

Генри ничего не ответил и заговорил о постороннем. Кэтрин, однако, продолжала настаивать:

— Почему вы не уговариваете его уехать? Чем дольше он здесь задержится, тем ему потом будет хуже. Ради Бога, посоветуйте ему для его же пользы, — для пользы всех, — уехать из Бата как можно скорее. В другом месте он сможет легко забыться. А здесь ему не на что надеяться — если он останется, он будет несчастен.

Генри улыбнулся.

— Я знаю, что брат этого ни за что не сделает.

— Но вы его постараетесь уговорить?

— Уговоры не помогут. Простите меня, я даже не могу пытаться этого сделать. Я сам сказал ему, что мисс Торп помолвлена. Он знаком со всеми обстоятельствами и должен за себя отвечать.

— Нет, он их вовсе не знает! — воскликнула Кэтрин. — Он не знает, какую боль причиняет моему брату. Нет, нет, Джеймс ничего такого не говорил. Но я уверена, что ему очень тяжело.

— А вы уверены, что в этом виноват мой брат?

— Да, конечно.

— Вы считаете, что боль причиняют ухаживания Фредерика или готовность, с которой их принимает мисс Торп?

— Но ведь это одно и то же?

— Мне думается, мистер Морланд подтвердил бы, что это не так. Ни один мужчина не станет обижаться, если кто-то восхищается любимой им женщиной. Страдания может причинить только она сама.

Кэтрин покраснела за подругу.

— Изабелла, — сказала она, — поступает, конечно, дурно. Но я уверена, она не желает огорчить Джеймса. Она слишком к нему привязана. Она влюблена в него с первого дня знакомства. Пока от нашего отца не пришло согласие на их брак, она чуть не заболела. Вы понимаете, как он ей дорог?

— Да, понимаю. Она влюблена в Джеймса и флиртует с Фредериком.

— Нет, не флиртует! Женщина, влюбленная в одного, не может флиртовать с кем-то другим.

— Ей при этом не удается настолько влюбиться или так флиртовать, как она могла бы, будь она занята кем-то одним. Обоим джентльменам приходится несколько поступиться в своих правах.

После некоторой паузы Кэтрин начала снова:

— Значит, вы не верите, что Изабелла привязана к Джеймсу так сильно?

— Об этом я судить не могу.

— Но что имеет в виду ваш брат? Если он знает о помолвке, что означает его поведение?

— Вы требуете от меня слишком многого.

— Правда? Я ведь спрашиваю лишь то, что мне необходимо узнать.

— Но не спрашиваете ли вы больше, чем можете узнать от меня?

— По-моему, нет. Сердце вашего брата вам известно.

— О сердце моего брата, как вы выражаетесь, я в данном случае могу только гадать.

— И что же?

— А если дело доходит до гадания, пусть каждый им занимается сам по себе. Пользоваться догадками из вторых рук — нестоящее дело. Вы располагаете всеми сведениями. Брат мой жизнерадостный, а временами, возможно, легкомысленный молодой человек. Он знаком с вашей подругой одну неделю, и почти с самого начала ему известно о ее помолвке.

— Что ж, — сказала Кэтрин, немного подумав, — вы, наверно, могли бы по всему этому судить о его намерениях. Я же сознаюсь, что такое мне не под силу. Но разве это не беспокоит вашего отца? Неужели он не хочет, чтобы капитан Тилни уехал? Я уверена, если бы с ним поговорил ваш отец, он бы здесь не остался.

— Дорогая мисс Морланд, — сказал Генри, — не допускаете ли вы в трогательной заботе о своем брате маленькой ошибки? Не заходите ли вы слишком далеко? Будет ли он вам признателен — от своего имени или от имени мисс Торп — за предположение, что на ее привязанность или, по крайней мере, на ее достойное поведение можно полагаться лишь в отсутствие капитана Тилни? Разве он вправе ей верить только тогда, когда она в одиночестве? Разве ее сердце предано ему только оттого, что его не добивался никто другой? Этого он думать не может, и, вы согласитесь, он бы не хотел, чтобы так думали вы. Я не буду говорить: «Не тревожьтесь», — ибо знаю, насколько вы в эту минуту встревожены. Но постарайтесь тревожиться по возможности меньше. Вы не сомневаетесь во взаимной привязанности вашего брата и вашей подруги. Положитесь же на эту привязанность в том, что они не дадут друг другу повода для ревности. Положитесь на нее в том, что между ними не будет настоящей размолвки. Их сердца открыты друг другу так, как они не могут открыться вам. Они знают точно, чего вправе требовать и что можно перенести. И верьте, что они позволят себе дразнить друг друга лишь до тех пор, пока это не станет им неприятно.

Видя, что она остается расстроенной и печальной, он добавил:

— Хотя Фредерик не уезжает из Бата с нами, он здесь пробудет недолго — может быть, всего несколько дней после нашего отъезда. Отпуск его скоро кончится, и ему придется вернуться в полк. И что станется тогда с их знакомством? В офицерской столовой будут пить за здоровье Изабеллы Торп две недели, а сама она с вашим братом — смеяться над страстью бедного Тилни месяц.

Кэтрин больше не противилась стремлению ее успокоить. Она не уступала ему на протяжении всего разговора, но под конец сдалась. Генри Тилни должен все знать лучше ее. Она упрекала себя за то, что встревожилась до такой степени, и решила никогда больше не относиться к этому вопросу столь серьезно.

Поведение Изабеллы при их прощальной встрече укрепило ее в этом решении. Последний вечер пребывания Кэтрин в Бате Торпы провели на Палтни-стрит, и между женихом и невестой не произошло ничего, что могло бы возбудить в душе Кэтрин беспокойство или внушить ей перед отъездом дурные предчувствия. Джеймс был в превосходном настроении, а Изабелла выглядела вполне безмятежной. Главным владевшим ею чувством была нежная привязанность к ее подруге. Но в подобную минуту это можно было понять. Один раз она ответила жениху резкостью, в другой — отняла у него руку. Но Кэтрин помнила рассуждения Генри и сочла это проявлением умеренного кокетства. Объятия, слезы и клятвы, которыми прекрасные леди обменялись при прощании, легко можно себе представить.

Глава XX

Мистеру и миссис Аллен было грустно расстаться со своей юной подопечной: благодаря ее покладистому и веселому нраву они всегда дорожили ее обществом, а в заботах о ее удовольствиях сами получали немало радости. Однако путешествие с мисс Тилни сулило ей столько счастья, что они не могли ей в нем отказать. К тому же через неделю они сами уезжали из Бата, так что ее отсутствие должно было ощущаться совсем недолго. Мистер Аллен проводил Кэтрин до Мильсом-стрит, где ей предстояло позавтракать, и убедился, что новые друзья приняли ее с большим радушием. Но сама она пришла в такое волнение, сознавая себя теперь как бы членом их семьи, и так боялась вызвать их неодобрение, допустив хотя бы малейшую оплошность, что из-за неловкости в первые минуты чуть было не захотела вернуться с мистером Алленом на Палтни-стрит.

Обращение с ней мисс Тилни и улыбки Генри несколько ослабили ее скованность. И все же она чувствовала себя далеко не свободно. Беспрестанные знаки внимания со стороны генерала также не помогали ей обрести уверенность. Напротив, ей казалось, сколь это ни выглядело нелепо, что, если бы он меньше ее замечал, ей стало бы только легче. Его забота об ее удобствах, его настойчивые просьбы, чтобы она больше ела, сопровождавшиеся непрестанными опасениями, что она ничего не находит себе по вкусу, — при том, что она еще никогда не видела подобного разнообразия блюд за завтраком, — все это ни на секунду не позволяло ей забыть, что она в доме гостья. Она считала, что совершенно не заслуживает такого внимания, и не знала, как ей на него отвечать.

Она не обрела уверенности ни когда генерал стал проявлять нетерпение по поводу отсутствия капитана Тилни, ни когда он выразил неудовольствие его опозданием после его прихода. Ее покоробила чрезмерная суровость, с которой отец упрекал сына, и это ощущение сделалось особенно острым, когда оказалось, что главным поводом для выговора явилась она сама, поскольку медлительность капитана была расценена как знак невнимания к гостье. Тем самым она попала в особенно неловкое положение, ибо, сочувствуя Фредерику, не могла рассчитывать на доброжелательность с его стороны.

Капитан выслушал отца молча и не пытался оправдываться, чем подтвердил ее опасения, что связанная с Изабеллой душевная озабоченность вызвала у него бессонницу, по причине которой он так поздно поднялся. Это был первый случай, когда ей пришлось провести значительное время в его обществе, и она хотела воспользоваться этим, чтобы составить о нем какое-то мнение. Но в присутствии отца капитан почти не разговаривал. И даже позднее он, видимо, был настолько не в духе, что она не услышала от него ничего, кроме слов, брошенных им его сестре:

— Как же я буду счастлив, когда вы наконец уедете!

Суета сборов не содержала ничего приятного. Часы пробили десять, когда только вынесли сундуки. Между тем по расчетам генерала им к этому времени уже следовало покинуть Мильсом-стрит. Его шинель, — хотя ему должны были ее принести, чтобы он мог сразу ее надеть, — оказалась в шарабане, в котором ему предстояло ехать с Генри. Среднее сиденье в карете не было выдвинуто, хотя ехать в ней должны были три человека, причем служанка мисс Тилни так все загромоздила узлами и свертками, что мисс Морланд негде было устроиться. Подсаживая ее, генерал настолько этим встревожился, что ей лишь с трудом удалось спасти свой новый письменный прибор от того, чтобы его не вышвырнули на панель. Однако в конце концов дверца за тремя особами женского пола захлопнулась и четверка прекрасно откормленных помещичьих лошадей двинулась бодрым аллюром, которым обычно пробегала тридцать миль до аббатства, разделенные в этот раз на два перегона. Настроение Кэтрин после отъезда сразу улучшилось — в обществе мисс Тилни она не ощущала ни малейшей неловкости. И, видя перед собой незнакомую дорогу, с аббатством впереди и шарабаном сзади, она простилась с Батом без всякого сожаления и проезжала каждую милю, заранее предвкушая начало следующей. Наступившая затем остановка — скука двухчасового привала в «Маленькой Франции», в течение которого можно было только есть, не испытывая голода, и прогуливаться, ничего не наблюдая, несколько охладила ее восторг по поводу езды в щегольской карете с четверкой в упряжке и размеренно приподымающимися на стременах форейторами в нарядных ливреях, сопровождаемой многочисленными ловко сидящими в седле всадниками. Если бы во время остановки все шло гладко, промедление не было бы столь неприятно. Но генерал Тилни, несмотря на то, что он был таким превосходным человеком, как будто нарочно портил настроение своим детям, так что в его присутствии никто почти не разговаривал. Наблюдая за ним, замечая его недовольство всем, чем располагала гостиница, и его раздражительность по отношению к гостиничной прислуге, Кэтрин проникалась перед ним все большей и большей робостью и чувствовала, что два часа привала превращаются для нее как бы в четыре. Наконец все же распоряжение об отъезде было отдано. И к большому удивлению Кэтрин, генерал предложил ей оставшуюся часть пути проехать вместо него в шарабане своего сына, поскольку погода, мол, стоит отличная и ему бы хотелось, чтобы она увидела вокруг как можно больше.

Вспомнив мнение мистера Аллена относительно прогулок с молодыми людьми в открытых экипажах, она покраснела и хотела было отказаться. Однако, тут же рассудив, что генерал Тилни не мог предложить ей чего-то неподобающего, она уже через несколько минут уселась в шарабан бок о бок с Генри, почувствовав себя счастливейшим существом в мире. Карета с четверкой лошадей катила, конечно, очень величественно, но была такой громоздкой и требовала стольких хлопот — Кэтрин не могла забыть двухчасовой остановки в «Маленькой Франции». Шарабану хватило бы и половины этого времени, и его легкие лошадки были настолько проворны, что если бы генерал не пожелал прокладывать ему путь в своей карете, он обогнал бы ее за полминуты. Однако преимущества шарабана заключались не только в упряжке. Генри правил им так искусно, спокойно, без всякой суетливости, не рисуясь перед спутницей, не покрикивая на лошадей — столь непохоже на некоего возницу-джентльмена, с которым она имела возможность его сравнить! И шляпа сидела на нем так ладно, и множество пелерин на его плаще выглядели так значительно! Кататься с ним в экипаже, как и танцевать с ним, было величайшим из земных наслаждений. А вдобавок ко всем прочим радостям, она еще удостоилась его комплимента. По крайней мере, он выразил ей благодарность за согласие погостить у его сестры, которое, оказывается, явилось свидетельством подлинной дружбы, заслуживающей подлинной признательности. Элинор, по его словам, живется очень несладко — она лишена женского общества, а во время нередких отлучек отца остается порой в полном одиночестве.

— Как так, — спросила Кэтрин, — разве вы живете отдельно?

— Мне лишь иногда удается пожить в Нортенгере. У меня собственный дом в Вудстоне, в двадцати милях от отцовского поместья, и я должен проводить часть времени там.

— И вы об этом жалеете?

— Мне всегда грустно расставаться с Элинор.

— Вы должны скучать не только по ней, но и по аббатству. Привыкнув к аббатству, жить в обычном приходском домике, наверно, ужасно плохо?

Он улыбнулся.

— У вас, должно быть, весьма благоприятное представление об аббатстве?

— Еще бы. Разве это не одно из тех прекрасных старинных строений, о которых читаешь в романах?

— И вы подготовили себя ко всем неожиданностям, могущим произойти в «строениях, о которых читаешь в романах»? Вы достаточно мужественны? Вам будет нипочем, если вдруг перед вами раздвинется гобелен или стена?

— О да, надеюсь, меня это не очень испугает. В доме ведь будет много народа. А кроме того, он не был долгие годы необитаем — его владельцы не возвращаются в него внезапно, без предупреждения, как это обычно происходит в романах.

— Нет, конечно. Нам не придется пробираться ощупью через холл, едва освещенный тусклым светом догорающих углей, или стелить постели на полу зала без окон и дверей, лишенного всякой обстановки. Но вы должны помнить, что молодую леди, которой довелось (все равно каким образом) попасть в такое место, обычно поселяют вдали от остальных обитателей. И когда члены семьи уютно располагаются в своем конце здания, она, в сопровождении безмолвной престарелой домоправительницы по имени Дороти, поднимается по дальней лестнице, следует бесконечными мрачными переходами и попадает в помещение, которое оставалось необитаемым с той самой поры, как какой-нибудь кузен или дальний родственник скончался в ней лет двадцать тому назад. Выдержите ли вы такое испытание? Сохраните ли вы присутствие духа, оказавшись в мрачной комнате, слишком просторной и высокой, освещенной единственным слабым светильником, который позволяет лишь оглядеть обтянутые гобеленами стены, с вытканными на них фигурами в человеческий рост, и похожую на катафалк кровать, задрапированную темно-зеленой тканью или пурпурным бархатом? Душа у вас при этом не уйдет в пятки?

— Меня, надеюсь, не ждет ничего подобного!

— Вы с трепетом начинаете осматривать обстановку комнаты. И что же вы обнаруживаете? Не какие-нибудь там столы, туалеты, гардеробы или комоды, но, скажем, останки сломанной лютни у одной стены, у другой — тяжеловесный сундук, не открываемый никакими усилиями, а над камином — портрет величественного воина, черты лица которого производят на вас такое неизгладимое впечатление, что вы не в состоянии оторвать от него взгляд. Тем временем Дороти, не менее пораженная вашей внешностью, всматривается в вас с явным волнением, бормоча при этом нечто загадочное. Более того, для подкрепления вашего духа она дает вам понять, что часть здания, в которой вас поселили, посещается, как известно, привидениями, и предупреждает, что никто из прислуги не услышит вашего зова. Простившись с вами, таким образом, весьма сердечно и сделав вам книксен, она уходит, и вы до последнего отзвука прислушиваетесь к ее замирающим шагам. Когда же, вконец упав духом, вы пытаетесь запереть дверь, вы с отчаянием обнаруживаете, что в ней нет замка.

— О, мистер Тилни, как страшно! Словно из книги! Но на самом деле ничего такого со мной не случится. Я уверена, вашу домоправительницу зовут не Дороти. Хорошо, что же дальше?

— В первую ночь, возможно, ничего зловещего больше не будет. Справившись с *неодолимым* ужасом, который вам внушила кровать, вы все же ложитесь и на несколько часов погружаетесь в тревожную дрему. Но на вторую или уж, во всяком случае, *третью* ночь после вашего приезда, разражается страшнейшая буря. Оглушительные удары грома, словно сотрясающие стены до основания, обрушиваются над окружными горами. Удары сопровождаются жесточайшими порывами ветра, и вы вдруг различаете — ведь лампа еще не погашена, — что обивка на одной стене колышется чуть сильнее, чем на других. Не в силах подавить любопытство при столь возбуждающих его обстоятельствах, вы, разумеется, вскакиваете и, накинув халат, пытаетесь установить причину этого явления. После непродолжительных поисков вы обнаруживаете в гобелене разрез, настолько скрытый, что в обычных условиях его нельзя заметить при тщательнейшем осмотре. Раздвинув ткань, вы находите под ней дверь; запертая лишь массивным засовом и висячим замком, она под действием ваших усилий вскоре отпирается, и вы с лампой в руке проникаете в небольшое сводчатое помещение.

— Право, я буду слишком напугана, чтобы на это решиться.

— Как? После того, как Дороти сообщила вам о существовании между вашей спальней и часовней Святого Антония подземного хода длиной только в две мили?! Вы сможете устоять против такого соблазна? Нет, нет, вы зайдете в сводчатое помещение и через него в несколько других, впрочем, не обнаружив в них ничего особенного: в одном, быть может, ваш взор упадет на кинжал, в другом на несколько пятен крови, в третьем на обломки приспособления для пыток. Не найдя, таким образом, чего-либо из ряда вон выходящего и увидев, что огонь в вашей лампе вот-вот погаснет, вы повернете обратно в спальню. Однако, когда вы снова будете проходить через сводчатое помещение, ваше внимание привлечет к себе большой старомодный шкаф черного дерева с золотом, который раньше, при внимательном осмотре обстановки, вы почему-то не заметили. Влекомая неодолимым предчувствием, вы бросаетесь к нему, отпираете створки и осматриваете все ящики — вначале не находя в них ничего значительного, разве что изрядную груду бриллиантов, не больше. В конце концов, однако, вы задеваете скрытую пружину, отчего распахивается внутреннее отделение, и перед вами оказывается бумажный свиток. Вы хватаете его, — он состоит из множества мелко исписанных листков, — спешите с драгоценной находкой в спальню, но едва успеваете разобрать: «О ты, кем бы ты ни был, в чьи руки попадут эти строки несчастной Матильды!..», как ваша лампа внезапно гаснет, и вы погружаетесь в кромешную тьму.

— Ах, нет, нет! Пожалуйста, продолжайте!

Ее спутника, однако, произведенное им впечатление слишком развеселило, чтобы он мог продолжить рассказ. Мистеру Тилни было уже невмоготу сохранять в выражении лица и в голосе подобающую торжественность, и поэтому он попросил Кэтрин в части содержания записок Матильды прибегнуть к собственной фантазии. Опомнившись, она устыдилась проявленного волнения и стала его убеждать, что, несмотря на свой интерес к рассказу, вовсе не предполагала, будто ее на самом деле ждет нечто подобное. Мисс Тилни, она уверена, ни за что не поместит ее в такую комнату, как он описал. Это не может случиться.

По мере приближения к цели ее нетерпение увидеть Нортенгер, ненадолго ослабленное беседой на увлекательную тему, приобрело прежнюю силу, и за каждым новым поворотом дороги Кэтрин теперь с трепетом ожидала появления поднимающихся среди старой дубравы массивных стен из серого камня со стрельчатыми готическими окнами, прекрасно озаренными отблесками закатного солнца. Здание, однако, оказалось расположенным настолько низко, что они въехали в главные ворота поместья, так и не заметив перед тем даже какой-нибудь старинной дымовой трубы.

Она не знала, можно ли этому удивляться, но подобное прибытие было для нее совершенно непредвиденным. Проехать между двумя современного вида сторожками и сразу оказаться у самого аббатства, быстро катясь по ровной и гладкой, посыпанной гравием дороге, — без каких-нибудь задержек, сигналов тревоги или торжественных церемоний, — такого она не предполагала. Однако ей не пришлось об этом долго раздумывать. Внезапно разразившийся дождь лишил ее возможности каких бы то ни было наблюдений и заставил сосредоточить все помыслы на благополучии новой соломенной шляпки. И, оказавшись под стенами аббатства, выпрыгнув при содействии Генри из экипажа, укрывшись под защиту старинного подъезда и даже пройдя в холл, где ее встретили мисс Тилни и генерал, она так и не успела проникнуться роковыми предчувствиями ожидавших ее здесь злоключений и вообразить те ужасные события, которые когда-то совершались в этих стенах. Порывы ветра не донесли до нее вздохов злосчастных жертв — они не донесли до нее ничего более неприятного, чем капли холодного дождя. И хорошенько стряхнув воду с дорожной накидки, она ждала приглашения в гостиную, чтобы понять, куда же она попала.

Аббатство! Да, она была в восторге от сознания, что проникла в аббатство. Но, оглядывая комнату, она не видела ни малейшего признака, который свидетельствовал бы о том, где она находится. Обстановка своим разнообразием и изысканностью вполне соответствовала современным вкусам. Камин, вопреки ее ожиданиям, не поразил ее размерами отесанных в старину массивных каменных глыб и к тому же оказался облицован гладко полированным мрамором, оборудован наклонной решеткой Рамфорда и украшен прелестнейшим английским фарфором. Окна, на которые она особенно рассчитывала, так как слышала от генерала, что он бережно сохранил их готическую форму, тоже не соответствовали картине, рисовавшейся ее воображению. Конечно, заостренный свод остался — форма их была готическая, и они, возможно, даже имели открывающиеся створки, — но стекла в них были такими большими, такими прозрачными и светлыми! Для того, кто ожидал увидеть густые переплеты, тяжелое каменное обрамление, окрашенные стекла, грязь и паутину, отличие было разительным.

Генерал, подметив ее взгляды, начал говорить о тесноте помещения и скромности обстановки, состоящей из необходимейших для жизни предметов повседневного обихода, и тому подобных вещей. Вместе с тем он льстил себя надеждой, что она увидит в аббатстве апартаменты, *достойные* ее внимания. Но, начав было описывать дорогую позолоченную отделку одного из них, он вдруг вынул часы, прервал рассказ и с удивлением объявил, что уже двадцать минут пятого! Слова эти как бы дали всем знать, что пора расходиться, и мисс Тилни увлекла Кэтрин за собой, показывая своей поспешностью, что распорядок дня поддерживается в Нортенгере весьма скрупулезно.

Вернувшись в просторный и высокий холл, они по широкой полированной дубовой лестнице с несколькими маршами и площадками поднялись в длинную галерею. Вдоль одной ее стены шел ряд дверей. Галерея была освещена окнами в противоположной стене, которые, как заметила Кэтрин, выходили в квадратный двор. Мисс Тилни поспешно ввела ее в одну из комнат и, едва успев выразить надежду, что эта комната ей понравится, тотчас же удалилась, попросив подругу произвести лишь самые необходимые перемены в ее одежде.

Глава XXI

С первого же взгляда Кэтрин убедилась, что предоставленная ей комната совершенно не соответствует описанию, которым ее пытался запугать Генри. Она вовсе не выглядела непомерно большой и не содержала ни бархата, ни гобеленов. Стены ее были оклеены обоями, пол покрыт ковром. Окна были такими же великолепными и ничуть не более темными, чем в гостиной внизу, а обстановка, хоть и не самая модная, удобной и красивой. Общее впечатление от нее оставалось вполне благоприятным. Успокоив себя в этом отношении и боясь своей задержкой вызвать неудовольствие генерала, она решила не терять времени на подробный осмотр. Поэтому она с возможной поспешностью скинула дорожную накидку и приготовилась было вынуть булавки из предназначенного для немедленного употребления и привезенного на сиденье кареты холщового свертка, как вдруг заметила огромный сундук у задней стены глубокой ниши рядом с камином. Вид его заставил ее вздрогнуть. Забыв обо всем и застыв в немом удивлении, она не сводила с него глаз, в то время как в ее голове пробегали следующие мысли:

«Как странно! Вот неожиданность! Большущий, тяжелый сундук! Что в нем припрятано? Зачем он здесь? Еще и задвинут подальше, чтобы не бросался в глаза! Надо в него заглянуть во что бы то ни стало! Сейчас же, пока не стемнело! Если откладывать, может погаснуть свеча!»

Кэтрин приблизилась к сундуку и внимательно его осмотрела. Он был сделан из кедрового дерева, затейливо выложенного более темной породой, и помещался на такой же резной подставке высотой около фута. У сундука был серебряный, почерневший от времени замок, на концах — обломки рукояток, тоже серебряных, быть может, давно еще исковерканных каким-то необычайным усилием, а в середине крышки — таинственная монограмма из того же металла. Кэтрин всячески ломала себе над ней голову, но не могла ее разгадать. С какой бы стороны она на нее ни смотрела, последней буквой никак не могла быть «Т». А найти в этом доме монограмму без этой буквы было в самом деле странно. Если когда-то сундук принадлежал кому-то другому, какие же необыкновенные события перенесли его в семейство Тилни?

Ее разбуженное любопытство росло с каждой минутой. Отодвинув дрожащей рукой щеколду замка, она решилась любой ценой узнать, что в сундуке находится. С трудом, словно преодолевая какую-то силу, она приподняла крышку на несколько дюймов, но внезапный стук в дверь заставил ее, вздрогнув, разжать пальцы, так что сундук с пугающим грохотом захлопнулся. Несвоевременным посетителем оказалась служанка мисс Тилни, присланная хозяйкой, чтобы помочь мисс Морланд. Девушка была тотчас же отослана, но ее приход напомнил гостье о ее долге, заставив, несмотря на жгучее желание проникнуть в зловещую тайну, сразу приняться за переодевание. Взоры и мысли Кэтрин были, однако, по-прежнему сосредоточены на столь сильно заинтересовавшем ее предмете, так что действовала она не слишком проворно. Не осмеливаясь улучить минуту для новой попытки проникнуть в сундук, она не отходила от него ни на шаг. Наконец, натянув на себя один рукав платья и считая себя почти одетой, она решила дать волю своему любопытству. Минута на это могла быть потрачена. И исполненная такого рвения, что, без сверхъестественного вмешательства, крышка должна была отлететь в одно мгновение, она кинулась к сундуку. Предчувствие ее не обмануло. Одним рывком она открыла сундук, и перед ее смущенным взором предстало аккуратно сложенное белое хлопчатое покрывало, одиноко покоившееся на дне.

Кэтрин ошеломленно его рассматривала, когда в комнату вошла мисс Тилни, беспокоясь о том, как бы ее подруга не задержалась. И, к стыду последней из-за ее беспричинно разыгравшегося воображения, добавился еще стыд из-за того, что ее застали за таким неподобающим розыском.

— Не правда ли, любопытный сундук? — спросила мисс Тилни, в то время как Кэтрин захлопнула крышку и обернулась к зеркалу. — Трудно сказать, сколько он здесь находится. Не зная, откуда он взялся, я не стала его убирать, подумав, что сундук может пригодиться для хранения головных уборов. Он плох только тем, что с трудом открывается, — очень уж тяжелая крышка. Впрочем, в этом углу он, по крайней мере, никому не мешает.

Кэтрин было не до ответа — она краснела, завязывала ленты на платье и давала себе в душе мудрейшие обещания весьма решительного свойства. Мисс Тилни осторожно намекнула, что боится, как бы они не опоздали к обеду, и через полминуты подруги уже бежали вниз, охваченные, как оказалось по прибытии, не совсем безосновательной тревогой, ибо нашли генерала Тилни в гостиной отмеривающим шаги с часами в руке. При их появлении он дернул шнурок звонка и скомандовал:

— Обед на стол — *мигом*!

Вздрогнув от выраженного в этой фразе укора, Кэтрин села, бледная и задыхающаяся, сознавая свое ничтожество, сочувствуя детям генерала и ненавидя старые сундуки. Генерал, однако, взглянув на нее, сделался снова любезен. Оставшееся до перехода в столовую время он бранил дочь за то, что та заставила свою прелестную подругу запыхаться, хотя для спешки не было никаких оснований. И Кэтрин переживала двойную неловкость из-за упреков, которым по ее вине подверглась ее подруга, и из-за собственного глупого поведения — до тех пор, пока все благополучно не расселись за столом и доброжелательные улыбки генерала в сочетании с хорошим собственным аппетитом не восстановили ее душевного равновесия. Столовая оказалась величественным помещением, — рядом с ней семейная гостиная казалась несоответственно скромной, — отделанным с богатством и роскошью, почти не замеченными Кэтрин, которая обратила внимание разве что на количество толпившихся вокруг стола слуг и на ее размеры. О последних она позволила себе высказаться, в связи с чем генерал снисходительно признал комнату достаточно обширной, добавив, что, относясь к подобным вещам, как и большинство людей, безразлично, он все же считает в меру просторную столовую одной из насущных жизненных необходимостей. Он предположил, однако, что «в доме мистера Аллена она привыкла к значительно более просторным помещениям».

Ничего подобного, с жаром возразила Кэтрин, столовая мистера Аллена и вполовину не так велика! Она еще никогда в жизни не видела столовой таких размеров. Настроение генерала поднялось еще больше: что ж, поскольку у него в доме такие комнаты есть, по его мнению, было бы глупо ими не пользоваться. Но он искренним образом верит, что комната вдвое меньших размеров могла бы оказаться даже удобнее. Поэтому он не сомневается, что дом мистера Аллена имеет как раз те размеры, которые необходимы для истинного благополучия.

Вечер прошел без каких-либо новых волнений, а во время отлучек генерала Кэтрин было по-настоящему весело. Небольшая усталость от путешествия ощущалась только в его присутствии. Но даже тогда, даже в минуты молчания и стесненности, ее не покидало ощущение счастья, и она была способна вспоминать о своих друзьях в Бате, вовсе не испытывая желания оказаться среди них.

Ночь была ветреной. Во второй половине дня погода непрерывно ухудшалась, и, перед тем как все покинули гостиную, ветер и дождь разгулялись вовсю. Проходя через холл, Кэтрин прислушалась к урагану с некоторым беспокойством. И когда до нее донеслось, как он свирепствует за стенами старинного дома и с каким ожесточением хлопает вдалеке какой-то дверью, она впервые ощутила, что в самом деле находится в аббатстве. Да, это были характерные звуки. Они напомнили ей бесчисленные описания жутких картин и зловещих событий, которым предшествовали подобные бури и свидетелями которых бывали стены таких же зданий. И Кэтрин от души радовалась более благоприятным обстоятельствам, при которых она вступила под этот величественный кров: ей-то не приходилось опасаться ночных разбойников или пьяных проходимцев. Генри, разумеется, только шутил во время утреннего разговора. В таком хорошо обставленном и обжитом доме ей нечего бояться — с ней здесь ничего не случится. И она может зайти к себе в спальню так же уверенно, как будто бы это была ее собственная комната в Фуллертоне. Поддерживая свою храбрость, пока она поднималась по лестнице, подобными здравыми рассуждениями, Кэтрин смогла войти в комнату, не утратив присутствия духа, особенно после того, как убедилась, что через две двери от нее находилась спальня мисс Тилни. Приветливый вид затопленного камина еще больше придал ей бодрости.

«Насколько приятнее, — подумала она, подойдя к каминной решетке, — насколько приятнее найти у себя уже зажженный огонь, чем, дрожа от холода, ждать, пока улягутся хозяева дома, — как приходилось стольким несчастным девицам, — ждать, пугаясь, прихода верной служанки с охапкой хвороста. Как хорошо, что Нортенгер оказался таким, как он есть! Если бы он был похож на другие места, не знаю, смогла бы я в подобную ночь сохранить спокойствие. Но сейчас, разумеется, бояться нечего».

Она огляделась вокруг. Занавеси на окнах как будто чуть-чуть колыхались. Это могло объясняться только действием ветра, проникавшего в оконные щели. Чтобы убедиться в этом, она, напевая что-то себе под нос, решительно подошла к окну, смело раздвинула занавеси и, не найдя ничего зловещего на низком подоконнике, приложила ладонь к раме и удостоверилась, что сквозь нее действительно дуло. Взгляд, брошенный ею на старый сундук, оказался кстати. Она с презрением подумала о вздорных страхах, возникающих в праздном воображении, и начала безмятежно приготовляться ко сну. Она будет вести себя так, как положено, и не станет спешить. Что ей за дело, если она и ляжет в доме последней? И незачем ей поддерживать в камине огонь — это было бы проявлением трусости, словно она испугается темноты, когда ляжет в кровать. Камин догорел, и Кэтрин, потратив добрых полчаса на приготовления, хотела было уже улечься в постель, когда, осмотрев напоследок комнату, остановила взгляд на высоком старомодном черном шкафу, который, хоть и стоял достаточно на виду, почему-то раньше не был ею замечен. Ей тотчас же вспомнился рассказ Генри — описание шкафа из черного дерева, сначала якобы ускользнувшего от ее внимания. И хотя оно на самом деле мало что значило, необычайное совпадение показалось ей все же странным. Она взяла свечу и внимательно осмотрела шкаф. Он вовсе не был сделан из черного дерева с золотом. Но это был черный лак — прекрасный черный лак с желтым японским орнаментом. А при свете свечи желтые линии напоминали золотые. В замок был вставлен ключ, и она почувствовала странное желание заглянуть внутрь — разумеется, вовсе не ожидая найти там что-либо особенное, но ощущая любопытство под влиянием утреннего рассказа Генри. Короче говоря, не заглянув в шкаф, она не могла бы уснуть. Поэтому, поставив осторожно свечу на стул, она схватилась за ключ и дрожащей рукой попробовала его повернуть. Замок не отпирался, несмотря ни на какие усилия. Тревожась, но не сдаваясь, она попробовала повернуть ключ в другую сторону. Замок щелкнул, и она уже вообразила, что добилась своего. Но что за чертовщина? Дверца по-прежнему не поддавалась. Кэтрин на минуту замерла от удивления. Ветер завывал в дымовой трубе, струи дождя хлестали по окнам, — решительно во всем ощущалось нечто зловещее. Однако укладываться в постель, ничего не добившись, было бессмысленно, — она не могла бы уснуть, помня о находящемся рядом таинственно запертом шкафе. Поэтому она снова взялась за ключ и, вращая его в обе стороны с отчаянием последней попытки, вдруг почувствовала, что дверца качнулась. Обрадованная одержанной победой, она распахнула обе створки. Вторая створка удерживалась лишь задвижкой, менее сложной, чем замок, на первый взгляд тоже мало чем примечательный. Внутри Кэтрин увидела два ряда маленьких ящичков между более крупными ящиками сверху и снизу и маленькую дверцу посередине, также со вставленным в замочек ключом, прикрывавшую, очевидно, главное вместилище.

Сердце Кэтрин учащенно билось, но она не теряла мужества. С выражением надежды на лице и горящим от любопытства взором она ухватилась за ручку ящика и потянула его к себе. Он оказался пустым. С меньшим волнением и большей поспешностью она выдвинула второй, третий, четвертый ящики. Все они были в равной мере пусты. Она осмотрела все ящики до последнего, но ни в одном из них не нашла ровно ничего. Хорошо знакомая по прочитанным книгам с тем, как прячут сокровища, она не забыла о возможности существования у ящиков фальшивого дна, судорожно, но тщетно ощупав каждый из них изнутри. Оставалось необследованным только среднее отделение. И хотя она вовсе и не предполагала найти что-нибудь в каком-то уголке шкафа и отнюдь не испытывала ни малейшего разочарования в связи с произведенным осмотром, было бы глупо не довести его до конца, раз уж она за него взялась. Прошло, однако, некоторое время, прежде чем ей удалось открыть дверцу, — внутренний замок оказался столь же капризным, как и наружный. В конце концов и он отомкнулся. И здесь ее поиски оказались не такими тщетными, какими были до сих пор. Жадный взор Кэтрин тотчас же заметил задвинутый в глубину, очевидно для лучшей сохранности, бумажный сверток — и ее чувства в этот момент едва ли поддаются описанию. Лицо ее побледнело, сердце трепетало, колени дрожали. Неверной рукой она схватила драгоценную рукопись, — одного взгляда было достаточно, чтобы различить на бумаге письмена, — и с волнением, отдавая себе отчет в том, как необыкновенно сбывается предсказание Генри, решила тотчас же, прежде чем лечь в постель, прочесть все до последнего слова.

Мерцание свечи заставило ее со страхом оглянуться. Свеча не могла скоро погаснуть — ее должно было хватить на несколько часов. И чтобы избегнуть всяких помех, кроме затруднений при чтении старинного текста, Кэтрин поспешно сняла с нее нагар. Увы, при этом она ее погасила. Никакой светильник не мог бы погаснуть так внезапно. На несколько мгновений охваченная ужасом Кэтрин окаменела. Все было кончено. Не осталось даже тлеющей искорки на фитиле, которую бы можно было со всей осторожностью попытаться раздуть. Непроницаемая, бескрайняя тьма залила комнату. Жестокий порыв ветра, взревевший с внезапной свирепостью, усугубил ужас этой минуты. Кэтрин дрожала с головы до ног. В наступившей затем тишине ее встревоженный слух как бы различил удаляющиеся шаги и отдаленный стук закрывшейся двери. Это было выше человеческих сил. Лоб ее покрылся холодной испариной, сверток выпал из рук. Ощупью отыскав постель, она сразу же зарылась в нее с головой, стараясь хоть немного успокоить свое волненье. О том, что ей удастся сомкнуть глаза, нельзя было и подумать, — в таком возбуждении, охваченная таким естественным любопытством, она, разумеется, была не способна заснуть. Она не могла припомнить подобной бури. Обычно Кэтрин мало обращала внимания на погоду, но сейчас каждый порыв ветра словно был полон каких-то зловещих предзнаменований. Рукопись, найденная при таких необычайных обстоятельствах, такое странное совпадение с утренним разговором, — какое этому могло быть дано объяснение? Что она содержала, к кому была обращена? Каким образом она так долго оставалась незамеченной? И как раз на долю Кэтрин выпало ее найти! Ей не удастся ни успокоиться, ни отдохнуть, прежде чем она не узнает ее содержания. И она примется за чтение с первыми же лучами солнца. Сколько мучительных часов ей предстоит еще ждать?

Ее трясло, и она то и дело поворачивалась в постели, завидуя спящим. Буря неистовствовала по-прежнему, и до ее встревоженного слуха доходили самые необыкновенные звуки, еще более пугающие, чем завывание ветра. В какую-то минуту ей показалось, что зашевелился даже полог ее кровати, в другую — что кто-то, пытаясь войти к ней в комнату, возится с дверным замком. Из галереи доносилось глухое бормотанье, и не раз ее кровь леденела в жилах при звуках отдаленных стонов. Проходил час за часом, и измученная Кэтрин услышала, как все часы в доме пробили три, прежде чем буря стихла или сама она незаметно для себя погрузилась в глубокий сон.

Глава XXII

Стук распахиваемых служанкой в восемь часов утра оконных ставен был первым звуком, осознанным Кэтрин при пробуждении. Открыв глаза, — при том, что она не понимала, как ей удалось их закрыть, — она увидела самую радостную картину. В камине уже горел огонь, а на смену бурной ночи пришло солнечное утро. С первыми же проблесками мысли она вспомнила о рукописи. И сразу после ухода служанки, спрыгнув с постели, она поспешно собрала все разбросанные при падении свертка бумажные листки и юркнула обратно, чтобы прочесть их с удобством, лежа под одеялом. Она не могла, оказывается, рассчитывать, что рукопись будет столь обширной, как другие подобные рукописи, от содержания которых ей приходилось содрогаться при чтении романов. Сверток состоял только из небольших разрозненных листков и был далеко не тяжелым — значительно более легким, чем ей представлялось накануне.

Жадным взглядом впилась она в одну из страниц. То, что она увидела, ее ошеломило. Могло ли это быть на самом деле или чувства ее обманывали? Перед ней был всего лишь написанный современными корявыми буквами перечень белья! Если можно было верить глазам, она держала в руках счет от прачки! Она посмотрела на другой листок и нашла в нем те же предметы с небольшой перестановкой. Третий, четвертый, пятый не открыли ничего нового. В каждом из них значились рубашки, чулки, галстуки, жилетки. Еще два листка, исписанных той же рукой, содержали столь же незначительные статьи, как-то: пудру для париков, шнурки для ботинок и пуговицы для штанов, а самый большой листок, в который были завернуты все остальные, судя по первой корявой строке: «За примочки гнедой кобыле», был счетом от коновала. Вот чем оказался бумажный сверток (по-видимому, очутившийся там, где его нашла Кэтрин, из-за небрежности прислуги), который вызвал у нее такую игру воображения и столько страхов, наполовину лишив ее ночного отдыха! Она чувствовала себя совершенно уничтоженной. Неужели она не научилась уму-разуму после происшествия с сундуком? Видневшийся ей краешек сундука служил как бы вещественным доказательством ее вины. Беспочвенность ее недавних догадок была теперь совершенно очевидной. Предположить, что в такой обжитой, современной комнате могли сохраниться никем не замеченные бумаги, написанные Бог весть сколько поколений тому назад?! Или что ей довелось первой отпереть шкаф, ключ от которого находился у всех на виду?! Как ей могла прийти в голову такая нелепость? Не дай Бог, чтобы о ее глупости проведал когда-нибудь Генри! Правда, в некоторой мере он был сам виноват в случившемся — если бы шкаф не напомнил ей так сильно его рассказ об ожидающих ее приключениях, он бы не вызвал у нее любопытства. Ее успокаивало только это. Стремясь поскорее отделаться от ненавистных доказательств своей глупости — дурацких разбросанных по кровати листков бумаги, — она вскочила с постели, свернула листки в такой же, как раньше, сверток и сунула его на прежнее место в шкаф, горя желанием, чтобы никакие неблагоприятные обстоятельства не заставили его снова перед ней появиться, вызвав у нее презрение к собственной персоне.

Почему замки раньше отперлись с таким трудом, оставалось, однако, загадкой — сейчас она справилась с ними беспрепятственно. В этом все же заключалось нечто таинственное — она допустила на минуту столь лестное для себя предположение. Однако мысль о том, что шкаф вообще не был заперт и что она сначала сама его заперла, пришла ей в голову достаточно быстро и еще раз вызвала краску на ее лице.

Она поспешила покинуть спальню, в которой собственные ее поступки вызывали у нее такие неприятные переживания, и направилась прямо в комнату для завтрака, показанную ей мисс Тилни еще с вечера. Там находился один Генри. Выразив надежду, что ее не потревожила ночная буря, и лукаво намекнув при этом на особенность приютившего их крова, он немало смутил Кэтрин своим приветствием. Ей ни в коем случае не хотелось бы, чтобы он догадался о ее слабости. И все же, не способная к прямому обману, она была вынуждена признать, что ветер какое-то время мешал ей уснуть.

— Но после бурной ночи наступило такое восхитительное утро! — добавила она, стремясь возможно скорее переменить тему разговора. — Буря и бессонница ничего не значат, если они миновали. Что за прелестные гиацинты! Я полюбила их только недавно.

— И как же вы к этому пришли? Случайно или путем умозаключений?

— Этому научила меня ваша сестра — не понимаю сама, каким образом. Миссис Аллен много лет старалась меня заставить их полюбить. Но у нее ничего не выходило — пока я их не увидела на Мильсом-стрит. Обычно я к цветам равнодушна.

— А теперь вы любите гиацинты? Как это хорошо. Вы приобрели новый источник радости, а человеку надо радоваться как можно больше. Кстати, дамам вообще полезно любить цветы — это может лишний раз побудить их отправиться на прогулку. И хотя гиацинт — растение комнатное, кто знает, если у вас родилась любовь к цветам, не распространится ли она и на розы?

— Но мне вовсе не нужно особого повода, чтобы выбраться на прогулку. Возможность двигаться, дышать свежим воздухом — этого для меня достаточно. В хорошую погоду я провожу на воздухе больше половины времени, — мама говорит даже, что меня трудно загнать домой.

— Я рад все же, что вы полюбили гиацинты. Хорошо уже, что вы научились что-то любить. Способность молодой леди воспринимать уроки — дар Божий. А как вам понравились воспитательные приемы моей сестры?

Кэтрин избежала смущения при ответе на этот вопрос благодаря появлению генерала. Сдобренное улыбками приветствие хозяина дома свидетельствовало о его хорошем настроении. Однако его легкий намек на то, что она, как и он, предпочитает рано вставать, не очень способствовал ее душевному спокойствию.

Когда все сели за стол, она не могла не обратить внимание на красоту сервиза для завтрака. К счастью, сервиз был куплен генералом. Довольный тем, что она одобрила его выбор, генерал признал сервиз простым и милым, выразив мнение, что отечественную промышленность следует поощрять и что, как он полагает, чай, поданный в стаффордской глине, на его невзыскательный вкус, ничуть не хуже чая, поданного в глине из Севра или Дрездена. Сервиз, правда, немного устарел — ему уже не меньше двух лет. С тех пор производство ушло вперед. Когда он в последний раз был в столице, он видел несколько прелестных образчиков. И не будь он начисто лишен тщеславия этого рода, он бы соблазнился и заказал себе новый. Однако, как он надеется, в недалеком будущем ему представится случай приобрести еще один сервиз — хоть и не для себя самого.

Из всех сидевших за столом единственным человеком, который его не понял, была Кэтрин.

Вскоре после завтрака Генри попрощался и уехал в Вудстон, где его на два-три дня должны были задержать дела. Все собрались в холле, чтобы посмотреть, как он садится на лошадь, и, вернувшись в комнату для завтрака, Кэтрин подошла к окну, надеясь взглянуть на него еще раз.

— Немалое испытание для твердости Генри, — заметил генерал, обращаясь к дочери. — Вудстон покажется ему сегодня довольно мрачным.

— Это красивое место? — спросила Кэтрин.

— Как ты полагаешь, Элинор? Ну-ка, поделись своим мнением. Говоря о природе, одна леди лучше представляет себе взгляды другой, — так же, как говоря о мужчинах. На мой непредвзятый вкус у этого места есть свои преимущества. Представьте себе дом с окнами на юго-восток, среди зеленых лужаек и с прекрасным, выходящим на ту же сторону садом. И вокруг всего этого — ограда, которую я выстроил для сына лет десять тому назад. Это дом для семьи, мисс Морланд. И поскольку земли в этих местах принадлежат главным образом мне, можете поверить, я достаточно позаботился, чтобы он был таким, как требуется. Если бы средства к существованию Генри давал лишь этот приход, мой сын и в этом случае был бы вполне обеспечен. Кажется странным, не правда ли, что, имея лишь одного младшего сына, я счел необходимым дать ему профессию? Случаются минуты, когда все мы предпочли бы, чтобы его не обременяли никакие дела. Но хотя мне, наверно, не удастся убедить в этом подобных вам молодых леди, ваш отец, я уверен, согласился бы со мной, что каждый молодой человек должен иметь какое-то занятие. Дело тут не в деньгах, деньги ни при чем, суть — в занятии. Даже Фредерик, мой старший сын, которому в наследство достанется столько земельной собственности, сколько едва ли находится в руках другого частного лица во всем нашем графстве, даже у него, как вы знаете, есть профессия.

Последний довод произвел действие, вполне соответствовавшее желаниям говорившего. Молчание Кэтрин доказывало его неопровержимость.

Во вчерашнем разговоре упоминалось, что ей покажут все здание. Сейчас генерал предложил ей себя самого в качестве сопровождающего. И хотя Кэтрин надеялась познакомиться с домом в обществе его дочери, предложенный осмотр, суливший столько удовольствия при любых обстоятельствах, не мог ее не обрадовать. В самом деле, она провела в аббатстве уже восемнадцать часов, а успела пока осмотреть всего лишь несколько комнат! Раскрытая перед тем без особой надобности шкатулка для рукоделия была тут же охотно закрыта, и Кэтрин приготовилась следовать за генералом.

Когда же будет осмотрен весь дом, он рассчитывает на удовольствие прогуляться с ней по саду и парку.

Кэтрин поблагодарила его легким приседанием.

Но, возможно, ей приятнее совершить прогулку сначала? Погода как раз подходящая, а в данное время года нельзя особенно полагаться на ее постоянство. Что же она предпочитает? Она может располагать им в равной степени для того и другого. Не подскажет ли его дочь — что больше по сердцу ее прелестной подруге? Нет, он уже понял это сам. Он ясно прочел в глазах мисс Морланд разумное желание воспользоваться чудесной погодой. Впрочем, разве она когда-нибудь принимала ошибочное решение? В доме ведь всегда сухо и безветренно. Он безусловно подчиняется и покидает их только на минуту, чтобы взять шляпу.

Генерал вышел из комнаты, а разочарованная и расстроенная Кэтрин стала объяснять подруге, насколько ей неловко заставлять его идти на прогулку, когда ему этого вовсе не хочется, — всего лишь в угоду ее мнимому желанию. Мисс Тилни, однако, перебила ее, сказав с некоторым смущением:

— Мне кажется, самое правильное сейчас — это воспользоваться прекрасным утром. Не тревожьтесь за моего отца — он обычно гуляет в такое время.

Кэтрин не вполне поняла значение этих слов. Почему мисс Тилни смутилась? Не имеет ли генерал чего-нибудь против того, чтобы она осмотрела аббатство? Но ведь он сам предложил. И разве не странно, что он всегда так рано гуляет? Совсем не похоже на ее отца или мистера Аллена. Как обидно — она больше всего хотела осмотреть дом, и ей вовсе нет дела до усадьбы. Если бы еще Генри был с ними. Теперь же она даже не сможет понять, чем любоваться. Тем не менее, оставляя эти мысли при себе, Кэтрин покорно, хотя и без удовольствия, надела шляпку.

Она, однако, была удивлена далеко превзошедшими ее предположения размерами аббатства, увиденного ею впервые с прилегавшей лужайки. Здание имело вид охватывающего большой двор прямоугольника — восхищенному взгляду зрителей открылись две его стороны, щедро украшенные готическим орнаментом, а остальное скрывалось купами старых деревьев или густыми посадками. Поднимавшиеся сзади и защищавшие его от ветра крутые лесистые холмы казались прекрасными даже в безлиственные мартовские дни. Ничего подобного ей еще видеть не приходилось. Впечатление было настолько сильным, что, не дождавшись более веских суждений, Кэтрин смело высказала, насколько она поражена и восхищена. Довольный генерал отнесся к ее отзыву вполне одобрительно — можно было подумать, что до сих пор собственная его оценка Нортенгера вызывала у него сомнения.

Далее им пришлось восторгаться садоводством, в которое генерал провел их через уголок парка.

Кэтрин не могла не поразиться, услышав, сколько оно занимает акров земли, — вдвое больше того, чем располагали вместе мистер Аллен и ее отец, включая церковный двор и фруктовые посадки. Бесчисленным шпалерам не было видно конца. Между ними возвышался целый городок теплиц. И среди всего этого трудилось, казалось, все население здешнего прихода. Генерал был польщен ее изумленными взглядами, которые подтверждали так же ясно, как и вырвавшиеся у нее восклицания, что она еще никогда не видела подобного великолепия, после чего скромно признал, что, хотя он и лишен честолюбия этого рода и не имеет в этом отношении никаких притязаний, он, мол, отнюдь не думает, что у него нет в королевстве соперников, — все же, если уж у него есть любимый конек, так это сад. Да, он влюблен в садовое дело. Будучи равнодушен ко всякой другой еде, он любит хорошие фрукты, а если не любит сам, то их любят его дети, его друзья. Наблюдение за таким садом, однако, хлопотливое дело. Даже отличный уход не всегда вознаграждается урожаем наиболее ценных фруктов. Ананасные парники, например, принесли в прошлом году всего лишь сотню плодов. Мистеру Аллену такого рода огорчения, должно быть, знакомы?

— О нет, нисколько. Мистер Аллен совершенно равнодушен к саду — он туда даже не заходит!

С улыбкой торжествующего превосходства генерал пожелал себе такого же равнодушия, ибо ни одно посещение сада, увы, не обходится для него без огорчения — что-нибудь там непременно оказывается не так.

— У мистера Аллена большое тепличное хозяйство? — спросил генерал, объясняя устройство теплиц во время их осмотра.

— У него всего лишь одна маленькая теплица, которую миссис Аллен зимой использует для цветов. Время от времени ее протапливают.

— Счастливый человек! — заметил генерал с видом блаженного самодовольства.

Проведя их по всем закоулкам и показав Кэтрин каждый уголок, он настолько исчерпал ее возможности чем-нибудь любоваться и восхищаться, что в конце концов позволил девицам выйти через калитку. После этого генералу захотелось осмотреть недавно перестроенный чайный домик, и он предложил продолжить приятную прогулку, если мисс Морланд еще не устала.

— Но куда же ты, Элинор? Зачем нам идти по этой холодной сырой дороге? Мисс Морланд промочит ноги! Гораздо лучше пройтись по парку.

— Я так люблю этот путь, — сказала мисс Тилни, — что он мне всегда кажется самым лучшим и самым коротким. Хотя он и впрямь может оказаться сыроватым.

Перед ними была узкая вьющаяся тропинка через старый и густой ельник. И Кэтрин, привлеченная суровым видом леса и мечтая в него зайти, не смогла себе в этом отказать, даже рискуя вызвать неудовольствие генерала. Генерал почувствовал ее решимость и, тщетно выразив еще раз заботу о ее здоровье, был столь любезен, что больше не настаивал. Однако сам он не захотел их сопровождать, объяснив, что солнце светит здесь с неприятной для него стороны, так что он выйдет к ним навстречу по другому пути. Он удалился, и Кэтрин была даже встревожена, почувствовав, насколько ей стало легче в его отсутствие. Но поскольку тревога была не такой сильной, как переживаемое ею облегчение, она от нее не пострадала. Весело и беззаботно заговорила она о прелестной грусти, которую навевает подобное место.

— Мне оно особенно дорого, — ответила ее подруга со вздохом. — Здесь любила прогуливаться моя мать.

До сих пор Кэтрин ни разу не слышала, чтобы кто-нибудь из членов семьи упомянул о миссис Тилни. Поэтому интерес, вызванный в ней печальным воспоминанием, явно отразился в выражении ее лица и в робком молчании, с которым она ждала каких-нибудь пояснений.

— Я часто гуляла здесь вместе с ней, — добавила Элинор, — хотя в те времена и не дорожила этими прогулками так, как сейчас. Я даже удивлялась тогда, что она выбрала это место. Оно стало мне дорого благодаря ее памяти.

«Разве оно не должно быть столь же дорого ее мужу? — подумала Кэтрин. — А между тем генерал даже не захотел сюда заглянуть!» Мисс

Тилни молчала, и Кэтрин осмелилась сказать вслух:

— Ее смерть, наверно, была огромной утратой?

— Огромной, и даже растущей с годами, — ответила ее спутница приглушенно. — Когда это случилось, мне было всего тринадцать. И хотя я переживала утрату с отчаянием, какое только возможно в этом возрасте, она до моего сознания полностью не доходила. Всей ее глубины я тогда понять не могла. — Немного помолчав, она более твердым голосом добавила: — Вы знаете, у меня нет сестер. И хотя Генри, хотя мои братья ко мне очень привязаны и Генри проводит большую часть времени здесь, — я за это ему так благодарна! — мне все же часто бывает трудно не сознавать своего одиночества.

— Конечно, вам его должно не хватать очень сильно.

— Мать была бы со мной рядом всегда. Она была бы мне верным другом, оказывала бы на меня самое большое влияние.

— Она ведь была прелестной женщиной, правда? Необыкновенно красивой? В доме сохранился ее портрет? А почему она так любила это место? Оно сочеталось с ее угнетенным настроением? — Кэтрин задавала один вопрос за другим.

На первые три Элинор сразу ответила утвердительно. Два последних — оставила без ответа. С каждым отвеченным и неотвеченным вопросом интерес Кэтрин к покойной миссис Тилни возрастал все сильнее. Она не сомневалась, что этот брак был несчастливым. Генерал, конечно, не был преданным мужем. Он не любил мест, где она гуляла, — разве в таком случае он мог любить ее самое? К тому же при всем его внешнем лоске чувствовалось, что его обращение с женой не могло быть хорошим.

— Портрет висит в спальне вашего отца? — спросила Кэтрин, смущенная утвердительной формой своего вопроса.

— Нет, он предназначался для гостиной. Но отцу не понравилась работа художника, и в течение какого-то времени ему не могли найти места. А после ее смерти я его вскоре взяла к себе и повесила в моей комнате. Мне приятно будет вам его показать.

Еще одно подтверждение! Портрет — очень похожий — покойной жены, которым не дорожит ее муж. Он, должно быть, был к ней страшно жесток.

Кэтрин больше не старалась подавить в себе чувство, которое генерал, несмотря на всю свою обходительность, вызывал в ней с первой же встречи. И если раньше он действовал на нее угнетающе и был ей просто не по душе, то теперь она испытывала к нему настоящую неприязнь. Да, неприязнь! Его жестокость к этой замечательной женщине была просто чудовищной. Она читала о таких людях в романах. Мистер Аллен обычно находил подобных злодеев надуманными и неестественными. Но вот жизнь доказывала, что они существуют.

Она как раз пришла к этому выводу, когда тропинка кончилась и подруги снова встретились с генералом. И несмотря на все ее справедливое возмущение, Кэтрин была вынуждена идти с ним рядом, выслушивать его слова, даже улыбаться в ответ на его улыбки. Не получая, однако, больше никакого удовольствия от окружавшей природы, она вскоре замедлила шаг. Генерал это заметил и, тревожась о ее здоровье и как бы укоряя ее тем самым за недоброе о себе мнение, настоял, чтобы она и мисс Тилни вернулись в дом. Сам он должен был присоединиться к ним через четверть часа. Они снова расстались, но отец тут же подозвал к себе Элинор и строго ей наказал, чтобы до его прихода она не показывала подруге аббатства. Повторно высказанное им нежелание допустить именно то, к чему Кэтрин стремилась больше всего, удивило ее особенно сильно.

Глава XXIII

На протяжении целого часа, в течение которого они поджидали генерала, его юная гостья предавалась не слишком благоприятным размышлениям о хозяине дома. «Эта затянувшаяся отлучка, эти уединенные прогулки отнюдь не свидетельствуют о его душевном спокойствии и чистоте его совести». Наконец он предстал перед молодыми леди. И как бы мрачно ни было у него в это время на душе, им он по-прежнему улыбался. Мисс Тилни, отчасти догадывавшаяся, до чего ее подруге не терпится осмотреть внутренность дома, вскоре напомнила ему о его обещании. И генерал, не прибегнув, вопреки ожиданиям Кэтрин, к новой отсрочке, — если не считать пяти минут, потребовавшихся, чтобы заказать легкий завтрак к их возвращению, — выразил готовность их сопровождать.

Они двинулись в путь. С исполненным достоинства видом, не ускользнувшим от взора, но не рассеявшим подозрений достаточно начитанной Кэтрин, он провел их через семейную гостиную и не используемую прихожую в помещение, отличавшееся от других размерами и меблировкой, — в парадную гостиную для приема именитых гостей. Кэтрин смогла ее назвать только «величественной», «огромной» и «чудесной», поскольку ее неискушенный взгляд едва ли подметил даже расцветку атласной обивки. Поэтому роль истинного ценителя, способного восхищаться всеми подробностями, вынужден был взять на себя сам генерал. Гостью мало занимали дороговизна и красота меблировки. Любой предмет, появившийся на свет после пятнадцатого столетия, не вызывал у нее никакого интереса. И когда тщательный осмотр каждого хорошо знакомого ему украшения вполне удовлетворил любознательность хозяина дома, они перешли в библиотеку — комнату в своем роде столь же великолепную, вмещавшую собрание книг, которое его скромный владелец мог созерцать с гордостью. Кэтрин, проявив тут ко всему более неподдельный интерес, чем в гостиной, извлекла из этого кладезя знаний все, что мог дать осмотр корешков половины книг на одной из полок, и была готова следовать дальше. Но анфилада апартаментов не выстраивалась перед ней так, как ей бы хотелось. Дом был велик, но большую его часть она уже осмотрела. И, услышав, что, вместе с кухней шесть или семь виденных ею комнат охватывают двор с трех сторон, она не могла этому поверить, подозревая, что немало других помещений от нее утаили. Возвращаясь в жилое крыло дома, она, правда, немного утешилась, миновав несколько менее значительных комнат, выходивших во двор, который посредством запутанных переходов соединял различные стороны здания. Еще большее удовлетворение она испытала, узнав, что проходит по бывшей монастырской обители, где ей были показаны следы монашеских келий, заметив несколько дверей, которых перед ней не открыли и назначения которых не назвали, и оказавшись последовательно в бильярдной, в личных покоях генерала (как они соединялись между собой и в какую сторону следовало, выходя из них, поворачивать, осталось для нее загадкой) и, наконец, в принадлежавшей Генри маленькой темной каморке, занятой разбросанными в беспорядке книгами, ружьями и плащами.

Из столовой, в которой она уже побывала и куда ей надлежало являться ежедневно к пяти часам (проходя через эту комнату, генерал не удержался от того, чтобы измерить ее шагами и снабдить мисс Морланд проверенными при ней сведениями, вовсе ей не нужными и не вызывавшими у нее сомнений), они кратким путем проследовали на кухню — старинную монастырскую поварню с допотопными массивными стенами и копотью и новейшими печами и духовками. Генерал в своей погоне за нововведениями не терял здесь времени даром: любое новейшее изобретение, способствующее приготовлению пищи, было представлено на этом просторном поприще поварского искусства. И если чей-то творческий гений допускал в своем детище просчет, собственный гений генерала часто доводил дело до желаемого результата. Одних осуществленных им усовершенствований на кухне было достаточно, чтобы поставить этого человека в один ряд с самыми выдающимися покровителями монастыря.

Кухонными стенами исчерпывалась древняя часть аббатства — четвертую старую часть прямоугольника, по причине ее крайне плачевного состояния, снес отец генерала, построив это крыло в его нынешнем виде совершенно заново. Старины здесь не сохранилось. Новая постройка не только была новой, но ее новизна даже подчеркивалась всем ее обликом. Она заключала в себе только служебные помещения, примыкала к конному двору, и архитектурное единство с остальным зданием здесь не было сочтено необходимым. Кэтрин могла сколько угодно порицать человека, который ради презренной хозяйственной пользы поднял руку на то, что было, возможно, ценнее всего остального. Она могла желать всем существом, чтобы генерал избавил ее от этого жалкого зрелища. Но если у него и было сколько-нибудь тщеславия, то оно относилось именно к благоустройству хозяйственных служб. И будучи убежден, что человек с душой, как у мисс Морланд, должен радоваться созерцанию приспособлений и усовершенствований, смягчающих тяготы жизни тех, кто стоит у основания общественной лестницы, он не счел нужным извиниться в намерении показать ей эти службы. Они бегло осмотрели их все. И на Кэтрин, вопреки ее ожиданиям, произвело впечатление их разнообразие и удобство. То, чему в Фуллертоне считалось возможным отвести несколько бесформенных клетушек и неудобных чуланов, занимало здесь достаточно просторные и вместительные помещения. Не меньше, чем разнообразию служб, она дивилась количеству встречавшейся им на каждом шагу прислуги. Куда бы они ни заходили, перед ними непременно приседала девица в деревянных башмаках или от них ускользал по-домашнему одетый ливрейный лакей. И все же это было аббатство! Насколько же по-разному велось хозяйство здесь и в несомненно превосходивших размерами Нортенгер аббатствах и замках из романов, в которых вся грязная домашняя работа выполнялась не более чем двумя парами женских рук! Как они со всеми делами управлялись, часто озадачивало миссис Аллен. И когда Кэтрин увидела все, что здесь приходилось делать, она стала этому удивляться сама.

Чтобы подняться по главной лестнице и оценить всю красоту ее деревянных панелей и богатой резьбы, они вернулись в холл. С верхней площадки лестницы они пошли в сторону, противоположную той галерее, в которой находилась спальня Кэтрин, и вскоре оказались в галерее, похожей на нее, но более длинной и широкой. Им показали одну за другой три больших спальни с изящными и прекрасно оборудованными гардеробными. Для удобства и красоты этих помещений не пожалели ни вкуса, ни денег. И отделанные не более пяти лет назад, они удостоились бы всяческих похвал со стороны любого человека, хотя и не представляли интереса для Кэтрин. При осмотре последней из этих спален генерал перечислил как бы невзначай имена нескольких именитых особ, когда-то почтивших ее своим пребыванием, после чего, повернувшись с улыбкой к гостье, позволил себе выразить надежду, что одними из ее ожидаемых в недалеком будущем обитателей окажутся «наши друзья из Фуллертона». Она уловила заключавшийся в этих словах неожиданный комплимент и искренне пожалела, что не может хорошо думать о человеке, который столь добр к ней и так внимателен к ее близким.

Дальше галерею преграждала двустворчатая дверь. Шедшая впереди мисс Тилни успела ее распахнуть и пройти и уже было хотела так же поступить с дверью по левую руку в следующей части галереи, когда ускоривший шаг генерал поспешно и, как показалось Кэтрин, с некоторой досадой ее остановил, поинтересовавшись, куда это она направляется и что еще собирается показывать. Разве мисс Морланд уже не увидела все, достойное ее внимания? И разве Элинор не понимает, что ее подруга была бы не прочь подкрепиться после такого утомительного хождения по дому? Мисс Тилни тотчас же вернулась, и перед разочарованной Кэтрин захлопнулась тяжелая дверь, за которой она успела разглядеть более узкий коридор с множеством выходов и признаками винтовой лестницы и представить там что-то в самом деле заслуживающее внимания. Когда она нехотя возвращалась по галерее, ей казалось, что ради этой части дома она не колеблясь пожертвовала бы осмотром всех остальных вместе со всеми их усовершенствованиями. Очевидное нежелание генерала допустить ее сюда еще больше разжигало ее любопытство. Что-то от нее явно скрывали. Воображение, — в последнее время дважды ее подводившее, — в данном случае не могло ее обманывать. И краткая фраза мисс Тилни, брошенная ею, когда они, немного отстав от генерала, спускались по лестнице, как будто указывала, в чем заключалось это «что-то». Она сказала всего лишь: «Я хотела вам показать бывшую спальню моей матери — ту, в которой она скончалась». Но при всей краткости этой фразы Кэтрин извлекла из нее достаточно. Что могло быть удивительного в нежелании генерала заглянуть в эту комнату — комнату, в которую, быть может, он не осмеливался войти после того, как в ней разыгралась трагедия, навеки избавившая от страданий его жену и обрекшая мукам совести его собственную душу?

Позже, оставшись наедине с Элинор, она осмелилась ей признаться, как ей хочется осмотреть эту комнату с прилегавшей к ней частью дома. Подруга обещала проводить ее туда, как только представится случай. Что под этим подразумевалось, Кэтрин поняла без труда: зайти в эту комнату они смогут только в отсутствие хозяина дома.

— Надеюсь, комната сохраняется неприкосновенной? — спросила она с понимающим видом.

— Да, вполне.

— Сколько же прошло времени после кончины вашей матери?

— Она умерла девять лет назад.

Кэтрин знала, что девять лет — срок далеко недостаточный, чтобы к комнате, в которой умерла отвергнутая жена, стали относиться, как ко всем другим помещениям.

— Вы, наверно, не отходили от нее до конца?

— Увы, — ответила мисс Тилни со вздохом, — к несчастью, тогда меня здесь не оказалось. Ее болезнь была внезапной и непродолжительной — прежде чем я приехала, все было кончено.

От вызванных этими словами мыслей у Кэтрин похолодело в груди. Возможно ли это? Неужели на это был способен отец Генри? И все же, столько примеров, позволяющих питать самые жуткие подозрения! Сидя вечером бок о бок с мисс Тилни в гостиной за рукоделием и наблюдая, как генерал в молчаливой задумчивости, с опущенным взором и нахмуренным лбом на протяжении часа расхаживает по комнате, она сознавала, что любая из ее догадок не выглядела беспочвенной. Видом, осанкой он был похож на Монтони! Могло ли что-нибудь лучше подтверждать состояние духа человека, не вполне заглушившего в себе естественные чувства и вынужденного постоянно помнить о своей вине? Несчастный человек! Тревожные размышления Кэтрин заставляли ее так часто поглядывать на генерала, что это заметила мисс Тилни.

— Отец, — прошептала она, — любит прохаживаться таким образом по комнате. В этом нет ничего необычного.

«Тем хуже!» — подумала Кэтрин. Подобное проявление беспокойства, как и странно несвоевременные утренние прогулки генерала, не означало ничего хорошего.

Однообразие и продолжительность вечера заставили Кэтрин особенно сильно ощутить отсутствие Генри. И она была рада покинуть гостиную, заметив не предназначенный для ее внимания взгляд генерала, после которого его дочь дернула звонок. Однако предложенную дворецким свечу хозяин дома не принял. Генерал не собирался ложиться спать.

— Я должен еще прочесть немало бумаг, — объяснил он Кэтрин, — прежде чем смогу сомкнуть глаза. Заботы о судьбах нации, возможно, позволят мне лечь лишь через несколько часов после того, как вы заснете. Но да воздается каждому свое — разве не разумно, что я утруждаю зрение ради нынешнего благоденствия, а *вы* даете отдых своему, чтобы подготовить себя к испытаниям в будущем?

Однако ни упомянутые им обязанности, ни высокопарный комплимент не помешали Кэтрин думать о совсем иной причине, которая могла заставить его надолго откладывать ночной отдых. Бодрствование над нелепыми бумагами в часы, когда остальные обитатели дома покоятся в постелях, казалось неправдоподобным. Должен был существовать более значительный повод. Нечто осуществимое, только когда все спят. И мысль, что миссис Тилни жива, по каким-то причинам находится в заточении и по ночам получает из рук безжалостного мужа свою скудную пищу, возникла у Кэтрин сама собой. Сколь ни страшна была эта мысль, ее все же следовало предпочесть подозрению в убийстве, которое в данных обстоятельствах могло родиться у нее достаточно давно. Внезапность так называемой болезни миссис Тилни, отсутствие в этот час ее дочери, как и, возможно, других детей — все говорило в пользу такой мысли. Что толкнуло генерала на преступление — ревность или бессмысленная жестокость, — еще предстояло выяснить.

Раздеваясь, Кэтрин ломала себе над всем этим голову, пока ее вдруг не осенило, что утром она, возможно, находилась совсем рядом с местом заточения злосчастной узницы, — была всего лишь в нескольких шагах от одинокого пристанища, в котором бедняжка влачит свои печальные дни. Ибо какая же часть аббатства больше подходит для этой цели, чем та, в которой сохранились еще следы монашеских келий? Она хорошо запомнила дверь в мощенном камнем переходе со сводчатым потолком, — уже тогда ее охватил непонятный страх, — мимо которой генерал прошел без каких-либо объяснений. Куда эта дверь могла вести? В подкрепление догадки она смекнула, что запретная галерея, в которой находилась спальня несчастной миссис Тилни, должна, насколько она смогла понять, располагаться прямо над таинственной дверью и что, совершая страшное злодеяние, генерал мог воспользоваться лестницей, которую успела разглядеть Кэтрин и которая, возможно, сообщалась с таинственным помещением. Приведя жену в бесчувственное состояние, он ее мог перенести по той самой лестнице!

Временами Кэтрин смущала смелость ее умозаключений, и она боялась — или надеялась, — что зашла слишком далеко. Но ее выводы подкреплялись обстоятельствами, которыми было невозможно пренебречь.

Сторона четырехугольного здания, в которой, по ее догадкам, совершилось преступление, располагалась напротив галереи, где находилась ее собственная спальня. Ей пришло в голову, что при внимательном наблюдении она сможет заметить отблески света в окнах первого этажа, которые будет отбрасывать лампа генерала, когда он отправится к месту заточения своей жены. И чтобы в этом убедиться, Кэтрин, перед тем как лечь в постель, дважды пробиралась из своей комнаты к соответствующему окну галереи. За окном, однако, было совершенно темно. Время еще, по-видимому, не наступило, — доходившие снизу звуки свидетельствовали, что прислуга еще не улеглась. Наблюдать раньше полуночи, очевидно, было бессмысленно. Но когда часы пробьют двенадцать и все в доме стихнет, она, если ей удастся превозмочь страх перед темнотой, выберется в галерею и посмотрит в окно еще раз. Часы пробили двенадцать, но Кэтрин к этому времени уже полчаса как крепко спала.

Глава XXIV

На другой день возможности для обещанного осмотра таинственных помещений не представилось. Было воскресенье, и все время между утренним и послеполуденным богослужениями генерал посвятил совместной прогулке по саду и угощению ростбифом в доме. А у Кэтрин, при всем ее любопытстве, не хватило бы духа осматривать эту часть дома между шестью и семью часами после обеда — при меркнущем дневном освещении или при более ярком, но неверном освещении могущей погаснуть лампы. В воскресенье, таким образом, ей не довелось увидеть ничего примечательного, если не считать великолепного памятника миссис Тилни, установленного в церкви прямо перед фамильной скамьей. Этот памятник сразу и надолго приковал к себе ее внимание. И чтение высокопарной эпитафии, в которой безутешный супруг перечислял достоинства той, кто, так или иначе, являлась его жертвой, взволновало Кэтрин до слез.

Что генерал, воздвигший этот памятник, мог к нему приблизиться, возможно, и не казалось особенно странным. И все же то, что он был способен как ни в чем не бывало сидеть перед ним, находясь в прекрасном настроении, сохраняя полнейшее спокойствие и беспечно поглядывая по сторонам, — более того, — что он осмелился войти в церковь, — казалось Кэтрин поистине непостижимым. Впрочем, вовсе не потому, что ей трудно было вспомнить примеры подобной ожесточенности нравов. Она могла назвать десятки злодеев, погрязших во всевозможных пороках, совершавших преступления одно за другим и убивавших без разбору и безо всякой жалости или сочувствия, — вплоть до того, как внезапная смерть или религиозный порыв не прерывали их черного дела.

Существование памятника само по себе ни в малейшей степени не могло рассеять ее неуверенности в том, что миссис Тилни в самом деле скончалась. Даже если бы Кэтрин сошла в семейный склеп, где покоились останки усопшей, даже если бы ей показали гроб, в котором эти останки якобы заключены, — что это могло доказать? Кэтрин была достаточно начитанна, чтобы знать, как просто при ложных похоронах труп подменяется восковой фигурой.

Следующее утро посулило какую-то надежду. Ранняя прогулка генерала, столь несвоевременная во всех других отношениях, в данном случае представлялась благоприятным обстоятельством. И лишь только Кэтрин узнала, что он вышел из дому, она немедленно попросила мисс Тилни осуществить ее обещание. Элинор была рада ей угодить. А так как по пути гостья напомнила хозяйке еще про одну договоренность, они первым делом зашли посмотреть на портрет миссис Тилни, висевший в спальне ее дочери. Он изображал очень красивую даму с мягким задумчивым взглядом. В этой части портрет отвечал ожиданиям стоявшей перед ним зрительницы. Однако в остальном ее предположения не подтвердились. Кэтрин рассчитывала найти в нем черты и выражение лица, а также сочетание красок в точности те же, что она наблюдала если не у Генри, то, по крайней мене, у Элинор — все памятные ей по книгам женские портреты были в столь равной степени похожи на мать и на дочь, что их, по-видимому, можно было не обновлять на протяжении нескольких поколений. На этом полотне, однако, сходство приходилось выискивать. Несмотря на такую особенность, Кэтрин вглядывалась в портрет с большим интересом, и ей было бы трудно от него оторваться, если бы ее не ждало нечто еще более захватывающее.

Волнение, которое Кэтрин испытывала, вступая в верхнюю галерею, было слишком сильным, чтобы она была способна поддерживать беседу. Она смогла только оглянуться на свою спутницу. Элинор казалась грустной, но спокойной. Это спокойствие свидетельствовало, что мисс Тилни достаточно часто навещала печальное место, к которому они приближались. Она опять вошла в двустворчатую дверь, опять прикоснулась к дверной ручке заветной комнаты. Затаив дыхание, Кэтрин обернулась, чтобы из предосторожности прикрыть дверь за собой, и вдруг увидела в конце галереи того самого человека, появления которого так опасалась, — внезапно возникшего там генерала! В то же мгновение он окликнул дочь громким, раздавшимся на весь дом голосом: «Элинор!» — уведомив ее о своем присутствии, а Кэтрин повергнув в панический ужас. Инстинктивным движением она попыталась укрыться от его взгляда, почти не надеясь, что ей удалось остаться незамеченной. И когда мисс Тилни, попросив у нее глазами прощения, поспешила отцу навстречу и тут же с ним вместе исчезла, Кэтрин, ища спасения, кинулась к себе в комнату. Запершись, она почувствовала, что едва ли когданибудь осмелится выйти из своего убежища. Глубоко потрясенная, она провела там не менее часа, сочувствуя бедственному положению подруги и ожидая, что рассвирепевший генерал вот-вот потребует ее в свои апартаменты. Однако никакого вызова не последовало. И в конце концов, увидев въезжавший в аббатство экипаж, она решилась спуститься вниз и встретиться с хозяином дома под защитой приезжих. В комнате для завтрака она нашла веселую компанию, которой генерал представил ее в качестве подруги своей дочери. Он выразился о Кэтрин столь благожелательным, не обнаруживавшим негодования тоном, что, как она поняла, ей, хотя бы на время, была дарована жизнь. При первой же возможности Элинор, вполне владея собой и давая этим понять, как сильно она дорожит репутацией генерала, шепнула подруге: «Отец всего лишь попросил меня ответить на письмо». Кэтрин могла таким образом думать, что генерал либо в самом деле ее не заметил, либо решил в силу каких-то обстоятельств позволить ей на это надеяться. Поверив в такой оборот дела, она осмелилась остаться в его обществе после ухода гостей, и ее предположение ничем не было опровергнуто.

Утреннее происшествие привело ее к решимости проникнуть в заветную комнату самостоятельно. Будет во всех отношениях лучше, если Элинор ничего об этом не узнает. Снова подвергать подругу риску, что ее там застигнут, заставлять ее войти в помещение, вид которого бередит ее душевную рану, Кэтрин не могла. Гнев генерала был для гостьи менее страшен, чем для его дочери. К тому же ей казалось, что в одиночестве она сможет более тщательно все обследовать. Поделиться с Элинор подозрениями, которых, к счастью, она сама, по-видимому, не питала, Кэтрин не смела. Она поэтому не могла при ней искать свидетельств жестокости генерала, которые, — хоть они до сих пор и остались необнаруженными, — надеялась найти в виде заметок, продолженных чуть ли не до последнего вздоха. Дорогу к этой комнате она знала великолепно. И так как ей хотелось с этим покончить до возвращения Генри, которого ждали на следующее утро, она не могла терять времени. День стоял солнечный, решимости у нее было хоть отбавляй, в четыре часа дня до захода солнца оставалось не меньше двух часов, а ее отлучку вполне можно было объяснить тем, что она на полчаса раньше обычного ушла переодеваться.

Так она и поступила. И прежде чем умолк бой часов. Кэтрин оказалась одна в галерее. Было не до размышлений, не следовало терять ни секунды. Ускорив шаги, она, по возможности бесшумно, скользнула за двустворчатую дверь и, не давая себе опомниться, не оглядываясь, устремилась к заветной цели. Замок поддался ее руке без зловещего скрежета, который мог бы встревожить обитателей дома. Она вошла в дверь на цыпочках. Комната была перед ней. Но прошло несколько минут, прежде чем она сделала следующий шаг. То, что она увидела, приковало ее к месту и взволновало до глубины души. Ее глазам представилось просторное, удачно спланированное помещение, изящная кровать с заботливо убранной и застланной покрывалом постелью, блестящая батская печь, платяные шкафы из красного дерева и красиво расцвеченные кресла, на которых весело играли врывавшиеся через два окна с подъемными рамами теплые лучи заходящего солнца. Кэтрин ожидала, что вид комнаты может ее потрясти, и она в самом деле была потрясена. Прежде всего ее охватили удивление и растерянность. А возникший вслед за тем проблеск здравого смысла добавил к ним горькое чувство стыда. Она не ошиблась, попав именно туда, куда стремилась, но как же она ошиблась во всем остальном, — в толковании слов мисс Тилни, в своих собственных предположениях! Эта комната, которую она представляла себе такой обветшалой, находящейся в такой мрачной части дома, оказалась расположенной в том его крыле, которое было построено отцом генерала. Внутри ее были еще две двери, ведущие, вероятно, в гардеробные. Но Кэтрин уже не хотелось их открывать. Разве халат, который миссис Тилни в последний раз набрасывала на плечи, или ее последняя недочитанная книга могли что-нибудь рассказать о том, о чем никто не смел даже намекнуть? Нет, каковы бы ни были преступления генерала, у него хватило ума замести следы. Она почувствовала отвращение к своим поискам, и ей захотелось только незаметно укрыться у себя в комнате, чтобы никто не узнал о ее нелепых домыслах. И она уже готова была выйти так же бесшумно, как и вошла, когда неизвестно откуда донесшийся звук шагов заставил ее замереть и похолодеть от страха. Было бы крайне неприятно оказаться застигнутой в этом месте даже служанкой. Но встретиться с генералом (он всегда был тут как тут в самое неподходящее время!) — было бы просто невыносимо. Она прислушалась — звук стих. Решив не медлить, она вышла и затворила дверь. В эту минуту кто-то распахнул дверь внизу и стал быстро подниматься по лестнице, площадка которой отделяла Кэтрин от галереи. Она не смела пошевельнуться. С чувством неописуемого ужаса смотрела она на лестницу, пока через несколько мгновений перед ней не предстал Генри.

— Мистер Тилни! — воскликнула она голосом, в котором слышалось не только простое удивление. Он казался удивленным не меньше ее. — Боже мой, — продолжала она, не обращая внимания на его приветствие, — как вы сюда попали? Отчего вы поднялись по этой лестнице?

— Отчего я поднялся по этой лестнице? — переспросил он с еще большим удивлением. — Да оттого, что это кратчайший путь в мою комнату из конюшни. Почему бы мне здесь не подняться?

Кэтрин опомнилась. Густо покраснев, она не смогла ничего ответить. Он как будто пытался разгадать замершие на ее губах слова, внимательно всматриваясь в ее лицо. Она сделала шаг в сторону галереи.

— А не могу ли я спросить, в свою очередь, — сказал он, закрывая за собой створчатую дверь, — каким образом здесь оказались вы? Этот проход представляется мне не менее необычным путем из комнаты для завтрака в вашу спальню, чем из конюшни в мою.

— Я хотела, — сказала Кэтрин, опустив глаза, — осмотреть комнату вашей матери.

— Комнату моей матери? Разве эта комната чем-нибудь примечательна?

— Ровно ничем. Но мне казалось, что вы собирались приехать лишь завтра.

— Когда я уезжал, я не рассчитывал вернуться раньше. Но три часа назад выяснилось, что меня больше ничто не задерживает. Вы очень бледны. Боюсь, я напугал вас, поднимаясь с такой стремительностью. Вы, наверно, не знали, — вам не сказали, что эта лестница ведет к хозяйственным службам?

— Правда, не знала. Кажется, погода для вашего возвращения выдалась очень удачной?

— Вы правы, вполне. Но неужели Элинор заставила вас осматривать все комнаты в одиночестве?

— Нет, что вы! Мисс Тилни показала мне почти весь дом еще в субботу. Мы подошли уже было и к этим комнатам, но... — добавила она упавшим голосом, — с нами был ваш отец.

— И это вам помешало? — спросил Генри, внимательно на нее посмотрев. — Вы успели обойти здесь все комнаты?

— Нет, я лишь собиралась это сделать. Но, наверно, уже поздно. Мне нужно идти переодеваться.

— Сейчас только четверть пятого, — сказал он, показывая свои часы. — Вы ведь сейчас не в Бате. Здесь нет ни балов, ни театров. В Нортенгере для переодевания хватит и получаса.

Она не посмела ему возразить, а потому позволила себя задержать, хотя боязнь дальнейших расспросов впервые за их знакомство вызвала в ней желание расстаться с ним возможно скорее. Медленно идя рядом, он спросил:

— Вы получали после моего отъезда письма из Бата?

— Нет. Меня это очень удивляет. Изабелла так усердно обещала сразу мне написать.

— Усердно! Гм, усердное обещание! Немного странно звучит. Я слышал об усердном исполнении обещанного. Но усердное обещание —

усердие на словах?.. Однако не стоит в это углубляться — мне бы не хотелось вас огорчать. Комната моей матери выглядит мило, не правда ли? Просторная и с очень удобными гардеробными. Мне она всегда кажется самой привлекательной в доме, и я понять не могу, почему Элинор не хочет в ней поселиться. Наверное, это она обратила на нее ваше внимание.

— Нет.

— Вы пришли сюда просто так, сами?

Кэтрин не ответила. После минутного молчания, в течение которого он пристально смотрел на нее, Генри добавил:

— Поскольку комната не является особой достопримечательностью сама по себе, вас, наверно, привел сюда интерес к моей матери. Элинор могла наговорить вам о ней немало хорошего — и вполне заслуженно. Думаю, что другой такой женщины не было на свете. Впрочем, такое внимание к высоким человеческим качествам — явление довольно редкое. Непритязательные семейные добродетели малознакомого человека не часто способны вызвать душевный порыв, который толкнул бы на подобное посещение. Должно быть, Элинор вам очень много о ней рассказывала?

— Да, конечно. То есть не так уж много, но все, что я узнала, было необыкновенно интересно. Как внезапно она скончалась! — Замявшись, Кэтрин уверенно добавила: — И при ней не было вас — никого из ее детей. Ваш отец, думается, был к ней не очень привязан?

— И вам, значит, пришло в голову, — сказал он, глядя ей прямо в лицо, — что о ней, быть может, недостаточно позаботились, или что... — тут Кэтрин непроизвольно ему кивнула, — или что было допущено нечто более непростительное? — Она впервые смотрела на него такими широко раскрытыми глазами. — Болезнь матери, — продолжал Генри, — вспышка, закончившаяся смертью, — была внезапной, хотя недуг, от которого она страдала — печеночные колики, — возник у нее давно. На третий день приступа, то есть так скоро, как только было возможно, к ней привезли врача, весьма почтенного человека, к которому она всегда питала большое доверие. Поскольку у него возникла тревога за ее жизнь, на следующий день привезли еще двух врачей, которые неотлучно находились при ней целые сутки. Она скончалась на пятый день. В течение всей болезни Фредерик и я (мы оба в то время были дома) часто ее навещали. И, полагаясь на собственные наблюдения, мы с ним вправе засвидетельствовать, что для ее спасения делалось решительно все, что можно было сделать при самой горячей супружеской привязанности и при ее общественном положении. Бедная Элинор, увы, находилась в то время в отъезде. Вернувшись, она застала мать уже в гробу.

— Ваш отец, — спросила Кэтрин, — был опечален ее кончиной?

— Какое-то время — весьма глубоко. Вы ошиблись, считая, что он ее не ценил. Он любил ее, я уверен, так сильно, как только мог. Не каждый из нас, вы знаете, способен быть одинаково нежным. Не стану скрывать, при жизни ей пришлось немало от него вытерпеть. Но, если своим характером он причинял ей страдания, — рассудком он отдавал ей должное. Он искренне ею дорожил и был потрясен ее смертью — хоть и не слишком надолго.

— Какое счастье! — воскликнула Кэтрин. — Это было бы так ужасно!..

— Если я вас правильно понял, вы вообразили такие страшные вещи, для определения которых у меня не хватает слов. Мисс Морланд, дорогая, подумайте о существе этих ужасных подозрений. Какие были у вас основания? Вспомните, в какой стране, в каком веке мы живем. Вспомните, что мы англичане, что мы христиане. Попробуйте воспринять жизнь по-настоящему, посмотрите вокруг себя. Разве наше воспитание готовит нас к таким извращениям? Разве наши законы им потакают? Могли бы они остаться незамеченными в стране, в которой печать и общественная деятельность находятся на таком высоком уровне, где все люди добровольно подглядывают друг за другом и где, благодаря развитию газет и дорог, ничто не может ускользнуть от всеобщего внимания? Милейшая мисс Морланд, что за мысли бродят в вашей головке?

Они дошли до конца галереи. И она со слезами стыда убежала к себе в комнату.

Глава XXV

Романтические видения исчезли. Душа Кэтрин окончательно пробудилась. Урок, который преподал ей Генри, при всей его краткости, позволил ей глубже осознать нелепость ее недавних фантазий, чем все пережитые ею разоблачения. Униженная и уязвленная, она плакала горькими слезами. Она упала не только в собственном мнении — она уронила себя во мнении Генри! Ее недомыслие, казавшееся ей сейчас преступным, раскрылось перед ним со всей очевидностью, и отныне он будет ее презирать. Вольность, с которой она позволила себе строить догадки относительно пороков его отца — сможет ли Генри когда-нибудь ей это простить? Забудутся ли ее дикие подозрения, ее праздное любопытство? Кэтрин не находила слов, чтобы выразить всю глубину своего презрения к самой себе. Раз или два до этого злосчастного случая в поведении Генри промелькнули — так ей, по крайней мере, показалось, — какие-то признаки увлечения ею. Теперь же... Короче говоря, в течение получаса она считала, что больше ей не на что надеяться. Когда часы пробили пять, она спустилась в гостиную. Сердце ее было разбито, и она едва смогла внятно ответить Элинор на вопрос о своем здоровье. Генри, которого она так боялась, появился в гостиной вскоре после нее. И единственная перемена в его обращении с гостьей заключалась в том, что он оказывал ей больше внимания, чем прежде. Никогда еще Кэтрин так не нуждалась в участии, как сейчас, — и он это, по-видимому, сознавал.

На протяжении вечера он относился к ней с равной приветливостью. И под ее благотворным действием настроение Кэтрин мало-помалу улучшилось и она начала успокаиваться. Она не могла себя простить или забыть о случившемся, — единственное, о чем она мечтала, это чтобы с прошлым было покончено и чтобы память о нем не отняла у нее последнего расположения Генри. Раздумывая о своих беспричинных тревогах и поступках, Кэтрин вскоре достаточно ясно осознала, что все они были порождены намеренным самообманом, что всякий пустяк превращался в ее болезненно настороженном сознании в значительное обстоятельство и что происходило это от определенного направления ее мыслей, из-за которого она еще до приезда в аббатство жадно предвкушала всякого рода зловещие открытия. Кэтрин припомнила, с какими чувствами она готовилась к знакомству с Нортенгером. И ей стало ясно, что испытанное ею наваждение и вызванная им катастрофа зародились еще задолго до ее отъезда из Бата, целиком под действием увлекших ее там книг.

Как бы хороши ни были сочинения миссис Радклиф и как бы хороши ни были сочинения всех ее подражателей, они едва ли способствуют раскрытию человеческой природы — по крайней мере, в средних английских графствах. Об

Альпах и Пиренеях, с присущими им людскими пороками и дремучими сосновыми чащами, они дают, возможно, верное представление. Быть может, Италия, Швейцария и Южная Франция в самом деле изобилуют описываемыми в романах ужасами. Кэтрин не смела подвергнуть сомнению все, что выходило за пределы родной страны, и была готова ради осторожности исключить из рассмотрения даже ее северные и западные окраины. Но в средней Англии законы и современные обычаи все же создали некую уверенность в безопасном существовании даже для нелюбимых жен. Здесь не допускается убийств, слуги здесь — не рабы, а в аптеке здесь вам не продадут яда или снотворного зелья так же легко, как порошок ревеня. В Альпах и Пиренеях, возможно, отсутствуют смешанные характеры, и тот, кого нельзя назвать ангелом, видимо, обладает душою демона. Но в Англии это не так. И Кэтрин поняла, что характеры и привычки англичан непременно представляют собой сочетание, — правда, в каждом случае особое, — хорошего и дурного. Основываясь на этом, ей не следовало удивляться, если бы даже и в Генри и в Элинор Тилни со временем обнаружились кое-какие маленькие изъяны. Отсюда же вытекало, что ей вовсе не нужно закрывать глаза на некоторые подлинные недостатки их отца, который, будучи свободен от причудившихся ей, к ее вящему стыду, несуществующих пороков, обладал, по зрелом размышлении, не слишком приятным нравом.

Придя к этим выводам и дав себе на будущее зарок во всех своих суждениях и поступках руководствоваться одним только здравым смыслом, она была вынуждена себя простить и стать после этого еще более счастливой, чем прежде. Милосердная рука времени оказала на нее посредством происходивших с ней по ходу следующего дня незаметных перемен свое целительное действие. Этому немало способствовало необычайное великодушие и благородство Генри, который ни малейшим образом даже не намекнул ей о происшедшем. И быстрее, чем ей могло представиться в минуту наивысшего отчаяния, она пришла снова в отличное настроение, улучшавшееся под действием каждого сказанного им слова. Конечно, некоторые темы должны были беспокоить ее до конца жизни, — например, упоминание о сундуке или шкафе. Черного лака она не терпела ни в каком виде. И все же даже она допускала, что случайное напоминание о былых заблуждениях, хоть и несколько неприятное, могло, однако, оказаться небесполезным.

Романтические тревоги вскоре уступили место заботам житейского свойства. Длительное ожидание письма от Изабеллы с каждым днем беспокоило Кэтрин все сильнее. Ей не терпелось узнать о жизни в Бате, о том, кто нынче бывает в Верхних и Нижних залах, а в особенности — насколько удачно получилось у Изабеллы задуманное ею еще при Кэтрин кружево и каковы сейчас ее отношения с Джеймсом. Сведения этого рода могли до нее дойти только от Изабеллы. Джеймс не собирался писать ей до своего возвращения в Оксфорд, а от миссис Аллен нельзя было ждать письма до ее прибытия в Фуллертон. Но ведь Изабелла обещала забросать ее письмами. А если она что-нибудь обещает, она ведь не успокаивается, пока этого не сделает! Отсутствие писем казалось совершенно необъяснимым.

Каждое утро на протяжении девяти дней заставляло Кэтрин переживать все большее и большее разочарование. Но на десятое — первым, что ей бросилось в глаза при входе в комнату для завтрака, было письмо в радостно протянутой руке Генри. Она поблагодарила его так горячо, как будто письмо было написано им самим.

— Увы, оно всего лишь от Джеймса! — пробормотала она, рассмотрев почерк, которым был написан адрес.

Она распечатала конверт. Письмо было послано из Оксфорда и содержало следующее:

«Дорогая Кэтрин!

Один Бог знает, как трудно мне об этом писать, но чувство долга заставляет меня сообщить тебе, что между мисс Торп и мною все кончено. Вчера в Бате мы с ней расстались, чтобы не встретиться никогда. Не буду описывать подробности — они только сильнее тебя

268

ранят. Сведения совсем с другой стороны, которые дойдут до тебя достаточно быстро, откроют тебе, кто в этом виноват, и оправдают твоего брата во всем, кроме слишком легкомысленной веры в чью-то ответную привязанность. Слава Богу, глаза мои открылись вовремя! Но удар был тяжелым. После великодушного согласия, полученного от отца... Но довольно об этом. Она сделала меня несчастным навеки! Напиши мне скорее, Кэтрин — ведь ты мой единственный друг. На твою-то любовь я могу полагаться. Надеюсь, ты уже покинешь Нортенгер, когда капитан Тилни объявит о своей помолвке — в противном случае, ты окажешься в неловком положении. Бедняга Торп находится здесь. Я боюсь с ним встретиться — его честное сердце этого не выдержит. Я написал ему и нашему отцу. Больше всего меня огорчает ее двуличие. До последнего дня, когда я пробовал с ней объясниться, она убеждала меня, что привязана ко мне ничуть не меньше, чем прежде, и высмеивала мои опасения. Мне стыдно сознавать, как долго меня обманывали. Но если когда-нибудь мужчина мог верить в любовь женщины, этим мужчиной был я. До сих пор не могу понять, чем она руководствовалась. Чтобы добиться благосклонности Тилни, ей вовсе не нужно было водить меня за нос. В конце концов мы разошлись по обоюдному согласию. Если бы я ее никогда не видел! Такой женщины мне уже больше не встретить. Кэтрин, дорогая, хорошенько подумай, прежде чем решишься кому-нибудь отдать свое сердце!

Твой и т. д.».

Кэтрин не прочла и трех строк, когда ее внезапно изменившееся лицо и краткие восклицания, выражавшие огорченное удивление, обнаружили, что она получила печальные вести. Внимательно наблюдавший за ней, пока она читала, Генри ясно понял, что конец письма был столь же безрадостным, как и его начало. Однако приход генерала не позволил ему даже задать ей какой-нибудь вопрос. Они сразу приступили к завтраку. Но у Кэтрин кусок не шел в горло. Слезы стояли в ее глазах, а когда все уселись за стол, — поползли по щекам. Какое-то время письмо было зажато в ее руке, потом она положила его на колени, затем — сунула в карман. Казалось, она перекладывала его бессознательно. К счастью, генерал, занятый какао и газетой, не удосужился обратить на нее внимание. Но для других участников завтрака ее огорчение было достаточно очевидным. Как только она смогла встать, она поспешила к себе в комнату. Но там производилась уборка, и ей пришлось снова спуститься. Надеясь побыть одной, она повернула в гостиную, но туда же зашли Генри и Элинор, горячо обсуждавшие в эту минуту ее состояние. Извинившись, она хотела уйти, но друзья, совершив над ней небольшое насилие, заставили ее остаться, и Элинор очень ласково выразила ей свое сочувствие и готовность оказать хоть какую-то помощь. После этого они оставили ее в одиночестве.

Поразмыслив около получаса о своем горе, она почувствовала себя способной встретиться с друзьями. Но в силах ли она будет поделиться с ними печальным известием — было неясно. Возможно, в ответ на прямой вопрос она смогла бы что-то сказать, осторожно намекнуть о содержании письма, — не более. Разоблачить подругу, столь близкую подругу, какой была для нее Изабелла, рассказать о несчастье, постигшем ее собственного брата! Разговор на эту тему казался ей немыслимым. Генри и Элинор были в комнате для завтрака одни. Когда она вошла, оба взглянули на нее с беспокойством. Кэтрин села на свое место за столом, и после короткого молчания Элинор спросила:

— Вы не получили никаких печальных известий из Фуллертона? Мистер и миссис Морланд, ваши братья и сестры, надеюсь, вполне здоровы?

— Благодарю вас, — сказала Кэтрин со вздохом, — там все благополучно. Я получила письмо от брата из Оксфорда.

Какое-то время все молчали, после чего Кэтрин сквозь слезы добавила:

— Наверно, у меня навсегда отпала охота получать письма!

— Мне, право, жаль, — сказал Генри, захлопнув только что открытую книгу. — Если

271

бы я знал, что в письме сообщается что-то неприятное, я бы вам его передал совсем с иным чувством.

— В нем сообщается самое худшее, что только можно себе представить! У бедного Джеймса ужасное горе. Вы скоро о нем услышите.

— То, что у него такая ласковая, такая отзывчивая сестра, — мягко произнес Генри, — должно ему служить утешением в любом несчастье.

— Прошу вас лишь об одном одолжении, — взволнованно сказала Кэтрин немного спустя. — Когда вы узнаете о приезде вашего брата, предупредите меня заранее, чтобы я до этого успела уехать.

— Наш брат! Фредерик?

— Да. Мне, конечно, будет тяжело так скоро с вами расстаться. Но после того, что случилось, находиться с капитаном Тилни под одной крышей для меня невозможно.

Элинор с еще большим изумлением уставилась на нее, отложив шитье. Но Генри как будто смекнул, в чем дело, и что-то, связанное с мисс Торп, сорвалось с его губ.

— Как вы догадливы! — воскликнула Кэтрин. — Я вижу, вы все поняли. А ведь когда мы говорили об этом в Бате, вы не думали, что это так кончится. Изабелла, — вот почему она мне не пишет! — Изабелла порвала с моим братом и выходит замуж за вашего. Думали ли вы, что в мире существует такое непостоянство, такое вероломство?!

— Надеюсь, что в отношении Фредерика вас ввели в заблуждение. В том, что так расстроило мистера Морланда, он не сыграл существенной роли. Женитьба брата на мисс Торп кажется мне невозможной — думаю, что в этой части ваши сведения недостаточно надежны. Я глубоко сочувствую мистеру Морланду — сочувствую человеку, которого вы любите. Но меня бы в этой истории удивило больше всего, если бы Фредерик в самом деле вздумал на ней жениться.

— Тем не менее это так. Прочтите письмо Джеймса. Ах, позвольте, там есть одна фраза... — Она покраснела, вспомнив конец письма.

— Не затруднились бы вы прочесть то место, которое имеет отношение к Фредерику?

— Читайте сами, — сказала Кэтрин, успев за это время немного подумать. — Не понимаю, что мне могло прийти в голову (она покраснела вновь при мысли о том, из-за чего она покраснела сначала), Джеймс просто дает мне там добрый совет.

Генри сразу взял письмо и, внимательно его прочитав, вернул со словами:

— Что ж, если это действительно так, я могу лишь выразить свое сожаление. Фредерик будет не первым мужчиной, вступившим в брак не столь разумно, как хотелось бы его близким. Его положению, — и в качестве жениха, и в качестве сына, — не позавидуешь.

Кэтрин протянула письмо мисс Тилни, и та тоже его прочла. Выразив ей, в свою очередь, сочувствие и огорчение, Элинор стала расспрашивать о родственных связях и средствах мисс Торп.

— Ее мать очень славная женщина, — ответила Кэтрин.

— А кем был ее отец?

— Кажется, стряпчим. Они живут в Патни.

— Они богаты?

— Не слишком. У Изабеллы, я полагаю, вообще нет никаких денег. Но это ведь для вашей семьи не имеет значения. У генерала такие свободные взгляды! Он мне как-то сказал, что дорожит деньгами лишь постольку, поскольку они могут способствовать счастью его детей.

Брат и сестра переглянулись.

— Но, — сказала Элинор после некоторого раздумья, — принесет ли Фредерику счастье женитьба на подобной особе? Она должна быть достаточно ветреной, — иначе она не поступила бы так по отношению к вашему брату. Что за странная слепота со стороны Фредерика?! Фредерика, который так высоко ценил свое сердце, что не находил женщины, достойной его любви! Девушка на его глазах расторгает помолвку с одним человеком, чтобы тут же оказаться помолвленной с другим! Разве тебя, Генри, это не удивляет?

— В этом и заключается самое плохое предзнаменование. Когда я вспоминаю прежние его разговоры, он кажется мне погибшим. Более того, я слишком высокого мнения о расчетливости мисс Торп и не думаю, чтобы она упустила одного джентльмена, не закрепив за собой другого. С Фредериком в самом деле все кончено! Он пропал — потерял голову. Элинор, приготовься принять невестку, от которой ты будешь в восторге! Открытую, искреннюю, бесхитростную, с простыми, но сильными чувствами, никогда ничего не скрывающую и не переносящую притворства.

— Такой невестке я могла бы только порадоваться, — сказала Элинор, улыбаясь.

— Но, быть может, — заметила Кэтрин, — хоть она и обошлась плохо с нашей семьей, по отношению к вашей она поведет себя лучше? Теперь, когда она нашла человека, которого искала, она сможет проявить постоянство.

— Как бы она в самом деле его не проявила! — ответил Генри. — Боюсь, что мисс Торп окажется весьма постоянной, если только ей не подвернется по случаю какой-нибудь баронет. Для Фредерика это единственная надежда. Надо бы просмотреть список приезжих в батской газете.

— Вы думаете, ею управляет голый расчет? Чем-то это, пожалуй, и подтверждается. Я не забуду ее разочарования, когда она узнала о намерениях моего отца по поводу их обручения с Джеймсом. Никогда в жизни мне не приходилось так обманываться в чьем-либо характере!

— Несмотря на изобилие характеров, с которыми вам пришлось иметь дело и которые вы изучили?

— Меня постигло жестокое разочарование, и я понесла большую утрату, — сказала Кэтрин. — Но бедный Джеймс, боюсь, что он вообще не сможет оправиться от этого удара.

— В настоящее время ваш брат в самом деле заслуживает всяческого сочувствия. Однако, представляя себе его горе, мы не должны недооценивать вашего. Вам, наверно, кажется, что, потеряв Изабеллу, вы потеряли половину своего собственного «я». В вашем сердце возникла пустота, которую невозможно заполнить. А что касается удовольствий, услаждавших вас с нею в Бате, то теперь самая мысль о них вызывает у вас отвращение. Теперь вы, например, ни за что на свете не согласились бы явиться на бал. Вы чувствуете, что у вас нет больше друзей, с которыми вам хотелось бы свободно делиться мыслями, на чье участие вы могли бы положиться, чьему совету по поводу любого затруднения — последовать. Не правда ли, вы испытываете все это?

— Нет, — ответила Кэтрин, немного подумав, — не испытываю. С моей стороны это нехорошо? По правде говоря, хоть мне и больно, хоть я и огорчена тем, что не могу больше ее любить, что никогда уже не услышу ее голоса, даже, наверно, ее не увижу, — я себя не чувствую такой несчастной, как можно было ожидать.

— Вы, как всегда, чувствуете то, что делает честь человеческой природе. Такие чувства достойны изучения, чтобы они могли узнавать сами себя.

По той или иной причине настроение Кэтрин после этого разговора заметно улучшилось. И она уже не жалела о том, что ее заставили проболтаться, — разумеется, вопреки ее намерениям, — о событии, которое этот разговор вызвало.

Глава XXVI

С этого времени предполагаемая женитьба капитана Тилни стала частой темой бесед его брата и сестры с их гостьей. И Кэтрин с некоторым удивлением обнаружила, что ее молодые друзья в равной мере считают, что низкое общественное положение Изабеллы и отсутствие у нее приданого окажутся серьезным препятствием к осуществлению этого брака. То, что брак якобы неприемлем для генерала уже по этой причине, — независимо от характера избранницы его сына, — заставляло Кэтрин несколько тревожиться за свое собственное будущее. Она родилась в такой же мало заметной семье и была почти такой же бесприданницей, как Изабелла. И если даже наследнику всех владений Тилни недоставало собственного богатства и величия, то что же требовалось для женитьбы его младшего брата? Пренебречь печальным следствием этого рассуждения можно было, только положившись на особую благосклонность генерала, — ту, которую ей посчастливилось завоевать с самого начала и которая обнаруживалась во всех его словах и поступках, — а также помня о часто провозглашаемом им собственном бескорыстии, позволявшем считать, что взгляды отца истолковываются его детьми совершенно превратно.

Генри и Элинор, однако, были настолько убеждены, что их брат не осмелится лично просить у отца согласия на эту женитьбу, и так упорно доказывали ей, что приезд Фредерика в Нортенгер сейчас менее вероятен, чем когда-либо раньше, что Кэтрин позволила себе успокоиться относительно необходимости своего преждевременного отъезда. Поскольку нельзя было надеяться, что, обращаясь к отцу, капитан Тилни правильно охарактеризует Изабеллу, ей показалось уместным, чтобы это сделал Генри, дав генералу возможность спокойно и без предвзятости обдумать и подготовить возражения, основанные на более благовидных причинах, нежели общественное неравенство. Она высказала свою мысль мистеру Тилни, но почему-то он не подхватил ее с той готовностью, на которую она рассчитывала.

— Нет, — сказал он, — у отца рука и так достаточно тяжелая. Фредерику лучше признаться в своем безрассудстве без того, чтобы отец, знал об этом заранее.

— Но он же не откроет вашему отцу и половины всех обстоятельств.

— Хватит и четверти.

Прошло два дня, но никаких известий от капитана Тилни не приходило. Его брат и сестра просто не знали, что и подумать. Иногда им казалось, что его молчание достаточно подтверждает предполагаемую помолвку, иногда — что оно с ней несовместимо. Генерал между тем, хотя и высказывал по утрам недовольство отсутствием писем от старшего сына, на самом деле о нем не тревожился. В действительности его внимание было целиком занято заботами о том, чтобы пребывание в Нортенгере показалось мисс Морланд как можно приятнее. Он часто выражал по этому поводу свою озабоченность, опасался, что ей надоест однообразие общества и времяпрепровождения, сожалел об отлучке из ее поместья леди Фрэзерс, заговаривал иногда о большом званом обеде и раз или два даже принимался подсчитывать живущих неподалеку молодых людей, принимающих участие в танцах. Но стоял мертвый сезон — без дичи, без охоты, — к тому же леди Фрэзерс находилась в отъезде. И в конце концов вышло так, что в некое утро он объявил Генри о намерении нагрянуть всей компанией к нему в гости, когда его сын выедет по своим делам в Вудстон, с тем чтобы закусить там у него бараньими отбивными. Генри был этим польщен и обрадован, а Кэтрин пришла в полный восторг.

— Когда же, сэр, можно рассчитывать, что вы доставите мне это удовольствие? Мне нужно быть в Вудстоне в понедельник, чтобы принять участие в собрании прихожан, и, вероятно, я задержусь там на два-три дня.

— Ну что ж, отлично, мы соберемся в какой-нибудь из этих дней. Нет нужды уславливаться заранее, — тебе незачем нарушать свои планы. Нам вполне хватит того, что окажется в доме. Смею сказать от имени молодых леди — за твой холостяцкий стол на тебя не обидятся. Ну-ка, прикинем: в понедельник ты занят, в этот день мы не приедем. Вторник — занятой день у меня: должен приехать мой землемер из Брокхема. Утром он доложит мне о делах, а потом я обязан отправиться в клуб. Я не смогу встретиться со знакомыми, если этого не сделаю, — то, что я нахожусь здесь, известно, и мое отсутствие будет слишком заметно. А я, мисс Морланд, взял для себя за правило не наносить соседям обиду, если этого можно избежать небольшой жертвой времени и внимания. Они у нас — вполне достойные люди. Дважды в год им в Нортенгере поджаривают половину оленя, и, если я бываю свободен, я с ними обедаю. Итак, вторник отпадает. Но, мне кажется, Генри, в среду ты можешь нас ждать. Мы приедем пораньше, чтобы успеть оглядеться. Добираться до Вудстона, наверно, придется два и три четверти часа. И если мы сядем в экипаж в десять, мы без четверти час окажемся у тебя.

Даже бал не мог бы обрадовать Кэтрин больше, чем эта маленькая поездка, — так ей хотелось взглянуть на Вудстон. И сердце ее еще трепетало от радости, когда в комнату, в которой она находилась с Элинор, через какое-то время зашел одетый по-дорожному Генри и сказал:

— Я пришел к вам, молодые леди, в весьма философическом настроении. Приходится напомнить, что в этом мире за все удовольствия надо платить. Наши сделки часто оказываются весьма невыгодными, отнимая наличное счастье за вексель на предстоящее, который может остаться неоплаченным. Взгляните на меня. В расчете на удовольствие, которое я надеюсь получить, видя вас в Вудстоне в среду, — но которого меня может лишить дурная погода или десяток других причин, — я вынужден уехать сегодня, двумя днями раньше, чем мне хотелось.

— Уехать! — воскликнула Кэтрин с вытянувшимся лицом. — Но почему же?

— Почему? Как вы можете спрашивать? Да потому, что мне надлежит поскорее испугать до глубины души мою старую экономку — она ведь должна заблаговременно позаботиться, чтобы приготовить для вас обед.

— Вы шутите!

— Увы, нет. Увы — потому что я предпочел бы остаться.

— Но после того, что было сказано генералом, как вы могли об этом подумать? Он же не хотел нарушать ваших планов и уверял, что будет доволен всем, что найдется в доме! — Генри улыбнулся. — Мне и вашей сестре, я уверена, это совершенно не нужно. А генерал просил, чтобы вы ничего не устраивали. Впрочем, если бы он об этом ничего не сказал, — у него всегда такой роскошный стол, что один раз он вполне обойдется более скромным.

— Я был бы рад рассуждать так, как рассуждаете вы, — для его и для моей пользы. Прощайте. Завтра, Элинор, воскресенье, — поэтому я не вернусь.

Он уехал. И так как для Кэтрин было гораздо легче усомниться в собственных взглядах, чем в рассуждениях Генри, она, сколько ни огорчителен был для нее этот отъезд, вскоре поверила в его необходимость. Однако странность поведения генерала еще долго занимала ее мысли. Его взыскательность по части еды была замечена ею самой. Но то, что он так решительно утверждал одно, имея в виду совсем другое, — казалось необъяснимым. Как такого человека можно понять? И кто, кроме Генри, разобрался бы в истинных желаниях его отца.

Так или иначе, с субботы до среды им предстояло прожить без Генри — таков был печальный итог ее размышлений. Можно было не сомневаться, что письмо капитана Тилни придет в его отсутствие. И что в среду будет лить дождь. Прошлое, настоящее и будущее выглядели в равной степени безрадостными. Брат ее был несчастен. Она утратила близкую подругу.

А отсутствие Генри всегда отражалось на настроении Элинор. Чем она могла заняться или развлечься? Ей надоели аллеи и кустарники, всюду подстриженные и ухоженные. Само аббатство для нее не отличалось больше от любого другого дома. Единственное чувство, которое оно вызывало, было печальное воспоминание о ее вздорных вымыслах. Как она переменилась! Она, так мечтавшая об аббатстве! Теперь для нее не было ничего милее непритязательного уюта приходского домика, похожего на Фуллертон, но более благоустроенного. У Фуллертона были свои недостатки, но у Вудстона, конечно, их не было. Если бы только когда-нибудь наступила среда!

Она наступила, и именно тогда, когда ее следовало ожидать. Наступила и оказалась прекрасным солнечным днем. Кэтрин чувствовала себя на седьмом небе. В десять часов карета четверней с тремя пассажирами отбыла из Нортенгера и, прокатив благополучно около двадцати миль, въехала в Вудстон, — большую населенную деревню в красивой местности. Кэтрин постеснялась высказать, насколько ей здесь понравилось, так как генерал счел необходимым извиниться по поводу незначительных размеров селения и его равнинного расположения. Но на взгляд Кэтрин, селение было самым прекрасным из всех, какие ей довелось посетить, и она с восторгом разглядывала каждый приветливый домик, который мог сойти хотя бы за коттедж, и каждую стоявшую на пути молочную лавку. В конце деревни, на достаточном от нее удалении, находился дом пастора, — недавно возведенная каменная постройка с разбитым полукругом газоном и зеленой калиткой. И когда они сюда подъехали, Генри вместе с развлекавшими его в одиночестве друзьями, — большим щенком ньюфаундлендом и двумя-тремя терьерами, — уже стоял перед ними, готовый помочь им выйти из экипажа и оказать им всяческое внимание.

Кэтрин входила в дом слишком занятая своими мыслями, чтобы сразу оглядеться вокруг и свободно разговориться. И пока генерал не спросил у нее, нравится ли ей комната, в которой они находятся, она едва ли даже заметила, где они уселись. Но, осмотревшись, она тут же пришла к выводу, что комната эта — самая прекрасная в мире. Однако, испытывая слишком большое стеснение, она не решилась это высказать, и сдержанность ее похвалы немало его разочаровала.

— Мы не считаем Вудстон хорошим жильем, — сказал он. — Его нельзя сравнить с Фуллертоном или Нортенгером. Мы смотрим на него просто как на пасторский домик, — разумеется, маленький и тесный, но все же вполне приличный и пригодный для обитания. Во всяком случае, он не уступает большинству подобных построек. Говоря по правде, в Англии, наверно, найдется немного сельских пасторских домиков, стоящих и половину того, что стоит этот. Тем не менее он может быть усовершенствован — не стану оспаривать. Возможно, конечно, что, по сути дела, это только времянка. Но, — говоря между нами, — чего я не терплю, так это времянок латаных.

Кэтрин недостаточно прислушивалась к его рассуждениям, чтобы в них вникнуть или почувствовать себя задетой. И благодаря затеянному Генри разговору на другую тему, а также внесенному слугой подносу с закуской, генерал пришел снова в благодушное настроение, а она справилась со своей застенчивостью.

Комната, в которой они находились, служила достаточно просторной, удачно спланированной и красиво обставленной столовой. Покинув ее, чтобы прогуляться по саду, они миновали сперва меньшее помещение, занимаемое самим хозяином дома (приведенное по данному случаю в необычный порядок), и далее — помещение, предназначенное для гостиной, которым, хоть оно и не было обставлено, Кэтрин была восхищена вполне достаточно, чтобы удовлетворить генерала. Это была комната очень приятной формы, с окнами, доходившими до самого пола, и с прекрасным, открывавшимся из них видом, правда, всего лишь на зеленую лужайку. И она тут же выразила свое восхищение с той же естественностью, с которой его почувствовала.

— О, мистер Тилни! Почему же вы не отделали эту комнату? Как жаль, что она еще не отделана. Это лучшая комната, какую я когда-либо видела. Восхитительнейшая комната в мире!

— Надеюсь, — сказал генерал с довольной улыбкой, — она будет обставлена в недалеком будущем. Чтобы ее обставить, требовалось только узнать вкус ее будущей хозяйки!

— Если бы это был мой дом, я проводила бы здесь все свое время. Какой славный коттедж виден среди деревьев! Это же яблони! Самый очаровательный коттедж!

— Вы его одобряете? Вам нравится его вид? Этого достаточно. Генри, не забудь, — надо будет сказать Робинсону. Коттедж остается!

Такая любезность заставила Кэтрин снова почувствовать себя неловко и она тут же умолкла. И хотя генерал подчеркнуто интересовался предпочтительным для нее цветом обоев и занавесей для окон, никакого положительного мнения на этот счет ему добиться не удалось. Свежий воздух и свежие впечатления смогли, однако, отвлечь ее от смутивших ее намеков. И, дойдя до той части примыкавших к дому угодьев, в которой намечалось разбить парк, — это была окаймлявшая луг дорожка, над украшением которой Генри начал трудиться полгода назад, — Кэтрин уж достаточно пришла в себя, чтобы найти ее самым приятным местом для прогулок, какое ей когда-либо приходилось посещать, — хоть там и не было еще ни одного кустика, поднявшегося выше зеленой скамейки на повороте.

Пока они прогулялись еще по одному лугу и по прилегавшей к нему части селения, осмотрели конюшни, с их усовершенствованиями, и поиграли с очаровательными, только что научившимися бегать щенками, время подошло к четырем часам, хотя Кэтрин казалось, что еще не наступило и трех. В четыре должен был начаться обед, а на шесть был назначен отъезд. Еще ни один день не проносился так быстро!

Она не могла не заметить, что обильный стол не вызвал у генерала ни малейшего удивления. Более того, он тщетно искал глазами на буфетной стойке ростбиф, которого там не оказалось. Его сын и дочь заметили нечто другое. Они редко видели, чтобы он ел с таким аппетитом за чьим-либо столом, кроме своего собственного. И никогда до сих пор он не сердился так мало из-за расплавившегося подогретого масла.

К шести часам, после того как генералу было подано кофе, Кэтрин снова оказалась в карете. Все его отношение к ней на протяжении этого визита было таким доброжелательным и так ясно свидетельствовало об ожидаемом им событии, что, будь Кэтрин столь же уверена в намерениях его сына, она покидала бы Вудстон, не слишком тревожась о том, когда и в качестве кого ей придется сюда вернуться.

Глава XXVII

Новое утро принесло следующее, совершенно неожиданное послание от Изабеллы:

«*Бат, апрель...*

Моя обожаемая Кэтрин!

Я получила два Ваших милых письма с величайшей радостью и должна принести Вам тысячу извинений в том, что не ответила на них раньше. Мне в самом деле стыдно за свою лень. Но в этом ужасном месте не хватает времени решительно ни на что. Со дня Вашего отъезда из Бата я бралась за перо, чтобы написать Вам, чуть ли не ежедневно. Но какой-нибудь пустяковый повод непременно меня от этого отрывал. Умоляю Вас, напишите мне поскорее и адресуйте письмо нам домой. Слава Богу, завтра мы покидаем это мерзкое место. С тех пор как мы с Вами расстались, оно больше меня не радовало — все потускнело и все стоящие люди отсюда уехали. Хотя, если бы мы с Вами могли встречаться, мне, я уверена, не было бы дела до всех остальных, ибо Вы для меня дороже кого угодно. Я очень беспокоюсь о Вашем замечательном брате, который не дает о себе знать, с тех пор как уехал в Оксфорд. Меня тревожит, что мы с ним друг друга не поняли. Но Ваше доброе участие все исправит: он — единственный человек, которого я когда-либо могла полюбить и на самом деле любила. И я верю, что Вы его в этом сможете убедить. Весенние моды уже почти забыты — шляпки теперь носят такие ужасные, что Вам даже трудно себе представить. Надеюсь, Вы приятно проводите время, но боюсь, что Вы обо мне и не вспоминаете. Не стану Вам ничего рассказывать из того, что могла бы, о семье, в которой Вы живете, ибо хочу быть великодушной и не желаю Вас восстанавливать против тех, кем Вы дорожите. Но так трудно понять, — на кого можно положиться! И, увы, молодые люди никогда не знают сегодня, что им взбредет на ум завтра. Рада Вам сообщить, что молодой человек, к которому я испытываю особенное отвращение, покинул Бат. Это определение позволит Вам догадаться, что я имела в виду капитана Тилни, который, как Вы можете вспомнить, особенно меня изводил и преследовал перед Вашим отъездом. Впоследствии он держал себя еще хуже и буквально стал моей тенью. Многие девицы попались бы на его удочку — так еще никто ни за кем не ухаживал! Но я слишком хорошо изучила этот коварный пол. Два дня назад он уехал в свою часть, и я надеюсь, что буду избавлена от встречи с ним навсегда. Он самый большой вертопрах, какого я когда-либо видела, — необыкновенно противный. Перед отъездом он дня два не отходил от Шарлотты Дэвис — я жалела о его вкусе, но не уделяла ему никакого внимания. В последний раз мы с ним столкнулись на Бат-стрит, и, чтобы он не мог со мной заговорить, я тут же зашла в магазин. Мне даже смотреть на него не хотелось. После этого он направился в Галерею, но я бы за ним не пошла ни за какие блага на свете. Как он отличается от Вашего брата! Умоляю Вас, сообщите мне о нем что-нибудь. Мне его мучительно жалко: перед отъездом он выглядел таким несчастным — из-за простуды или чего-то еще, испортившего ему настроение. Я бы написала ему сама, если бы не потеряла его адреса. К тому же, как я Вам уже намекнула, боюсь, что ему чем-то не понравилось мое поведение. Ради Бога, объясните ему все, чтобы он успокоился. А если он будет еще сомневаться, — несколько присланных им слов или его визит в Патни, когда он окажется в Лондоне, все поставят на место. Я уже сто лет не была ни в залах, ни в театре, если не считать вчерашнего вечера. Мы пошли с Ходжесами из озорства по дешевым билетам — они меня туда просто затащили. Я не желала, чтобы они говорили, будто я заперлась из-за отъезда Тилни. Мы встретились случайно у Митчеллов, и они сделали вид, что страшно удивлены, застав меня там. Я знаю им цену: одно время мы почти не здоровались, но теперь они — воплощение дружбы. Меня, впрочем, не так-то легко провести — не на такую напали! Вы знаете, я ведь тоже себе на уме. Энн Митчелл попыталась соорудить себе тюрбан вроде того, в каком я была неделю назад на концерте. Ничего путного у нее не получилось. Наверно, он шел только к моему своеобразному лицу — так, по крайней мере, утверждал тогда Тилни, уверяя, будто все мною любуются. Но он — последний человек, чьи слова для меня хоть что-нибудь значат. Теперь я ношу все только пурпуровое. Я понимаю, что кажусь в нем уродиной, но мне безразлично — это ведь любимый цвет Вашего замечательного брата! Не теряйте же ни минуты, моя любимейшая, моя обожаемая Кэтрин, и напишите сейчас же ему и той, которая вечно... и т. д.».

Такое явное лицемерие не могло ввести в заблуждение даже Кэтрин. Непоследовательность, противоречивость и лживость письма бросились ей в глаза с первых же строк. Ей было стыдно за свою бывшую подругу и стыдно, что когда-то она могла ее любить. Выражения привязанности Изабеллы были настолько же отвратительны, насколько никчемны ее извинения и бесстыдны ее просьбы. «Писать Джеймсу, чтобы ее выгородить? Нет, Джеймс никогда больше не услышит имени Изабеллы из уст своей сестры!»

Когда Генри вернулся из Вудстона, она рассказала ему и Элинор о спасении их брата, — искренне их поздравив, — и с негодованием прочла вслух наиболее существенные места письма. Закончив чтение, она воскликнула:

— Знать не хочу никакой Изабеллы и всего, что с ней связано! Она должна считать меня дурочкой — иначе бы она так не писала. Но, быть может, благодаря письму я научилась разбираться в ней лучше, чем она разбирается во мне. Я поняла, что она собой представляет, — тщеславная кокетка, которой не удались ее козни. Вряд ли она хоть когда-нибудь была привязана ко мне или к Джеймсу. Лучше бы я ее вообще не встречала!

— Пройдет немного времени, — сказал Генри, — и вам покажется, что вы с ней и вправду никогда не встречались.

— Не могу понять одного. Ее планы в отношении капитана Тилни провалились. Но чего все это время добивался он сам? Почему ему понадобилось за ней ухаживать, ссорить ее с моим братом, чтобы затем улизнуть?

— Оправдать намерения Фредерика, если я их правильно понял, мне, признаюсь, трудновато. Он, как и мисс Торп, полон тщеславия. Разница между ними лишь в том, что благодаря большему здравому смыслу ему его тщеславие пока не повредило. Если результат его поведения не снимает с него вины в ваших глазах, — лучше нам оставить его в покое.

— Значит, вы уверены, что на самом деле он вовсе не был ею увлечен?

— Совершенно уверен.

— И хотел, чтобы в это поверили другие, только из озорства?

В знак согласия Генри кивнул головой.

— Что ж, в таком случае его поведение мне не нравится. Хотя все обошлось для нас с вами благополучно, мне это не по душе. Получи-

292

10-4

лось, что он не причинил большого вреда, поскольку у Изабеллы, кажется, вообще нет сердца, которое он мог бы разбить. Но представим себе, что она бы в него влюбилась по-настоящему.

— Мы должны были бы прежде представить, что у Изабеллы есть сердце, которое может разбиться, то есть что она совсем иное существо. В этом случае с ней по-иному бы и обращались.

— На вашем месте защищать своего брата вполне естественно.

— А если вы защищаете *своего*, вам незачем особенно огорчаться по поводу разочарования, пережитого мисс Торп. Впрочем, ваши чувства настолько проникнуты врожденной порядочностью, что на них не оказывают влияния ни семейные узы, ни жажда мести.

Этот комплимент заметно подсластил горечь переживаний в душе Кэтрин. Фредерик не мог быть так непростительно виноват при том, что Генри был так хорош. Она решила не отвечать Изабелле на письмо и выбросить его из головы.

Глава XXVIII

Вскоре после этого генерал счел необходимым уехать на неделю в Лондон. И он покинул Нортенгер, искренне сожалея, что дела лишают его общества мисс Морланд, каждым часом пребывания с которой он так дорожит, и настойчиво внушая своим детям, что забота о ее удобствах и развлечениях в его отсутствие является важнейшим их долгом. Его отъезд позволил Кэтрин впервые убедиться на собственном опыте, что некая утрата иногда может обернуться приобретением. То, как радостно они теперь зажили, занимаясь чем им хотелось, позволяя себе сколько угодно смеяться, проводя непринужденно и весело часы за столом, гуляя когда и где им вздумается и распоряжаясь временем занятий и досуга по своему усмотрению, позволило Кэтрин отчетливо осознать скованность, которую вызывало присутствие генерала, и особенно оценить их теперешнюю свободу. Ощущение радости и непринужденности делало для нее этот дом и живущих в нем брата и сестру с каждым днем все более близкими. И если бы не ожидание приближающейся разлуки с одной и неуверенность в ответном чувстве другого, счастье ее в каждую минуту каждого дня было бы совершенно безоблачным. Визит ее, однако, продолжался уже четвертую неделю. Ко дню возвращения хозяина дома четвертая неделя уже истекала и ее дальнейшее пребывание в Нортенгере могло показаться назойливым. Мысль эта вызывала у нее время от времени грустное чувство, и, чтобы облегчить свою душу, она вскоре решила поговорить по этому поводу с Элинор, высказав ей свое намерение уехать и поступив в дальнейшем сообразно с тем, как это намерение будет воспринято.

Сознавая, что если она станет с этим тянуть, то коснуться столь неприятной темы позже ей будет еще тяжелее, она воспользовалась первой минутой пребывания с Элинор наедине и, разговаривая с ней о том о сем, упомянула о необходимости скорого отъезда. Выражение лица и ответ Элинор явно показали, насколько она была этим огорчена. Она «надеялась, что сможет наслаждаться обществом Кэтрин гораздо дольше, воображала, возможно из себялюбия, что получила согласие на визит гораздо более продолжительный, не сомневалась, что, знай мистер и миссис Морланд, сколько радости доставляет ей гостья, они великодушно согласились бы не торопить ее возвращения, и т. д. и т. д. п.» По поводу последнего затруднения Кэтрин заметила, что «в этом отношении папа и мама вовсе не беспокоятся — им вполне достаточно, что она сейчас счастлива». — «Но тогда можно ли осведомиться, чем вызвана подобная поспешность?» — «Ах, просто тем, что она уже пробыла здесь слишком долго!»

— Что ж, если вы употребляете это слово, я не смею вас удерживать. Если вам показалось слишком долгим...

— Ах нет, мне вовсе не показалось. Сама я была бы рада остаться вдвое дольше...

И между ними тут же было условлено, что, до тех пор пока ей это не *покажется*, об отъезде Кэтрин не должно быть и речи.

295

Как только одна причина ее неуверенности была благополучно устранена, действие другой тоже уменьшилось. Любезность и искренность, с которыми Элинор уговорила ее не торопиться с отъездом, и благодарный взгляд, брошенный Генри, когда он узнал, что она остается, были настолько приятными доказательствами их привязанности, что у нее оставалась только та легкая неуверенность, без которой вообще не обходится человеческое сознание. Кэтрин почти не сомневалась, что Генри ее любит, и была убеждена, что его отцу и сестре она нравится и что они рады принять ее в свою семью. А раз уж она в это поверила, ее озабоченность и беспокойство превратились в нечто похожее на упражнения.

Генри не смог выполнить наказа генерала — не отлучаться из Нортенгера до его приезда, заботясь о благополучии дам. Дела, связанные с Вудстонским приходом, потребовали, чтобы в субботу он на два дня их покинул. На этот раз исчезновение Генри подействовало на жизнь в аббатстве не так, как в присутствии генерала, — жизнь эта стала менее оживленной, но не сделалась неприятной. И для двух довольных взаимным обществом молодых леди время летело так незаметно, что в день отъезда Генри они засиделись после ужина часов до одиннадцати — весьма поздно для этого старинного жилища. Они успели подняться по лестнице, когда им показалось, — насколько можно было расслышать сквозь толстые стены, — что к дому подъехал экипаж.

Тотчас же это подтвердилось громким звоном дверного колокольчика. После первого удивленного возгласа: «Боже праведный, кто.бы это мог быть?!» — Элинор высказала предположение, что приехал ее старший брат, который и прежде нередко наезжал столь же внезапно, хотя и не в такое позднее время, и, соответственно, поспешила ему навстречу.

Кэтрин прошла к себе в комнату, стараясь собраться с душевными силами для возобновления знакомства с капитаном Тилни. Несмотря на неблагоприятное мнение о его поступке и уверенность в пренебрежительном отношении к ней столь блестящего офицера, было приятно, что встреча их состоится все же не при тех обстоятельствах, которые сделали бы ее еще более затруднительной. Она не сомневалась, что он не станет говорить о мисс Торп. Сейчас, когда он уже должен был стыдиться сыгранной им роли, этого можно было не бояться. И поскольку тема о Бате будет исключена, она сможет вести себя с ним вполне дружески. Эти мысли заняли у нее довольно много времени. Прошло полчаса, а Элинор все не возвращалась. То, что она так обрадовалась брату и должна была так много ему сказать, свидетельствовало несомненно в его пользу.

В эту минуту Кэтрин уловила шаги в галерее. Она постаралась к ним прислушаться, но все стихло. Едва лишь, однако, она убедила себя, что ей это только почудилось, как чуть слышное движение около ее комнаты заставило ее вздрогнуть. Казалось, кто-то прикоснулся к двери — и через мгновенье слабое шевеление дверной ручки подтвердило, что на нее снаружи легла чья-то рука. Мысль, что к ней пытаются проникнуть с такой осторожностью, вызвала у нее легкую дрожь. Но, решив не поддаваться больше воображаемым страхам и осточертевшим ей зловещим признакам, она заставила себя спокойно шагнуть вперед и распахнуть дверь. За дверью стояла Элинор, — всего только Элинор. Однако тревога Кэтрин рассеялась ненадолго — Элинор выглядела бледной и потрясенной. Хотя она явно направлялась в комнату подруги, ей, казалось, трудно было переступить порог и еще труднее заговорить. Объяснив состояние Элинор ее огорчением по поводу дел капитана Тилни, Кэтрин смогла выразить ей сочувствие лишь безмолвной заботой — усадив ее в кресло, растерев ей виски лавандовой водой и нежно прильнув к ней щекой.

— Кэтрин, дорогая, оставьте меня, ради Бога оставьте! — были первые связные слова, вырвавшиеся у Элинор. — Я прекрасно себя чувствую. Ваше участие заставляет меня еще больше страдать — я этого не вынесу. Я пришла к вам с таким известием!

— С известием? Ко мне?

— Как мне о нем сказать?! Боже, как мне сказать!

Новая, возникшая в голове Кэтрин догадка вызвала на ее лице такую же бледность, как у Элинор.

— Кто-нибудь прибыл из Вудстона?

— Ах нет, совсем не то, — сказала Элинор, глядя на подругу со страдальческим видом. — Это вовсе не из Вудстона. Это отец.

При последних словах голос ее дрогнул, взгляд потупился.

Сердце Кэтрин упало от одного только известия о непредвиденном приезде генерала, и в течение какого-то времени она вовсе не думала, что ее ждет более неприятная новость. Она молчала. И Элинор, пытаясь взять себя в руки и произносить слова твердо, не поднимая глаз, вскоре заговорила опять:

— Вы слишком добры, я знаю, чтобы рассердиться на меня за поручение, которое я вынуждена исполнить. Я с большой неохотой передаю вам чужую волю. После нашей недавней беседы, после утренней договоренности, — я была этому так рада, так благодарна! — что вы отложите свой отъезд еще, как мне бы хотелось, на много недель, — могу ли я сказать вам, что надобность в вашем великодушии, увы, отпала, что удовольствие, которое вы до сих пор нам дарили, должно быть оплачено... Я не нахожу слов! Кэтрин, моя дорогая, мы вынуждены расстаться. Отец вспомнил о данном им обещании, ради которого мы должны всей семьей выехать в понедельник. Мы едем на две недели в имение лорда Лонгтауна около

Херефорда. Объяснения и оправдания в равной степени невозможны. Ни на то, ни на другое я неспособна.

— Элинор, дорогая, — воскликнула Кэтрин, стараясь по возможности совладать со своими чувствами, — незачем огорчаться! Более поздняя договоренность должна быть отменена ради предшествовавшей. Мне очень грустно, что мы расстаемся, притом так быстро, так внезапно. Но я ничуть не обижена — ни в малейшей степени. Я могу прервать мое пребывание здесь, как вы знаете, в любое время. А когда вы вернетесь от этого лорда, вы сможете приехать в Фуллертон.

Элинор молчала. И Кэтрин, вспомнив об обстоятельствах, более близких ее сердцу, добавила, выражая вслух свои мысли:

— Понедельник — уже в понедельник! И вы уезжаете *все*?! Ну что ж, мне все же удастся... Я все же смогу попрощаться... Не правда ли, я ведь могу уехать перед самым вашим отъездом? Не огорчайтесь, Элинор, меня понедельник вполне устраивает. То, что мои родители не будут об этом предупреждены, не имеет значения. Генерал, конечно, пошлет со мной — хотя бы до половины пути — служанку, а там будет уже рукой подать до Солсбери, это всего в девяти милях от нашего дома.

— Увы, Кэтрин, если бы все обстояло так, это бы еще куда ни шло, хотя и тогда вам не было бы оказано и половины внимания, которого вы заслуживаете. Но вы должны — мне тяжело вам это сказать — покинуть нас завтра же утром, и вам не предоставляется даже право выбрать время отъезда. Распоряжение об экипаже уже отдано, — он будет готов к семи часам, и никакая служанка с вами не поедет. — У Кэтрин перехватило дыхание, зарябило в глазах и она присела на стул. — Когда мне об этом сказали, я не поверила своим ушам. Любое ваше справедливое чувство обиды, любое негодование не уступают тому, что я сама... Но говорить вам о моих чувствах ни к чему. Если бы я хоть чем-нибудь могла это все объяснить! Боже мой, что скажут ваши родители! После того, как вас увезли от настоящих друзей почти вдвое дальше от дома, вас выпроваживают, пренебрегая даже простейшими правилами вежливости! Кэтрин, милая, дорогая, передавая вам эту весть, я и себя чувствую виноватой в наносимом вам оскорблении. И все же я верю, что вы меня оправдаете. Вы здесь прожили достаточно долго, чтобы понять, как мало я в этом доме значу и какая я в нем ненастоящая хозяйка.

— Я чем-нибудь обидела генерала? — с дрожью в голосе спросила Кэтрин.

— Увы, при всем почтении, которое следует испытывать к отцу, я не знаю, я не могу себе представить, чтобы у него существовал разумный повод на вас обидеться. Он в самом деле очень рассержен — таким мне приходилось видеть его весьма редко. Характер у него нелегкий, а сейчас случилось что-то, от чего он просто взбешен, — какое-то разочарование, досадное событие, кажущееся ему в эту минуту исключительным, которое к вам, как я себе представляю, не может иметь никакого отношения, не правда ли?

Кэтрин было мучительно трудно заговорить, но она превозмогла себя ради Элинор.

— Поверьте. — сказала она, — я чувствовала бы себя очень несчастной, если бы в самом деле чем-то задела самолюбие генерала. Меньше всего я была способна сделать это сознательно. Но незачем так расстраиваться, Элинор. Вы знаете, обещание следует выполнять. Разумеется, жаль, что о нем не вспомнили раньше, когда я еще могла написать родителям. Но разве это так уж существенно?

— Надеюсь, — желаю всей душой, чтобы вы в самом деле от этого не пострадали. Но во всех других отношениях проявленное к вам невнимание и вправду существенно — в смысле удобства путешествия, защиты вашего достоинства, соблюдения приличий, — для вашей семьи, для общества. Если бы ваши друзья Аллены еще находились в Бате, вы могли бы добраться до них сравнительно легко — за несколько часов. Но проехать семьдесят миль в почтовой карете одной, без прислуги, в вашем возрасте!

— Путешествие само по себе ничего не значит. О нем не стоит и говорить. И если нам суждено расстаться, то произойдет ли это несколькими часами раньше или позже, не имеет значения. Я буду готова к семи. Пусть, когда наступит время, меня позовут.

Элинор почувствовала, что Кэтрин хочет остаться в одиночестве. И, решив, что обеим будет легче, если на этом они прекратят разговор, она покинула подругу со словами:

— Я приду утром.

Чувства Кэтрин должны были вырваться наружу. В присутствии Элинор гордость и дружеская привязанность в одинаковой мере заставляли ее сдерживаться. Но как только она осталась одна, слезы хлынули из ее глаз ручьем. Выгнана из дома — и каким образом! Без малейшего оправдывающего повода, без малейшего извинения, которое смягчало бы внезапность, грубость, нет, оскорбительность подобного обращения. Генри в отъезде, и она даже не сможет с ним проститься! Любые связанные с ним ожидания, любые надежды в лучшем случае откладываются неизвестно на какой срок. Кто скажет, когда они встретятся опять. И все исходит от такого человека, как генерал Тилни, — любезного, обходительного, до сих пор столь ей благоволившего! Это было так же непостижимо, как и чудовищно. Что было всему причиной и к чему это приведет — в равной степени вызывало недоумение и тревогу. С ней обошлись крайне невежливо. Ее выдворяли, не обратив внимания на ее собственные удобства, не дав ей даже для виду выбрать время отъезда и способ передвижения. Из двух оставшихся дней назначен первый, чуть ли не самый ранний его час, как будто при этом добивались ее исчезновения до того, как хозяин дома поднимется с постели, чтобы избавить его от встречи с нею. Могло ли это восприниматься иначе, как намеренное оскорбление? Неизвестным образом она имела несчастье провиниться перед генералом. Элинор старалась ее в этом разубедить, но Кэтрин не допускала мысли, чтобы какие угодно раздражение и неприятности могли заставить так обойтись с человеком, который не был, или, по крайней мере, не предполагался их виновником.

Ночь прошла мучительно. Сон или сколько-нибудь заменяющий его отдых были исключены. Комната, в которой легко возбудимое воображение терзало Кэтрин первую ночь, проведенную в Нортенгере, снова сделалась местом ее душевных страданий и тревожной бессонницы. Но как теперь изменилась причина ее волнений! Насколько, увы, она стала естественной и объяснимой. Ее беспокоило событие, происшедшее на самом деле, ее опасения имели под собой почву. И, будучи занята мыслями о зле ощутимом и подлинном, она даже не замечала ни окружающей темноты, ни одиночества. И хотя дул сильный ветер, то и дело вызывавший по всему дому непонятные внезапные звуки, она была к ним в долгие часы бессонницы совершенно равнодушна.

Вскоре после того, как пробило шесть, пришла Элинор, жаждавшая проявить к подруге внимание и оказать ей возможную помощь. Однако все в основном было уже сделано. Кэтрин не теряла времени зря. Она была почти одета, ее вещи — почти все собраны. Когда Элинор появилась, Кэтрин подумала, что у подруги может иметься какое-то примирительное поручение от генерала. Разве не было естественным, что после приступа гнева он почувствовал раскаяние? И она лишь не знала, в какой мере после случившегося ей подобает принять его извинения. Однако на сей раз ей это было знать ни к чему. Ни ее самолюбие, ни великодушие не подверглись испытанию — никакого поручения от генерала у Элинор не оказалось.

Они почти друг с другом не говорили — та и другая искала защиты в молчании, и они обменялись только самыми незначительными словами. Кэтрин торопливо заканчивала свой туалет, а Элинор обнаруживала больше доброй воли, чем умения, при укладке вещей. Когда все было готово, они вышли из спальни — Кэтрин при этом на мгновение отстала от подруги, чтобы последним взглядом окинуть все, что ей здесь сделалось дорого, — и спустились в комнату для завтрака, где стол был уже накрыт. Чтобы избежать уговоров и успокоить подругу, Кэтрин попыталась заставить себя поесть. Но у нее не было аппетита, и она смогла сделать только несколько глотков. Сознание того, насколько этот завтрак отличается от их завтрака в той же комнате накануне, причинило ей новую боль и усилило ее отвращение ко всякой еде. За такой же трапезой они сидели здесь всего только двадцать четыре часа назад, — но как много с тех пор переменилось! С какой веселой беспечностью, счастливой, хотя и неоправданной верой в будущее смотрела она тогда кругом, радуясь всему, что попадалось на глаза, и не огорчаясь ничем, кроме кратковременного отъезда Генри в Вудстон! Счастливый, счастливый завтрак! Генри был тогда здесь, Генри сидел рядом и оказывал ей внимание! Довольно долго Элинор ничем не отвлекала подругу от ее раздумий, погруженная в свои собственные. И только появление экипажа заставило обеих встрепенуться и вернуло их к обстоятельствам настоящей минуты. Вид его вызвал краску на лице Кэтрин. Мысль о том, что с ней поступают столь недостойным образом, сделалась для нее особенно непереносимой и на какое-то время переполнила ее душу гневом. Казалось, что Элинор почувствовала необходимость взять себя в руки и заговорить.

— Вы должны мне написать, Кэтрин, — сказала она. — Вы должны сообщить о себе как можно скорее! Пока я не узнаю, что вы благополучно вернулись домой, у меня не будет ни минуты покоя. Единственный раз, — чем бы это мне ни грозило, — я умоляю вас написать. Одно лишь известие, что вы благополучно добрались до Фуллертона и всех ваших близких нашли здоровыми, — и до тех пор, пока я не смогу просить вас со мной переписываться, — что было бы с моей стороны так естественно, — я от вас не буду ждать никаких других. Пошлите его — я вынуждена вас об этом просить — в имение лорда Лонгтауна, на имя Элис.

— Нет, Элинор, если вам запрещено получать от меня письма, лучше я не стану писать. В том, что я доеду благополучно, можно не сомневаться.

Элинор ответила только:

— Ваши чувства меня не удивляют. Не хочу вас уговаривать — я полагаюсь на ваше доброе ко мне отношение, когда мы окажемся в разлуке.

Эти слова вместе с выраженным в ее глазах душевным страданием помогли Кэтрин мгновенно преодолеть в себе самолюбивое чувство, и она тотчас же воскликнула:

— Элинор, дорогая, ну *конечно же*, я вам напишу!

Оставалась еще одна деликатная тема, которой мисс Тилни считала необходимым коснуться, хотя ей было крайне неловко это сделать. Она понимала, что после продолжительного пребывания вдали от дома у Кэтрин может не найтись достаточного для путешествия количества денег. Когда она очень деликатно предложила подруге свою помощь, выяснилось, что дело обстояло именно так. До сих пор Кэтрин об этом даже не задумывалась. Но, заглянув в кошелек, она убедилась, что, если бы подруга ее не выручила, она могла бы оказаться выброшенной из дома, даже не располагая средствами, чтобы добраться к родным. И мысль о том, в какую беду она при этом могла бы попасть, настолько захватила воображение каждой из них, что они едва ли обменялись хоть одним словом до самой минуты прощания. Вскоре, однако, эта минута наступила. Было объявлено, что вещи уже находятся в экипаже. Кэтрин тотчас же поднялась, и нежное продолжительное объятие заменило прощальные приветствия. Проходя через холл, она все же почувствовала невозможность покинуть аббатство, не упомянув о том, чье имя до сих пор оставалось непроизнесенным. И, чуть-чуть приостановившись, она дрожащими губами дала понять, что передает «самые добрые пожелания отсутствующему другу». Это приближение к его имени настолько истощило ее способность сдерживать свои чувства, что, закрыв лицо платком, она выбежала из холла, прыгнула в экипаж и уже через мгновенье отъехала от дома.

Глава XXIX

Кэтрин чувствовала себя слишком несчастной, чтобы чего-то опасаться. Путешествие ее не тревожило, и она отправилась в путь, не думая о его продолжительности и не ощущая одиночества. Забившись в угол кареты и заливаясь слезами, она проехала несколько миль, прежде чем впервые подняла голову. И уже наиболее возвышенное место парка скрывалось из глаз, когда она смогла на него оглянуться. На беду, ей пришлось ехать по той же дороге, по которой десять дней назад она прокатилась в таком счастливом настроении дважды, — направляясь в Вудстон и возвращаясь в Нортенгер. И на протяжении четырнадцати миль горечь ее переживаний еще усугублялась видом предметов, на которые она в первый раз смотрела при столь несхожих обстоятельствах. С каждым шагом, приближавшим ее к Вудстону, ее страдания усиливались, и, когда она миновала поворот дороги, от которого до пасторского домика оставалось только пять миль, вообразив при этом ничем не встревоженного, находящегося чуть ли не рядом Генри, ее отчаяние и волнение казались беспредельными.

День, который она провела в этом месте, был одним из счастливейших в ее жизни. Именно там, именно тогда генерал разговаривал и вел себя таким образом, употреблял в отношении ее и Генри такие выражения, как будто определенно хотел, чтобы они поженились. Да, прошло лишь десять дней с тех пор, как своей величайшей благосклонностью он вызвал в ее душе ликование, даже смутив ее своими слишком прозрачными намеками! А теперь... Что она сделала или что упустила сделать, вызвав такую перемену?

Единственный поступок, в котором она сознавала себя перед ним виновной, едва ли мог оказаться ему известен. О питаемых ею сдуру чудовищных подозрениях знали только она и Генри. Но в его способности сохранять тайну она сомневалась не больше, чем в своей. Генри, по крайней мере, не мог выдать ее намеренно. Если бы в силу какого-то злосчастного стечения обстоятельств его отец узнал обо всем том, что она посмела вообразить и пыталась обнаружить, — о ее беспочвенных подозрениях и недостойных розысках, — его негодованию можно было не удивляться. Если бы ему стало известно, что она смотрела на него как на убийцу, можно было не удивляться, что он даже выгнал ее из дома. Но она не сомневалась, что такой гибельной для нее осведомленности у него быть не могло. Как бы мучительны ни были размышления Кэтрин по этому поводу, они, однако, не стояли у нее на первом месте. Существовала забота, более близкая ее сердцу, более захватывающая, более насущная — занимавшая ее сильнее всего, ни на минуту ее не покидавшая и попеременно то приводившая ее в уныние, то дарившая ей некоторую надежду. Что подумает, что почувствует и как будет выглядеть Генри, когда завтра, вернувшись в Нортенгер, он узнает об ее отъезде? Иногда она с ужасом представляла себе его равнодушную покорность, а иногда отвечала себе на эти вопросы, восторженно рисуя в своем воображении картину его отчаяния. Разумеется, он не посмеет говорить о ней с генералом. Но с сестрой — что он скажет о ней своей сестре?!

В этом непрестанном чередовании догадок и сомнений, из-за которого она ни на чем не могла по-настоящему сосредоточиться, время текло незаметно, и путешествие показалось ей не таким долгим, как она ожидала. Назойливый рой мыслей, мешавший ей следить за всем окружающим с тех пор, как остались позади окрестности Вудстона, не позволял ей также наблюдать за своим продвижением. И хотя ничто по пути не привлекло к себе ее внимания, дорога не показалась ей скучной. От дорожной скуки ее спасала и другая причина — она не ждала с нетерпением конца путешествия. Возвращение в Фуллертон при таких обстоятельствах не сулило ей почти никакого удовольствия от встречи с родными — даже после такой долгой, одиннадцатинедельной разлуки. О чем она сможет им рассказать, что не было бы унизительно для нее самой и не ранило бы ее близких? Какой рассказ не усугубит ее собственного горя и не распалит напрасного гнева, имеющего следствием огульное недоброжелательство по отношению к правым и виноватым? Ей никогда не удастся должным образом охарактеризовать достоинства Генри и Элинор. Она ощущала их слишком сильно, чтобы выразить свои чувства словами. А если неприязнь родных распространится и на ее молодых друзей, если, основываясь на представлении о генерале, они станут плохо думать о его детях, ей будет нанесена рана в самое сердце.

При таких мыслях она скорее боялась, нежели мечтала разглядеть хорошо знакомую церковную колокольню, вид которой должен был засвидетельствовать ей, что она находится всего в двадцати милях от дома. Покидая Нортенгер, она знала, что ей надо держать путь на Солсбери. Но после первого же перегона ей пришлось полагаться при выборе следующих пунктов своего продвижения на советы станционных смотрителей — так велика была ее неосведомленность о предстоящей дороге. Однако все прошло гладко и благополучно. Ее молодость, любезное обращение с окружающими и денежная щедрость обеспечили ей все внимание, в каком могла нуждаться подобная путешественница. И, останавливаясь, только чтобы переменить лошадей, она продвигалась без всяких тревог и приключений на протяжении одиннадцати с лишним часов и между шестью и семью вечера обнаружила, что въезжает в Фуллертон.

Героиня, возвращающаяся под конец своих мытарств к родному очагу в блеске восстановленной репутации и в ореоле графского титула, сопровождаемая вереницей фаэтонов с высокопоставленной родней, а также каретой с четверкой лошадей и тремя собственными горничными, представляет собой образ, на котором перу его создателя приятно остановиться подольше. Такая героиня делает честь концовке любого романа, и его автор вправе воспользоваться частью лавров, которыми она щедро делится со всеми окружающими. Мне, однако, приходится иметь дело со случаем иного рода. Свою героиню я возвращаю в родной дом одинокой и опозоренной. И, поскольку у меня нет повода для ликования, ничто не побуждает меня рассказывать о ее прибытии сколько-нибудь обстоятельно. Героиня, едущая в наемной почтовой карете, наносит чувствам автора такой жестокий урон, под действием которого исчезает всякая охота к возвышенному и торжественному стилю повествования. А посему кучер быстро провезет ее через поселок, минуя группы воскресных зевак, и она тотчас же покинет свой экипаж. И все же, как бы Кэтрин ни была расстроена, представ таким образом перед пасторским домиком, и какое бы унижение ни испытывал, рассказывая об этом, ее биограф, обитателям домика она доставила недюжинную радость, вызванную, во-первых, остановкой у его подъезда кареты, а во-вторых — появлением из кареты ее самой. Карета с путешественниками не часто показывалась в Фуллертоне, и, завидев ее, все семейство тотчас собралось у окна. Остановка же кареты возбудила всеобщее ликование, озарив улыбками их лица и завладев воображением каждого члена семьи, — ликование, не предвиденное никем, кроме двух младших ее отпрысков, мальчика шести и девочки четырех лет от роду, которые ждали прибытия брата или сестры в каждом проезжавшем мимо экипаже. Счастлив был взгляд, первым распознавший Кэтрин! Счастлив был голос, возвестивший это открытие! Впрочем, принадлежало ли это счастье по справедливости Джорджу или Харриет, установить было невозможно.

Отец, мать, Сара, Джордж, Харриет, собравшиеся у подъезда, чтобы встретить ее со всем радушием, — такое зрелище не могло не вызвать в душе Кэтрин ответных переживаний. И в одном за другим объятиях у подножки кареты она обрела утешение, намного большее, чем ей перед тем казалось возможным. Ее так плотно окружили — так обласкали — она даже почувствовала себя счастливой! Проявление родственных чувств на какое-то время отодвинуло на задний план ее горе, а радость встречи на первых порах не оставляла времени для любопытства. Между тем миссис Морланд, обратив внимание на бледность и усталый вид бедной путешественницы, поспешила, для подкрепления ее сил, прежде чем начнутся расспросы, требующие обстоятельных ответов, усадить всех вокруг чайного стола.

С большими колебаниями и неохотой Кэтрин приступила наконец к тому, что полчаса спустя ее снисходительные слушатели смогли счесть за объяснение, — до того они едва ли уловили причину или уразумели хоть какие-нибудь подробности ее внезапного отъезда из Нортенгера. Они не были людьми, чересчур возбудимыми, легко впадающими в гнев или слишком обидчивыми. Но в данном случае, когда все стало ясно, налицо было оскорбление, которое нельзя было оставить без внимания или забыть через полчаса. Не переживая преувеличенных страхов по поводу долгого и одинокого путешествия дочери, мистер и миссис Морланд не могли не сознавать, что оно должно было показаться ей весьма неприятным, что сами бы они его не допустили и что, отправляя в него Кэтрин, генерал Тилни вел себя непорядочно и бесчувственно — отнюдь не так, как должен был вести себя джентльмен и отец семейства. Почему он так поступил, что побудило его к такому нарушению правил гостеприимства и так внезапно превратило его особую благосклонность к Кэтрин в неприкрытое недоброжелательство — было вопросом, ответить на который им было, по крайней мере, столь же трудно, как и их дочери. Но они не стали над этим долго раздумывать. И после известного количества бесплодных предположений они исчерпали свой гнев и свое удивление, заявив, что «все это так странно» и что, «должно быть, он весьма странный человек». Саре, увлекшейся загадочностью истории и с юным пылом предлагавшей все новые и новые объяснения, мать сказала:

— Дорогая моя, ты причиняешь себе слишком много ненужных забот. Поверь, дело это вообще не стоит того, чтобы ломать над ним голову.

— Когда он вспомнил свое обещание, ему, разумеется, понадобилось, чтобы Кэтрин уехала. Но почему он не мог добиться этого вежливым образом?

— Мне жалко его детей, — сказала миссис Морланд. — Их это должно было огорчить больше всего. А что касается остального, то какое это имеет значение? Кэтрин теперь дома, а наше благополучие не зависит от генерала Тилни. — Тут Кэтрин вздохнула. — Что ж, — продолжала ее философски настроенная мать, — мне, конечно, лучше было не знать о твоей поездке заранее. Но теперь, когда все позади, я в ней не вижу особенно большого вреда. Молодежь нуждается в упражнениях. Ты, моя милая, всегда была довольно рассеянной особой. А во время этого переезда, при перемене экипажей и тому подобное, тебе все же пришлось немного взять себя в руки. Будем надеяться, что ты не оставила чего-нибудь в каретных карманах.

Кэтрин сказала, что она тоже на это надеется и хотела бы избавиться от своих недостатков. Но душевный подъем у нее уже прошел, и, почувствовав вскоре, что ей хочется помолчать и остаться одной, она с готовностью последовала материнскому совету пораньше улечься в постель. Ее родители, объясняя плохой вид и нервическое состояние дочери пережитой ею обидой, а также непривычным напряжением и усталостью с дороги, расстались с ней в полной уверенности, что она придет в себя, как только хорошенько выспится. И хотя на следующее утро им не показалось, что ее состояние улучшилось в той мере, как они рассчитывали, им тем не менее даже не пришло в голову, что с Кэтрин творится нечто более серьезное. Они не потрудились подумать о ее сердце, что со стороны родителей юной леди семнадцати лет от роду, только что вернувшейся после первой отлучки из дома, было весьма неблагоразумно.

Как только с завтраком было покончено, Кэтрин взялась за письменные принадлежности, чтобы выполнить обещание, которое она дала мисс Тилни. Вера подруги в действие на ее чувства расстояния и времени вполне оправдалась, ибо Кэтрин уже винила себя, что рассталась с Элинор слишком холодно, никогда по-настоящему не дорожила ее добротой и прочими качествами и недостаточно близко приняла к сердцу все, что ей пришлось пережить. Сила этих чувств, однако, далеко не способствовала легкости ее пера. Ни одно письмо еще не затрудняло ее в такой степени, как письмо к Элинор Тилни. Выразить сразу должным образом свои чувства и свое душевное состояние, высказать благодарность без самоуничижения, изъясниться сдержанно, но без холодности, прямо, но без следа обиды, написать так, чтобы Элинор не ощутила боли при чтении, и, — самое важное, — чтобы ей самой не пришлось краснеть за написанное, если письмо случайно попадется на глаза Генри, — такая задача своей непосильностью мешала Кэтрин взяться за ее исполнение. И за растерянностью и долгими раздумьями пришла решимость ограничиться, дабы обезопасить себя от возможной ошибки, всего лишь несколькими словами. Одолженные ей Элинор деньги были возвращены поэтому вместе с запиской, содержавшей немногим больше, чем выражение горячей благодарности и исходящих из глубины сердца нежнейших пожеланий.

— Что за странное знакомство! — сказала миссис Морланд, когда Кэтрин наконец справилась с письмом. — Внезапно возникшее и внезапно прерванное. Жаль, что так получилось: миссис Аллен говорила, что Тилни очень милые молодые люди. А тебе еще так не повезло с Изабеллой. Бедняга Джеймс! Что ж, ведь учиться приходится всю жизнь. Надеюсь, следующие друзья, которых вы заведете, окажутся более подходящими.

Покраснев, Кэтрин ответила с жаром:

— Никакие друзья не окажутся более подходящими, чем Элинор.

— Ну, если так, моя дорогая, я уверена, что вы с ней рано или поздно встретитесь снова. Можешь не беспокоиться. Ставлю десять против одного, что через несколько лет жизнь столкнет вас опять. И сколько же радости доставит вам эта встреча!

Попытка миссис Морланд утешить Кэтрин оказалась не очень удачной. Надежда на встречу через несколько лет должна была навести ее на мысль о том, что за это время могло случиться, сделав такую встречу невыносимой. Она никогда не сможет забыть Генри или думать о нем с меньшей нежностью, чем в эту минуту. Но он может забыть ее! И после этого встретиться! Ее глаза наполнились слезами, когда она мысленно представила себе такое возобновление их знакомства. А миссис Морланд, поняв, что ее успокоительные рассуждения не достигли цели, предложила дочери в качестве еще одного средства для подъема ее настроения навестить миссис Аллен.

Их дома находились всего в четверти мили друг от друга, и, пока они туда шли, миссис Морланд коротко рассказала, что она думает по поводу крушения надежд бедного Джеймса.

— Его, конечно, жалко, — сказала она. — Но в остальном расстройство этой женитьбы нас мало огорчило. Мы не могли особенно приветствовать его обручение с девицей, которую совсем не знаем и у которой за душой нет ни гроша. А после того, что случилось, мы вообще не можем хорошо о ней думать. В данную минуту Джеймсу приходится трудновато. Но это пройдет. И я надеюсь, что легкомыслие, допущенное им при первом выборе, заставит его проявить бо́льшую осмотрительность в будущем.

Это был как раз тот краткий вывод, который еще мог дойти до слуха ее дочки. Одна лишняя фраза грозила вывести ее из равновесия и заставить ее произнести что-нибудь не вполне вразумительное. Ибо сознание Кэтрин было вскоре целиком поглощено переменой в ее чувствах и настроениях, происшедшей с тех пор, как она в последний раз ступала по этой знакомой дороге. Не прошло и трех месяцев с того времени, когда, полная счастливых надежд, она десять раз на день пробегала по ней туда и назад с легким, радостным и свободным сердцем, мечтая о еще не изведанных и ничем не омраченных удовольствиях, не опасаясь никаких неприятностей и не имея о них ни малейшего представления. Три месяца назад все обстояло именно так. Каким изменившимся человеком вернулась она теперь!

Аллены встретили Кэтрин так радостно, как только можно было от них ожидать, учитывая неожиданность ее приезда и их постоянную к ней привязанность. И когда они услышали, как с ней обошлись в Нортенгере, — при том, что миссис Морланд говорила об этом весьма сдержанно, вовсе не взывая к их сочувствию, — их изумление и негодование, казалось, не имели границ.

— Кэтрин застигла нас вчера вечером врасплох, — сказала миссис Морланд. — Всю дорогу ей пришлось ехать в почтовой карете, совсем одной, хотя до ночи с субботы на воскресенье

10*

она даже не думала об отъезде. Генералу Тилни по какой-то причине, ни с того ни с сего надоело ее присутствие, и она была почти выгнана из дома. Это в самом деле весьма некрасиво с его стороны. Он, по-видимому, весьма странный человек. Но мы так рады, что она опять с нами! И приятно сознавать, что она оказалась не таким уж беспомощным существом и все же смогла о себе позаботиться.

Мистер Аллен выразил по этому поводу разумное сочувствие и возмущение. И по мнению миссис Аллен, его слова были настолько удачными, что она смогла тут же их повторить. Его удивленные высказывания, догадки и объяснения тотчас же подхватывались ею с добавлением единственной собственной фразы, которой она заполняла каждую случайную паузу:

— В самом деле, терпеть не могу этого генерала!

После ухода мистера Аллена из комнаты «В самом деле, терпеть не могу этого генерала!» было повторено ею дважды с тем же негодованием и без существенного развития мысли. В третий раз эта фраза была несколько развита, а сразу же после четвертого миссис Аллеи с ходу добавила:

— Вы только подумайте, милочка, как хорошо мне в Бате зашили ту ужасную прореху в моих лучших мехельнских кружевах! Этого места даже и не заметишь. Как-нибудь я их вам непременно покажу. Нет, что ни говорите, а Бат все же приятный город. Уверяю вас, Кэтрин, дома я не чувствую себя и вполовину так хорошо. Не правда ли, нам очень повезло, когда мы встретили там миссис Торп? Сначала, как вам известно, мы себя чувствовали ужасно одиноко.

— Да, но это продолжалось недолго, — сказала несколько просветлевшая Кэтрин при мысли о том, что́ ей впервые скрасило пребывание в Бате.

— Совершенно верно, милочка. Мы скоро встретились с миссис Торп, и все затем пошло хорошо. Дорогая моя, не правда ли, эти шелковые перчатки еще неплохо выглядят? Я обновила их, знаете, когда мы с вами впервые отправились в Нижние залы. С тех пор я их надевала много раз. Вы помните этот вечер?

— Еще бы не помнить!

— Не правда ли, мы провели его очень приятно? С нами еще пил чай мистер Тилни, и мне кажется, мы от этого только выиграли — он такой любезный молодой человек. По-моему, вы даже с ним танцевали, хотя я и не уверена. Припоминаю лишь, что на мне было мое любимое платье.

Кэтрин оказалась не в силах что-либо ответить. И, немного поговорив на другие темы, миссис Аллен вскоре вернулась к первоначальной.

— В самом деле, терпеть не могу этого генерала! А ведь он на вид такой приятный и достойный мужчина! Не думаю, миссис Мор-

322

11-2

ланд, чтобы вам приходилось встречать более воспитанного человека. Его комнаты, Кэтрин, были сданы на следующий день после их отъезда. Впрочем, в этом нет ничего удивительного — вы же знаете, Мильсом-стрит...

Когда мать и дочь возвращались домой, миссис Морланд попыталась внушить Кэтрин, насколько ей следует дорожить постоянной благосклонностью таких друзей, как мистер и миссис Аллен, и как мало должно ее задевать невнимание или недоброе отношение едва знакомых людей вроде Тилни, если старые друзья сохраняют к ней свое расположение. Во всем этом заключалось немало здравого смысла. Но в человеческой жизни порой возникают обстоятельства, при которых здравый смысл оказывается бессильным. И чувства Кэтрин оспаривали каждое слово матери. Именно от поведения этих едва знакомых людей зависело все ее счастье. И пока миссис Морланд успешно подкрепляла свои выводы убедительностью своих доказательств, Кэтрин молча размышляла о том, что вот сейчас Генри прибыл в Нортенгер, сейчас он узнал об ее отъезде, а сейчас, быть может, они все уже выезжают в Херефорд.

Глава XXX

Кэтрин никогда не была склонна к особой усидчивости и не отличалась особенным прилежанием. Но какими бы ни были ее недостатки такого рода в прошлом, миссис Морланд не могла не заметить, что сейчас они значительно углубились. Ее дочка не могла просидеть спокойно или заниматься одним делом и десяти минут сряду: она то и дело вскакивала и отправлялась гулять по садовым дорожкам, словно только движение было ее естественным состоянием. Казалось, будто она предпочитает даже бродить по дому, вместо того чтобы хоть какое-то время провести в общей комнате. Однако еще больше перемена эта выразилась в утрате ею всякой жизнерадостности. В блужданиях и бездействии ее прежние привычки выглядели как бы только усиленными. Между тем печаль и неразговорчивость совершенно не соответствовали тому, что так было свойственно ей в прежние времена.

На протяжении первых двух дней миссис Морланд наблюдала все это, ничем не обнаруживая своей тревоги. Но когда после трехдневного отдыха Кэтрин не вернула себе обычного веселого вида, не занялась полезной для дома деятельностью и не заинтересовалась шитьем, мать не смогла больше сдержать мягкого упрека:

— Кэтрин, дорогая моя, боюсь, что ты становишься слишком утонченной особой. Если бы бедному Ричарду не на кого было надеяться, кроме тебя, трудно сказать, сколько бы ему пришлось дожидаться своих шейных платков. Бат в твоей голове занял слишком большое место. Всему свое время — для балов, и спектаклей, и для работы. Ты достаточно долго развлекалась, пора браться и за дело.

Кэтрин сейчас же принялась за шитье, сказав с подавленным видом, что «Бат в ее голове много места не занимает».

— Значит, ты себя слишком мучаешь из-за генерала Тилни. С твоей стороны это глупо. Ставлю десять против одного, что ты его больше никогда не увидишь. Нечего огорчаться по пустякам. — Немного помолчав, она добавила: — Надеюсь, Кэтрин, ты не разлюбила свой дом оттого, что он не столь богат, как Нортенгер? Если это случилось, поездка не принесла тебе пользы. Всегда надо быть довольной местом, в котором находишься, в особенности собственным домом, — здесь ведь придется провести большую часть жизни. Мне не очень понравилось, что за завтраком ты так расхваливала французские булки, которые пекутся в аббатстве.

— Но я на хлеб не обращаю внимания. Не все ли мне равно, что я ем.

— У нас наверху есть очень умная книга о молодых девицах, на которых дурное действие оказывают великосветские знакомства; кажется, она называется «Зеркало». Я ее как-нибудь поищу — тебе будет полезно ее прочесть.

Кэтрин промолчала и, желая вести себя хорошо, углубилась в работу. Но через несколько минут она незаметно для себя самой снова оказалась во власти задумчивости и беспокойства и стала ерзать на стуле под действием угнетавшей ее тоски гораздо больше, чем работать иглой. Миссис Морланд наблюдала за этим возвратом болезни. И, считая отсутствующий и разочарованный взгляд дочери достаточным подтверждением того, что ею завладел дух неудовлетворенности, которым, по мнению матери, целиком объяснялось ее плохое настроение, она поспешно вышла из комнаты, чтобы раздобыть упомянутую книгу и поскорее приступить к необходимому лечению. Чтобы найти требуемое, понадобилось какое-то время. Ее задержали и другие семейные обязанности, так что прошло четверть часа, прежде чем она смогла спуститься с томом, на который возлагались большие надежды. Из-за шума, который она производила своими хлопотами, она не расслышала прибытия посетителя. И когда она вошла в комнату, первым, кого она там увидела, оказался совершенно незнакомый ей молодой человек. Гость тотчас же почтительно встал и, будучи представлен ее смущенной дочерью в качестве «мистера Генри Тилни», извинился с идущей от природной деликатности приятной застенчивостью за свое бесцеремонное вторжение, признав, что после происшедшего в Нортенгере он не вправе ждать в Фуллертоне радушного приема, и объяснил свой приезд желанием убедиться, что мисс Морланд благополучно доехала. Он обращался не к пристрастному судье и не к озлобленному сердцу. Далекая от того, чтобы возлагать вину отца на детей, миссис Морланд питала к последним добрые чувства и, удовлетворенная впечатлением от его внешности, приняла мистера Тилни просто и приветливо, поблагодарив за внимание к дочери, заверив его, что они с мужем рады друзьям своих детей, и попросив ни словом больше не вспоминать о случившемся.

Мистер Тилни не счел нужным с ней спорить, ибо, хотя и испытывал облегчение, вызванное таким нежданным дружелюбием, все же не считал настоящий момент подходящим, чтобы продолжить разговор на ту же тему. Поэтому, молча вернувшись на свое место, он в течение нескольких минут весьма любезно отвечал миссис Морланд на обычные расспросы о состоянии дорог и о погоде. Между тем Кэтрин — возбужденная, трепетная, счастливая и торжествующая Кэтрин — хранила молчание. Но ее горящее лицо и сияющие глаза убедили миссис Морланд, что, по крайней мере на какое-то время, этот благотворный визит облегчил душу дочери, а посему она охотно отложила первый том «Зеркала» до другого подходящего случая.

Рассчитывая на содействие мистера Морланда, чтобы ободрить гостя и помочь ему в поисках темы для беседы, и относясь с полным сочувствием к смущению молодого человека, вызванному поступком его отца, миссис Морланд почти сразу же послала кого-то из детей за мужем. Но мистера Морланда, к сожалению, не оказалось дома. А без мужской поддержки им к исходу четверти часа больше не о чем было разговаривать. После некоторого молчания Генри, впервые в присутствии миссис Морланд, повернулся к Кэтрин и с внезапной непринужденностью спросил у нее — здесь ли находятся мистер и миссис Аллен. Уразумев суть ее многословного ответа, которую можно было выразить всего одним слогом, он объявил, что хочет засвидетельствовать им свое почтение, и тут же спросил у нее, покраснев, не будет ли она любезна показать ему дорогу к их дому.

— Дом виден из этого окна, сэр! — объявила Сара, заслужив сдержанный поклон гостя за оказанную помощь и недовольный взгляд матери за неумение держать язык за зубами.

Как предположила миссис Морланд, истинным поводом для визита молодого человека к их почтенным соседям была потребность объяснить Кэтрин наедине поступок его отца. Поэтому она охотно согласилась, чтобы ее дочь пошла вместе с ним. Они отправились, и, как оказалось, миссис Морланд не совсем ошиблась в своих догадках. Некоторое объяснение отцовских действий у Генри и правда имелось. Но прежде ему было необходимо объясниться самому, и еще до того, как они дошли до Алленов, он это сделал с такой полнотой, что не оставил, по мнению Кэтрин, ничего для других подобных объяснений в ближайшем будущем.

Заверив ее в своих чувствах, он спросил, может ли она ему ответить взаимностью, хотя оба они, — пожалуй, в равной степени, — в этом нисколько не сомневались. Ибо при том, что Генри был ею теперь по-настоящему очарован, сознавал и ценил ее достоинства и искренне дорожил ее обществом, влюбленность его, я должна признаться, выросла не из чего иного, как из чувства благодарности, — другими словами, — единственной причиной, заставившей его серьезно к ней приглядеться, была уверенность в ее привязанности к нему. Подобная разновидность чувства совершенно необычна в романах и весьма унизительна для гордости героини. Но если она так же необычна в реальной жизни, пусть мне хотя бы принадлежит честь открытия этого детища необузданного воображения.

Весьма краткий визит к миссис Аллен, во время которого мистер Тилни рассуждал сбивчиво и бессвязно, а мисс Морланд, погруженная в созерцание своего невыразимого счастья, не размыкала губ, сменился для них прелестью нового tête-à-tête. И прежде, чем ему было суждено кончиться, Кэтрин получила возможность судить, насколько матримониальное предложение сына было одобрено его отцом. Вернувшись два дня назад из Вудстона, Генри был встречен невдалеке от аббатства нетерпеливым генералом, который раздраженно объявил ему об отъезде мисс Морланд и потребовал, чтобы он выкинул ее из головы.

Таково было отеческое благословение, основываясь на котором Генри сейчас просил ее руки. Опечаленная Кэтрин, несмотря на следовавшую из этого сообщения угрозу ее надеждам, не могла не оценить великодушной предусмотрительности Генри, — заранее заручившись ее согласием, он избавил ее от необходимости ответить отказом из уважения к ее отцу. И по мере того, как он излагал подробности, в ее душе все сильнее крепло чувство победного ликования. Генерал, оказывается, ни в чем не мог ее обвинить и ни за что не осуждал, кроме того, что она стала невольной причиной его ошибки, которой не прощала его гордость, но которую истинная гордость даже постыдилась бы признать. Она была виновна лишь в том, что оказалась не столь богатой, как он рассчитывал. Заблуждаясь относительно ее средств и положения в обществе, он приветствовал знакомство с ней в Бате, пригласил ее в Нортенгер и хотел, чтобы она стала его невесткой. Обнаружив ошибку, он не нашел ничего лучшего, как выгнать ее из дома, хотя, на его взгляд, его раздражение против нее самой и презрение к ее семье выразилось в этом отнюдь недостаточно.

Первым, кто сбил его с толку, был Джон Торп. Однажды, находясь в театре и заметив, что его сын уделяет внимание какой-то мисс

Морланд, генерал между прочим спросил у Торпа — знает ли он о ней что-нибудь, кроме ее имени. Довольный возможностью коротко поболтать с человеком высокого положения, Торп охотно и с гордостью поделился своими сведениями. Тогда со дня на день ждали обручения между Морландом и Изабеллой и сам Торп намеревался жениться на Кэтрин. Поэтому он из тщеславия представил семью Морландов еще более богатой, чем это рисовалось его собственному тщеславию и алчному взору. Тем, с кем он был или надеялся быть связан, всегда надлежало ради его собственной значительности занимать высокое положение. И по мере его сближения с этими людьми они становились как бы все более богатыми. Состояние его приятеля Морланда, переоцененное Торпом с самого начала, стало с того дня, как он познакомил его с Изабеллой, непрерывно возрастать. И всего лишь удвоив, ради торжественного случая, ранее удвоенную сумму предполагаемых доходов мистера Морланда и его утроенный капитал, придумав этому семейству богатую тетушку и утопив половину детей, он представил его генералу в самом выгодном свете. Для Кэтрин же, привлекшей к себе особое внимание его собеседника и бывшей предметом его собственных матримониальных планов, Торп припас еще нечто особое. И десять или пятнадцать тысяч фунтов, которые якобы мог за ней дать ее отец, превратились лишь в неплохую прибавку к имению мистера Аллена. Ее близость к этой супружеской чете убедила его, что в будущем Кэтрин может рассчитывать здесь на немалое наследство, — основываясь на этом, он мог с легкостью выдавать ее за наследницу Фуллертонского поместья. И генерал начал действовать, доверившись этим сведениям. Сомнение в их достоверности не приходило ему в голову. Внимание Торпа к этой семье ввиду предполагавшегося брака между одним из ее членов и его сестрой, а также его собственные виды в отношении мисс Морланд (обстоятельство, которым он хвастался почти так же открыто) как будто служили достаточным подтверждением правдивости его слов. К этому добавлялось, что Аллены были богаты и бездетны, что мисс Морланд находилась на их попечении и что, как он в этом убедился лично после возникновения между ними знакомства, они проявляли о ней отеческую заботу. Решение генерала было принято безотлагательно. Он уже подметил в поведении сына признаки его склонности к мисс Морланд. И, будучи благодарен мистеру Торпу за предоставленные им сведения, генерал почти тотчас же решил не щадить усилий, чтобы расстроить лелеемые им планы, перехватив у него его хваленую добычу. Дети генерала разбирались тогда в его намерениях не больше, чем сама Кэтрин. Не понимая, чем она при ее положении в обществе смогла привлечь к себе такое исключительное внимание их отца, Генри и Элинор с удивлением отмечали внезапность, силу и постоянство его благосклонности. И хотя из некоторых намеков, сопровождавших подобный приказу отцовский совет, — не пренебрегать ничем, чтобы завоевать ее сердце, — Генри со временем понял, что генерал считает Кэтрин выгодной партией, он до последнего разговора в Нортенгере даже не подозревал о ложных отцовских расчетах. Их полную несостоятельность генералу открыл тот самый человек, который его на них натолкнул, — случайно встреченный им в Лондоне Торп. Под действием чувств, прямо противоположных прежним, досадуя на отказ Кэтрин выйти за него замуж, а еще более на неудачу его последней попытки помирить Морланда и Изабеллу (заставившую его поверить, что они разошлись навсегда), и утратив интерес к дружбе, которая уже не сулила ему никаких выгод, он поспешил опровергнуть все сообщенное им раньше для возвышения Морландов. Торп объяснил, что хвастовство его приятеля ввело его в заблуждение относительно их средств и общественного положения, что он считал мистера Морланда богатым и влиятельным человеком, хотя, как обнаружилось в последние три недели, он не вправе претендовать на эти качества, и что после щедрых посулов в связи с предполагавшимся браком между членами их семей мистер Морланд, припертый к стенке его, Торпа, натиском, вынужден был признаться в неспособности обеспечить молодую чету даже скромной поддержкой. Оказалось, что это совсем нищая семья, к тому же невероятно многочисленная и, как ему удалось установить совсем недавно, не пользующаяся никаким уважением у соседей. Они живут не по средствам, норовят улучшить свое положение посредством выгодных браков, и все, как один, людишки пронырливые, дошлые и хвастливые.

Ошеломленный генерал, взглянув вопросительно, упомянул фамилию Аллен, но и здесь Торп признал свою ошибку. Аллены, оказывается, достаточно прожили в соседстве с Морландами, чтобы узнать им цену. Кроме того, теперь стало известно имя молодого человека, которому со временем должно будет достаться Фуллертонское поместье. Этого генералу было довольно. Сердясь на всех в мире, кроме себя, он на следующий же день помчался в аббатство и распорядился там уже известным образом.

Предоставляю здравому смыслу читателя решить, какую часть всего этого Генри сумел в то время сообщить Кэтрин, какую — узнать от своего отца, в чем помогла ему его сообразительность и что еще должно было разъяснить письмо от Джеймса. Ради его, читателя, пользы, я объединила вместе то, что он должен разъединить ради моей. Кэтрин, во всяком случае, услышала вполне достаточно, чтобы почувствовать, как мало она преувеличила жестокость генерала, вообразив, что он убил или подверг пожизненному заточению свою жену.

Генри, вынужденный разоблачить подобным образом собственного отца, заслуживал сейчас почти такого же сострадания, как в то время, когда знакомился сам с этим впервые. Руководившие генералом низкие побуждения заставили его густо покраснеть. Разговор между отцом и сыном в Нортенгере был резок до крайности. Услышав, какая обида нанесена Кэтрин, и поняв, чтó имеет в виду и с чем приказывает ему смириться его отец, он протестовал открыто и смело. Генерал, который привык, что при всех обстоятельствах его воля в семье имела силу закона, допускавший только безмолвное инакомыслие, только свободу воли, которая не осмеливалась выражаться в словах, ответил на противодействие сына — твердое в меру того, что оно основывалось на заключениях разума и велениях совести, — приступом безудержного гнева. Однако при подобных обстоятельствах отцовский гнев мог возмутить, но не устрашить убежденного в своей правоте сына. Генри сознавал, что он связан с мисс Морланд честью и сердцем. И веря, что сердце, которое его раньше поощряли завоевать, им побеждено, он не мог — в угоду вызванному бессмысленной злобой противоположному указанию и вероломно отобранному молчаливому согласию — нарушить верность долгу и уклониться от следовавших из нее обязательств. Он наотрез отказался участвовать в поездке в Херефордшир, предпринятой наспех в качестве повода для изгнания Кэтрин, и так же твердо заявил, что будет просить ее руки. Генерал пришел от этого в ярость, и они расстались в состоянии решительной взаимной отчужденности. Переживая нервное потрясение, которое могло пройти только после пребывания в одиночестве, Генри на какое-то время вернулся в Вудстон и во второй половине следующего дня прямо оттуда выехал в Фуллертон.

Глава XXXI

Мистер и миссис Морланд были немало удивлены, когда мистер Тилни попросил у них согласия на брак с их дочерью. До этого мысль о существовании сердечной склонности с той или другой стороны даже не приходила им в голову. Но так как в конце концов не было ничего неестественного в том, что в Кэтрин кто-то влюбился, они вскоре стали относиться к этому со счастливым чувством удовлетворенной гордости и в той мере, в какой дело зависело от них, были готовы пойти навстречу молодым людям. Хорошие манеры и разумное поведение юноши говорили в его пользу. И поскольку о нем не шло дурной славы, а подозревать плохое было им несвойственно, заменившая длительное знакомство собственная доброжелательность рекомендовала им его вполне достаточно.

— Бедная Кэтрин, конечно, окажется очень беспомощной молодой хозяйкой, — предположила ее мать. Однако она быстро утешилась тем, что все приобретается с опытом.

Короче говоря, имелось только одно препятствие, заслуживавшее упоминания. Но пока это препятствие не будет устранено, они все же не считали возможным согласиться на обручение. Морланды были людьми мягкими, но не отступавшими от твердых правил, и, поскольку отец юноши так резко возражал против предполагаемого союза, они не считали возможным этому союзу способствовать. Будучи людьми непритязательными, они не потребовали, встав в позу, чтобы генерал лично испросил для своего сына руки их дочери или хотя бы всей душой приветствовал эту женитьбу. Но приличное подобие разрешения с его стороны было необходимо, и, как только оно будет получено, — а сердце подсказывало им, что долго ждать этого не придется, — они охотно и незамедлительно дадут свое согласие. Отец должен *снять свой запрет* — требовалось только это. Они не желали, они не чувствовали себя вправе говорить *о деньгах*. В соответствии с брачным контрактом своих родителей Генри должен был получить достаточное наследство. Его средства в настоящее время обеспечивали ему независимость и необходимые жизненные удобства, и при самом скаредном подходе такое замужество оказывалось для их дочери более благоприятным, чем всякое другое, на которое она могла бы рассчитывать.

Такое решение не должно было удивить молодых людей. Оно их огорчило, причинило им боль, но не могло вызвать протеста с их стороны. И они расстались, утешая себя надеждой, что казавшаяся почти невозможной перемена в генерале совершится достаточно быстро, соединив их в блаженстве одобренного всеми союза. Генри вернулся туда, где отныне был его единственный дом, чтобы ухаживать там во славу Кэтрин за молодыми посадками, мечтая о том времени, когда они смогут трудиться вместе. А Кэтрин осталась проливать слезы в Фуллертоне. Не станем любопытствовать, насколько боль разлуки смягчилась для них негласной перепиской. Мистер и миссис Морланд никогда этим не интересовались. Они были слишком добры, чтобы потребовать от дочери какого-нибудь обещания по этому поводу. И если Кэтрин получала письмо, — а в те времена это случалось довольно часто, — они в такую минуту всегда смотрели куда-то в сторону.

Беспокойство о будущем, ставшее на этой ступени их романа уделом Генри и Кэтрин, а также всех тех, кому они были дороги, едва ли доступно воображению читателей, которые, по предельной сжатости лежащих перед ними заключительных страниц, уже почувствовали наше совместное приближение к всеобщему благополучию. Остается лишь разгадать обстоятельство, которое способствовало скорейшему бракосочетанию героя и героини. Какое событие могло подействовать на человека с таким нравом, как генерал Тилни? Больше всего на него повлияла свадьба дочери с богатым и знатным юношей, которая состоялась тем же летом. Ублаготворив тщеславие генерала, эта свадьба привела его в особо благодушное настроение, которое прошло лишь после того, как Элинор выговорила у него для Генри прощение вместе с разрешением «валять дурака, если это ему приспичило».

Замужество Элинор Тилни, ее избавление от всех горестей, которые дом, подобный Нортенгеру, должен был причинять ей после изгнания из него Генри, и ее переезд в дом, отвечавший ее вкусу, — вместе с человеком, выбранным также по вкусу, — явилось событием, обрадовавшим, как мне кажется, всех ее друзей и знакомых. Сама я радуюсь этому вполне искренне. Я не знаю никого, кто в большей мере, чем эта девушка, своими долгими страданиями и высокими душевными качествами заслуживал бы право на неомраченное счастье. Чувство к ее избраннику возникло в душе Элинор еще давно. Но недостаточно высокое положение в обществе лишало его возможности просить ее руки. Нежданно свалившиеся на него титул и состояние разрушили все преграды. И дочь, посвятившая отцу столько заботы и внимания и так много от него вытерпевшая, никогда еще не была так дорога генералу, как в ту минуту, когда он впервые обратился к ней со словами «ваша светлость». Муж Элинор вполне заслужил такую жену, будучи и впрямь, независимо от доставшихся ему титула, богатства и связей, самым обаятельным юношей на свете. Более пространного описания его достоинств не требуется — самый обаятельный юноша на свете всегда присутствует в нашем воображении. Относительно определенного юноши, который имеется в виду, могу лишь добавить (памятуя о законах композиции, запрещающих выводить на сцену не связанные с фабулой персонажи), что это был именно тот джентльмен, после пребывания которого в Нортенгере там завалялся, из-за нерадивости слуги, сверток счетов от прачки, вызвавший одно из самых волнующих переживаний нашей героини.

Благотворное для Генри влияние виконта и виконтессы подкрепили сведения о подлинных средствах мистера Морланда, которые были любезно предоставлены генералу, как только он оказался способным их воспринять. Из них следовало, что он едва ли был больше введен в заблуждение первоначальным хвастовством Торпа, расписавшего непомерные богатства семьи Морландов, чем его последним злонамеренным описанием их крайней нищеты, — что на самом деле эта семья вовсе не бедствует и даже ни в чем не нуждается и что за Кэтрин родители дают три тысячи фунтов приданого. По сравнению с прежним его представлением это выглядело настолько благоприятно, что существенно помогло генералу превозмочь свое упрямство. К тому же не осталось бесследным и полученное им не без некоторых хлопот частное сообщение, согласно которому Фуллертонским поместьем, свободным от каких-либо наследственных обязательств, целиком располагал нынешний владелец, благодаря чему оно не было ограждено ни от каких будущих притязаний.

Под действием этих обстоятельств генерал вскоре после свадьбы Элинор разрешил сыну вернуться в Нортенгер и вручил ему свое письменное согласие, изложенное в занимавшем целую страницу витиеватом послании к мистеру Морланду. Событие, которому оно открыло дорогу, произошло незамедлительно. Бракосочетание Генри и Кэтрин состоялось, звонили колокола, все улыбались. И поскольку это случилось меньше чем через двенадцать месяцев после их первой встречи, едва ли кто-нибудь скажет, что все огорчительные промедления, вызванные жестокостью генерала, заставили их страдать чересчур долго. Начать вполне счастливую совместную жизнь в возрасте соответственно двадцати шести и восемнадцати лет не так уж плохо. И, признаваясь в своем убеждении, что неблаговидное вмешательство генерала, в конечном счете не повредившее их блаженству, было для них даже полезным, заставив их глубже узнать друг друга и укрепив их взаимную привязанность, я предоставляю тем, кого это касается, решить — служит ли эта книга прославлению родительской тирании или оправданию сыновнего непослушания.

КОММЕНТАРИИ

Роман «Нортенгерское аббатство» был опубликован в 1818 году, уже после смерти Джейн Остен. Но написан он был много раньше. Работу над ним писательница начала в 1797—1798 годах. Тогда и был создан первый, в настоящее время не сохранившийся, вариант романа, озаглавленный «Сьюзен». В начале 1800-х годов Д. Остен вновь обратилась к рукописи, существенно переработав и расширив ее. Рукопись «Нортенгерского аббатства» была направлена издателю, но прошло около пятнадцати лет, прежде чем она увидела свет.

Таким образом, включение этого романа в литературный процесс произошло уже после того, как были изданы «Чувство и чувствительность» (1811), «Гордость и предубеждение» (1813), «Мэнсфилд-парк» (1814) и «Эмма» (1816). Тем не менее «Нортенгерское аббатство» — одно из ранних произведений Д. Остен, относящееся к периоду, когда формировались ее взгляды, художественные принципы, эстетический идеал.

В предуведомлении, написанном Д. Остен при подготовке рукописи к изданию, отмечалось, что за годы, отделяющие начало работы над романом от ее завершения, произошли существенные изменения не только в обычаях и нравах, но и в литературных вкусах. Действительно, рубеж XVIII—XIX веков явился в истории английской литературы периодом значительных изменений и сдвигов. Переломный характер эпохи породил ведущее литературное движение — романтизм. Переходной стадией в становлении романтизма стал предромантизм. Писатели предромантизма тяготеют к необычному, таинственному, загадочному. Место действия их произведений —

старинные замки, далекие страны, события происходят в давно прошедшие времена, в средневековье. Широкое распространение получает так называемый «готический роман» (или «роман ужасов»). К этому жанру обращались X. Уолпол, М.-Г. Льюис, У. Бекфорд. Наибольшей популярностью пользовался роман Анны Радклиф «Удольфские тайны» (1794), в котором таинственное и ужасное соединялось с сентиментально-дидактической струей.

Именно такую литературу пародирует Д. Остен в романе «Нортенгерское аббатство». Ей был гораздо ближе реалистический нравоописательный роман, представленный творчеством М. Эджуорт («Замок Рекрент», 1800; «Белинда», 1801), Т.-Л. Пикока («Хедлонг Холл», 1815; «Мелинкорт», 1817; «Аббатство кошмаров», 1818). Переходный характер эпохи определил своеобразие ее эстетических взглядов и творческих принципов. Художественная система Д. Остен — явление уникальное: в ней преломились искания и открытия писателей XVIII и XIX столетий. Творчество Д. Остен находится на стыке просветительской, романтической и реалистической эстетики, является центром пересечения целого ряда литературных течений. В связи с Остен само понятие «рубеж веков» наполняется глубоким смыслом: это и переход и средоточие, это одно из ключевых явлений эпохи.

Продолжая традиции Ричардсона, Филдинга, Стерна, Остен содействовала развитию нравоописательного романа, прокладывая пути для последующих достижений английских романистов. Ее произведения привлекают изящной простотой, за которой скрывается многое. В конкретных ситуациях повседневности преломляются явления общественной значимости. Она умеет в малом показать значительное. В неприятии всего напыщенного, аффектированного и надуманного, в защите естественности и простоты, в утверждении единства истины, добра и красоты, искусства и морали Остен перекликается с философами, писателями и художниками XVIII века — Локком, Шефтсбери, Хогартом, Рейнолдсом, Филдингом.

Основная тема «Нортенгерского аббатства» — приобщение к реальности молодой, только вступающей в жизнь девушки Кэтрин Морланд. Кэтрин зачитывается «Удольфскими тайнами» Радклиф, ее восприятие окружающего подчинено воздействию этого «сенсационного» романа. Литературные увлечения мешают ей видеть жизнь такой, какова она есть. Пребывание в Бате, новые впечатления, обогащающие ее жизненный опыт, знакомство и беседы с умным, образованным и понимающим ее Генри Тилни, любовь к нему помогают Кэтрин освободиться от превратных представлений, пробуждают в ней «чувство реального», способность видеть и понимать происходящее.

«Нортенгерское аббатство» — это один из вариантов «романа воспитания». Характерно в этой связи обращение писательницы к теме путешествия. Поездка Кэтрин с супругами Алленами в Бат, посещение Нортенгерского аббатства открывают перед героиней новые стороны жизни, становятся для нее школой «воспитания чувств». За Кэтрин ведется борьба между семействами Торпов и Тилни. Бесцеремонной навязчивости Джона Торпа противопоставляется такт Генри Тилни. Генри вводит Кэтрин в круг своих интересов, говорит с ней о литературе, живописи, политике. Ему мила простодушная наивность Кэтрин, и он терпеливо приобщает ее к серьезным вещам. Он не навязывает ей своих взглядов, он помогает ей понять себя и сделать выбор.

Сюжетная линия романа проста. Повествование строится как рассказ о событиях в их временной последовательности — детство Кэтрин, поездка в Бат, посещение Нортенгерского аббатства, возвращение домой. Но теперь Кэтрин стала уже иной. Завершенность сюжета достигается счастливой развязкой. И все же особый интерес представляют не события, а то, каким образом ведется повествование, как изображаются люди и все с ними происходящее, тот иронический комментарий, который дается от лица автора. В свое время критик Т.-А. Джексон сделал очень верное наблюдение: он отметил «сатирический подтекст, присутствующий в каждом из ее (Д. Остен. — *Н. М.*) романов»[1]. Присутствие такого подтекста ощущается и в «Нортенгерском аббатстве». В эпизодах пародийного плана, связанных с осмеянием штампов «готического романа», он вполне очевиден; его присутствие ощущается и в бытовых эпизодах. Пародийное начало переплетается, а подчас и сливается с комическим осмеянием нравов действующих лиц. Пародируются ситуации и темы романов Филдинга и Ричардсона. Бытовое и пародийное начало взаи-

---

[1] Jackson T. A. Old Friends to Keep. L., 1950, p. 50.

мопроникают, и этот сплав составляет особенность стиля Д. Остен.

Д. Остен не приукрашивает среду, в которой живет героиня ее романа, не идеализирует людей, которые ее окружают, но она последовательно связывает свои представления о прекрасном с достойным и добрым. Искренность чувств, бескорыстие любви, верность в дружбе, человеческая порядочность, стремление к знаниям, разумное отношение к жизни утверждаются как основные ценности бытия. С годами углублялось психологическое мастерство писательницы, более совершенным становилось изображение повседневного быта и нравов английского провинциального дворянства и духовенства, однако уже в «Нортенгерском аббатстве» проявились характерные особенности художественной манеры и эстетического идеала Д. Остен.

Стр. 7. *«Жалоба нищего»* — чувствительное стихотворение из сборника «Стихи на различные случаи» (1769) поэта и священника Томаса Мосса (1740?—1808). К концу XVIII в. стихотворение это стало хрестоматийным: оно фигурирует в антологии для детей «Матушкин дар послушному дитяти», популярной на рубеже веков, и других изданиях подобного типа.

«Заяц и его дружки» — басня Джона Гея (1685—1732), английского поэта и драматурга. «Басни» Гея вышли в свет в 1727 г. и пользовались в XVIII в. широкой известностью.

Стр. 9. *...чтению, по крайней мере — серьезному чтению.* — Описывая воспитание Кэтрин, Джейн Остен пародирует юных героинь Анны Радклиф и других «готических» авторов. Это чувствуется, в частности, и в подборе поэтических цитат: немногие строки, которыми овладела Кэтрин, разительно похожи на витиеватую поэзию, которой восхищаются героини «готических» романов, нередко и сами берущиеся за перо.

Стр. 10. *В притворном горе ускользнуть не прочь...* — Для иронического подтекста романа важна и следующая строка: «На сборище повес и проплясать всю ночь!» Строки взяты из стихотворения «Памяти несчастливой дамы» английского поэта Александра Поупа (1688—1744).

Как часто лилия цветет уединенно, // В пустынном воздухе теряя запах свой... — Строки из «Элегии, написанной на сельском кладбище» (1751) английского поэта Томаса Грея (1716—

1771). На русском языке «Элегия» известна в переводе В. Жуковского («Сельское кладбище»), откуда и взяты приведенные выше строки.

Как славно молодежь // Воспитывать уроками стрельбы! — Строки из поэмы «Весна» английского поэта Джеймса Томсона (1700—1748). «Весна» входит в поэтический цикл Томсона «Времена года».

Ревнивца убеждает всякий вздор, // Как доводы Священного писанья... (В. Шекспир. Отелло, д. III, сц. 3, перев. Б. Пастернака).

Ничтожный жук, раздавленный ногой, // Такое же страданье ощущает, // Как с жизнью расстающийся гигант... (В. Шекспир. Мера за меру, д. III, сц. 1, перев. Т. Щепкиной-Куперник).

Стр. 11. *Как статуя Терпения застыв, // Она своим страданьям улыбалась...* (В. Шекспир. Двенадцатая ночь, д. II, сц. 4, перев. Э. Линецкой).

Стр. 25. *Кинг* Джеймс — лицо реальное. В прошлом офицер британской армии, Кинг с 1785 по 1805 г. был распорядителем Нижних залов Бата. Такое введение реальных персонажей в текст романа характерно для стиля Остен.

Стр. 30. *...письмо мистера Ричардсона № 97, том II, «Бродяга».* — «Бродяга» — журнал, издававшийся Сэмюелом Джонсоном (1709—1784) в 1750—1752 гг. Джейн Остен имеет в виду, очевидно, следующие строки, принадлежащие перу Сэмюела Ричардсона: «Допустить, чтобы юная девица отдала свое сердце, не дожидаясь признания в любви, было бы противно здравому смыслу или, по меньшей мере, простой осмотрительности. Когда же молодой человек откроется в любви, ей следует во всем положиться на родителей. Очаровательная осмотрительность, когда ей не препятствует и собственная склонность!»

Стр. 34. *Танбридж* — курорт в графстве Кент.

Стр. 37. *Крессент* — полукруглая площадь, характерная для британских городов.

Стр. 40. *«Зритель»* — сатирико-нравоучительный журнал, выходивший в Англии в 1711—1714 гг.; его издавали английские просветители Ричард Стил и Джозеф Аддисон.

Стр. 41. *«Цецилия»* и *«Камилла»* — романы английской писательницы Фанни Бёрни (1752—1840).

«Белинда» (1801) — роман английской писательницы Марии Эджуорт (1767—1849).

Стр. 43. *«Удольфо»* — роман Анны Радклиф (1764—1823). Полное название романа: «Удольфские тайны. Роман, перемежающийся стихами» (1794). *Лорентина* (точнее, леди Лорентини) — один из персонажей «Удольфских тайн».

«Итальянец» (1797) — роман А. Радклиф.

«Замок Вольфенбах» — роман некоей миссис Парсонс.

«Клермонт» (1798) — роман Регины Марии Рош.

«Таинственное предостережение» — также принадлежит перу миссис Парсонс.

«Чародей Черного леса» — роман немецкого писателя Петера Тойтхольда, английский перевод которого вышел в 1794 г.

«Полуночный колокол» (1798) — роман некоей Фрэнсис Лэтем. Подзаголовок этого романа — «Немецкая повесть, основанная на жизненных происшествиях» — свидетельствует о том, насколько в те годы была распространена мода на немецкую готику.

«Рейнская сирота» (1798) — роман Элинор Смит.

«Страшные тайны» — роман немецкого писателя Петера Вилля, переведенный на английский язык в 1796 г.

Список этот весьма важен: теперь благодаря ему мы знаем, над кем из «подражателей миссис Радклиф» смеется Джейн Остен. История литературы не сохранила до наших дней ни одного из этих произведений, которые, однако, были чрезвычайно популярны на рубеже веков.

Стр. 46. *«Сэр Чарлз Грандисон»* (1754) — роман английского писателя Сэмюела Ричардсона (1689—1761).

Стр. 52. *Крайстчёрч* — Колледж Христовой церкви, один из старейших колледжей Оксфорда (основан в XVI в.)

Стр. 54. *Ориэл* — то есть Ориэл Колледж, один из старейших колледжей Оксфорда (основан в XIV в.)

Стр. 56. *«Том Джонс»* («История Тома Джонса, найденыша», 1749) — роман английского писателя Генри Филдинга (1707—1754).

«Монах» (1796) — роман английского писателя Мэтью Грегори Льюиса (1775—1818). Характерен подзаголовок этого «готического» романа: «Сновидения, сверхъестественные ужасы, таинственные силы, ведьмы и привидения, являющиеся в полночь».

Стр. 105. *Сент-Обен* (точнее, Сент-Обет) — персонаж «Удольфо» (ссылка на гл. 8 романа).

Стр. 123. *Бедфорд* — то есть кофейня «Бедфорд» в Ковент-Гардене.

Стр. 141. *...не находите ли вы, что «Удольфо» прелестнейшая книга на свете? — Вы, должно быть, имеете в виду «красивейшая». Это зависит от переплета.* — В этих строках слышатся отзвуки переписки Джейн Остен с секретарем принца-регента.

Джонсон — Джейн Остен имеет, очевидно, в виду основной труд английского поэта, прозаика, критика и лексикографа Сэмюела Джонсона (1709—1784), вышедший в 1755 г. под названием «Словарь английского языка».

Блэр Хью (1718—1800) — английский священник и критик, издавший в 1783 г. «Лекции по риторике и беллетристике», читанные им в Эдинбургском университете.

Стр. 143. *Карактакус* — латинизированная форма имени Карадока, предводителя восстания бриттов против римских завоевателей (43—47 гг. н. э.). Восстание было разгромлено, Карадок схвачен и отвезен в Рим, где император Клавдий, однако, даровал жизнь ему и его семье.

Агрикола Кней Юлий (40—93 гг. н. э.) — римский полководец, правивший в Британии. Тацит оставил его жизнеописание под названием «Агрикола».

Альфред Великий (ок. 849—899 гг.) — английский король с 871 г. При нем произошла консолидация англосаксонских королевств на землях, не захваченных датчанами. Известен как переводчик произведений латинской литературы и истории на древнеанглийский язык.

Юм Давид (1711—1776) — английский философ, историк, психолог и экономист.

Робертсон Уильям (1721—1793) — шотландский историк, автор «Истории Шотландии в царствование королевы Анны и короля Якова VI до его восшествия на английский престол» (1759).

Стр. 146. *Тому, кто хочет кого-то к себе привязать... и т. д.* — Эти слова, по предположению Ричарда Олдингтона, свидетельствуют о знакомстве Джейн Остен с известной максимой Ларошфуко.

В какой мере естественная простота благоприятствует хорошенькой девушке, было уже разъяснено мастерским пером моей сестры по профессии. — Очевидно, имеется в виду Индиана в романе Ф. Бёрни «Камилла».

Стр. 149. *...нарисовала в своем воображении собравшуюся в Сент-Джордж-Филдсе трехтысячную толпу...* — Намек на возглавленное в 1780 г. лордом Дж. Гордоном движение за отмену законодательств в защиту католиков.

Стр. 210. *...в сопровождении безмолвной престарелой домоправительницы по имени Дороти...* — Намек на гл. 39 «Удольфских тайн»: «Доротея, домоправительница, встретившая их, была такой же древней, как и все, что ее окружало...»

Стр. 210. *...строки несчастной Матильды...* — Генри импровизирует весь эпизод, проявляя превосходное понимание особенностей готического романа. Это, в частности, проявляется и в выборе немецкого имени погибшей героини.

Стр. 212. *Рамфорд* Бенджамин Томсон, граф фон Рамфорд (1753—1814) — автор многих изобретений, по словам биографов, «разностороннейший талант», предложивший, среди прочего, современную форму камина.

Стр. 219. *...ветер и дождь разгулялись вовсю.* — В описании первого знакомства Кэтрин с Нортенгерским аббатством, в особенности в описании ночных страхов Кэтрин, Джейн Остен пародирует аналогичные сцены из романов Анны Радклиф «Удольфские тайны» (гл. 8, 19, 20, 29, 39) и «Лесной роман» (гл. 8). Именно последнюю главу имел, очевидно, в виду Генри Тилни в своей иронической реконструкции.

Стр. 248. *Монтони* — злодей в романе Анны Радклиф «Удольфские тайны».

Стр. 279. *Вудстон, Брокхем* — названия поместий вымышлены.

Стр. 325. *«Зеркало»* — литературно-критический журнал, который в 1779—1780 гг. издавал шотландский романист и критик Генри Маккензи (1745—1831). Джейн Остен, по-видимому, имеет в виду номер журнала от 6 марта 1779 г., где описываются «Последствия, проистекающие от общения особ скромных с сильными мира сего, изложенные в письме Джона Хоумспэна» (что значит «Домотканого». — *Н. Д.*).

СОДЕРЖАНИЕ

Литературно-художественное издание

Остен Джейн

Нортенгерское аббатство

Роман

Художественный редактор О.Н. Адаскина
Технический редактор Л.Т. Ена
Корректор Н.Л. Латушко

Подписано в печать 04.01.01. Формат 84x108 $^1/_{32}$.
Гарнитура «Таймс». Усл. печ. л. 18,48. Усл. кр.-отт. 19,32.
Уч.-изд. л. 19,62. Тираж 5000 экз. Заказ № 2.

Налоговая льгота — общероссийский классификатор продукции
ОК-005-93, том 2; 953000 — книги, брошюры

Гигиеническое заключение
№ 77.99.14.953.П.12850.7.00 от 14.07.2000 г.

ООО «Издательство АСТ»
Лицензия ИД № 02694 от 30.08.2000 г.
674460, Читинская область, Агинский район,
п. Агинское, ул. Базара Ринчино, д. 84
Наши электронные адреса:
WWW.AST.RU
E-mail: astpub@aha.ru

Отпечатано с готовых диапозитивов в типографии издательства
"Самарский Дом печати"
443086, г. Самара, пр. К. Маркса, 201.
Качество печати соответствует предоставленным диапозитивам.